数控大赛辅导用书

CAXA 制造工程师项目教程

罗 军 杨国安 主编

机械工业出版社

本书以 CAXA 制造工程师 2008 正式版为操作平台，介绍了 CAXA 制造工程师 2008 的一些常用命令及实用操作技术。全书共分十一个模块，内容包括：CAXA 制造工程师 2008 简介、九个实例模块和一个后置处理与工艺清单模块。既介绍了 CAXA 制造工程师 2008 的数据转换、操作界面的个性设置及工艺清单的输出等，又介绍了多轴产品设计和加工模块的运用，以及 CAXA 制造工程师 2008 在产品设计、三轴加工、后置处理等方面的使用技巧。全书通过实例讲解操作方法，图文并茂，内容由浅入深，易学易懂，突出了实用性，使读者能快速入门并掌握 CAXA 制造工程师 2008 的使用技巧。每章均配有练习题，以便读者将所学知识融会贯通。

　　本书可作为数控专业的技能鉴定或数控大赛参考用书，也可供广大CAD/CAM 软件爱好者自学使用。

图书在版编目（CIP）数据

CAXA 制造工程师项目教程/罗军，杨国安主编. 一北京：机械工业出版社，2010.6
数控大赛辅导用书
ISBN 978-7-111-30602-3

Ⅰ.① C… Ⅱ.① 罗…② 杨… Ⅲ.①数控机床—计算机辅助设计—应用软件，CAXA—教材 Ⅳ.①TG659

中国版本图书馆 CIP 数据核字（2010）第 085649 号

机械工业出版社（北京市百万庄大街 22 号　邮政编码 100037）
策划编辑：赵磊磊　责任编辑：赵磊磊　版式设计：张世琴
责任校对：常天培　封面设计：陈　沛　责任印制：李　妍
北京富生印刷厂印刷
2010 年 7 月第 1 版第 1 次印刷
184mm×260mm・17 印张・417 千字
0001—3000 册
标准书号：ISBN 978-7-111-30602-3
　　　　　ISBN 978-7-89451-516-2（光盘）
定价：35.00 元（含 1CD）

前　　言

　　CAXA 制造工程师是具有自主知识产权的国产数控加工编程软件。它为数控加工行业提供了从造型、设计到加工代码生成、加工仿真、代码校验等一体化的解决方案，是数控机床真正的"大脑"；同时也是国家教育部、人力资源和社会保障部、科技部指定考试和比赛的认证软件，一直以来是全国各类数控技能大赛组委会指定的 CAD/CAM 软件。

　　CAXA 公司一直致力于改进制造工程师的功能，CAXA 制造工程师 2008 版在 2006版的基础上增强了特征实体造型、自由曲面造型、由三轴到五轴的数控编程等重要功能。针对多轴模块新增了曲线加工、曲面区域加工、叶轮系列粗加工和精加工、轨迹转换等功能，更新并提供更多的四、五轴后置处理功能，支持多轴定向加工功能等，同时新增了可用于代码转换、手工编程和宏程序的编程助手模块。

　　全书以 CAXA 制造工程师 2008 正式版为操作平台，遵循"求实、求是、求新、求精"的原则，立足于职业技能鉴定，尤其是在数控比赛软件应用方面，大量实例来自于数控大赛软件应用和职业技能鉴定试题。在编写过程中把我们使用 CAXA 制造工程师的心得体会融入到本书的各个模块中，总结数控加工的实际应用经验，可以帮助读者轻松了解并掌握数控编程的思路和应用技巧。全书共分十一个模块，内容包括：CAXA 制造工程师 2008 简介、九个实例模块和一个后置处理与工艺清单模块。既介绍了 CAXA 制造工程师 2008 的数据转换、操作界面的个性设置及工艺清单的输出等，又介绍了多轴产品设计和加工模块的运用，以及 CAXA 制造工程师 2008 在产品设计、三轴加工、后置处理等方面的使用技巧。全书通过实例讲解操作方法，图文并茂，内容由浅入深，易学易懂，突出了实用性，使读者能快速入门并掌握 CAXA 制造工程师 2008 的使用技巧。每章均配有练习题，以便读者将所学知识融会贯通。

　　本书采用"模块教学、任务驱动"的形式，注重 CAM 技术在实践应用环节的训练，可作为职业院校和技工学校的机械、机电、数控、模具、计算机辅助设计与制造等专业的技能鉴定或数控类比赛参考用书，也可供广大 CAD/CAM 软件爱好者自学使用。为方便读者学习，本书光盘中提供了所有模块的造型文件和加工文件，读者只要按书中的操作步骤以及光盘中提供的资料进行练习，再举一反三，就能扎实地掌握 CAXA 制造工程师的实际应用技巧。

　　本书由罗军、杨国安主编，由宋小春主审。模块二、模块七、模块八、模块十一由罗军编写，模块一、模块三、模块九、模块十由杨国安编写，模块四、模块五、模块六由李功编写，罗军统稿。

　　由于编者水平有限，书中难免存在疏漏之处，敬请读者批评指正。

编　者

目　　录

模块一 CAXA 制造工程师 2008 简介

CAXA 制造工程师是具有卓越工艺性的数控编程 CAM 软件，它高效易学，为数控加工行业提供了从造型、设计到加工代码生成、加工仿真、代码校验等一体化的解决方案，是数控机床真正的"大脑"。CAXA 制造工程师软件不但融合了很多国外的高速加工技术以及多轴加工技术，而且在代码反读和代码转换方面有非常强的优势，如法拉克代码转换为西门子代码、海德汉代码、华中数控代码等。

CAXA 制造工程师软件的优势还在于它是 CAXA 完整 PLM 解决方案的重要组成部分，能够与 CAXA CAD、CAPP、DNC 到 PDM、MPM 等整体 PLM 解决方案无缝集成。比如在 DNC 系统中，可以直接批量导入 CAXA 电子图板软件的二维 CAD 模型和 CAXA 工艺图表软件的 CAPP 文件，自动生成产品结构树，CAXA 电子图板和 CAXA 工艺图表内的文件信息自动加载到产品结构树结点上，CAXA 制造工程师可直接获取这些节点信息，生成的轨迹在后置处理时自动加载了这些零部件节点信息，直接保证后续的 DNC 传输以及机床信息反馈都包含了这些非图形信息的传递。

CAXA 制造工程师 2008 版新增了特征实体造型、自由曲面造型和两轴到五轴的数控加工等重要功能。在 CAXA 制造工程师 2006 版的基础上，还对原有功能做了增强、改进，尤其是新增了可用于代码转换、手工编程和宏程序的编程助手模块；针对五轴模块新增了曲线加工、曲面区域加工、叶轮 A 系列粗加工和精加工、五轴轨迹转四轴轨迹等功能；针对四轴模块增强了铣槽能力，更新了四轴后置，支持 360° 连续角度；更新了系统的 License 检查，适应大规模应用场景。

◎ 技能目标

- 了解 CAXA2008 操作界面。
- 了解各工具栏中按钮的名称。
- 掌握一些常用快捷键的使用方法。
- 掌握一些常用按钮的功能。
- 依据个人操作习惯进行系统参数的个性设置。

项目一 界面介绍

CAXA 制造工程师操作界面（简称为界面）是交互式 CAD/CAM 软件与用户进行信息交流的中介。系统通过界面反映当前信息状态将要执行的操作，用户按照界面提供的信息做出判断，并经由输入设备进行下一步的操作。

CAXA 制造工程师的界面和其他 Windows 风格的软件界面一样，各种应用功能通过菜单和工具条驱动；状态栏指导用户进行操作，并提示当前状态和所处位置；导航栏记录了历史操作和相互关系；绘图区显示各种功能操作的结果；同时，绘图区和导航栏为用户提供了数据交互的功能，如图 1-1 所示。

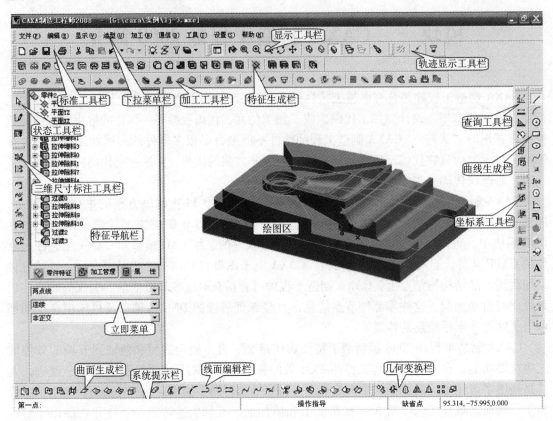

图 1-1　CAXA 制造工程师 2008 操作界面

CAXA 制造工程师工具条中每一个按钮都对应一个菜单命令，单击按钮和单击菜单命令效果是完全一样的。

一、绘图区

绘图区是用户进行绘图设计的工作区域，如图 1-1 所示的空白区域。它们位于屏幕的中心，并占据了屏幕的大部分面积。绘图区为显示全图提供了清晰的空间。

在绘图区的中央设置了一个三维直角坐标系，该坐标系称为世界坐标系。它的坐标原点为（0.000，0.000，0.000）。用户在操作过程中的所有坐标均以此坐标系的原点为基准。

二、下拉菜单栏

下拉菜单栏位于界面最上方，单击菜单栏中的任意一个菜单项，都会弹出一个下拉菜单，指向某一个菜单项会弹出其子菜单。菜单栏与子菜单构成下拉主菜单。

下拉菜单栏包括文件、编辑、显示、造型、加工、工具、设置和帮助。每个部分都含有若干个下拉菜单。

如单击主菜单中的“造型”，指向下拉菜单中的“曲线生成”，然后单击其子菜单中的“直线”，界面左侧会弹出一个立即菜单，并在状态栏显示相应的操作提示和执行命令状态。对于除立即菜单和工具菜单以外的其他菜单来说，某些菜单选项要求用户以对话的形式予以回答。用鼠标单击这些菜单时，系统会弹出一个对话框，用户可根据当前操作作出响应。

三、立即菜单

立即菜单描述该项命令执行的各种情况和使用条件。用户根据当前的作图要求，正确地选择某一选项，即可得到准确的响应。在图 1-1 中显示的是画直线的立即菜单。

在立即菜单中，用鼠标选取其中的某一项（例如"两点线"），便会在下方出现一个选项菜单或者改变该项的内容。

四、快捷菜单

光标处于不同的位置，按下鼠标右键会弹出不同的快捷菜单。熟练使用快捷菜单，可以提高绘图速度。

将光标移到特征树栏中的 XY、YZ、ZX 三个基准平面上，单击鼠标右键，弹出的快捷菜单如图 1-2a 所示。

将光标移到特征树栏中的特征上，单击鼠标右键，弹出的快捷菜单如图 1-2b 所示。

将光标移到特征树栏的草图上，单击鼠标右键，弹出的快捷菜单如图 1-2c 所示。

将光标移到绘图区中的实体上，用鼠标左键拾取实体表面，单击鼠标右键，弹出的快捷菜单如图 1-2d 所示。

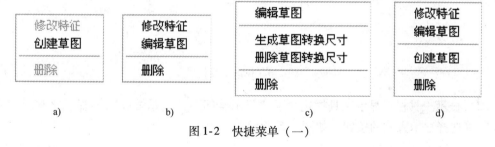

图 1-2　快捷菜单（一）

在草图状态下，用鼠标左键拾取草图曲线，单击鼠标右键，弹出的快捷菜单如图 1-3a 所示。

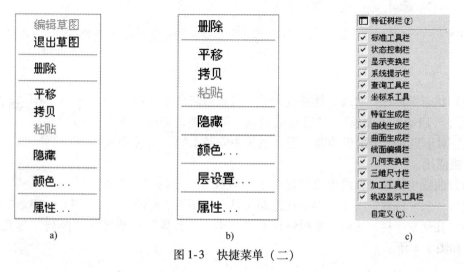

图 1-3　快捷菜单（二）

在空间曲线、曲面上用鼠标左键拾取曲线或者加工轨迹曲线，然后单击鼠标右键，弹出的快捷菜单如图 1-3b 所示。

在任意菜单栏空白处，单击鼠标右键，弹出的快捷菜单如图 1-3c 所示。

五、对话框

某些菜单选项要求用户以对话的形式予以回答，在单击这些菜单时，系统会弹出一个对话框，用户可根据当前操作作出响应。

六、工具栏

在工具栏中，可以通过鼠标左键单击相应的按钮进行操作。工具栏可以自定义，界面上的工具栏包括：标准工具栏、显示工具栏、状态工具栏、曲线工具栏、几何变换栏、线面编辑栏、曲面生成栏和特征生成栏等。

（1）标准工具栏　标准工具栏包含了标准的"打开"、"打印"等 Windows 按钮；也有制造工程师的"线面可见"、"层设置"、"拾取过滤设置"、"当前颜色"等按钮，如图 1-4 所示。

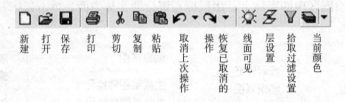

图 1-4　标准工具栏

（2）显示工具栏　显示工具栏包含了"显示全部"、"显示缩放"、"显示平移"、"视向定位"等选择显示方式的按钮，如图 1-5 所示。

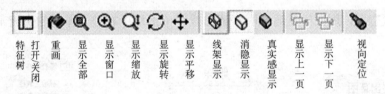

图 1-5　显示工具栏

（3）状态工具栏　状态工具栏包含了"终止当前命令"和"绘制草图"、"启动电子图板"、"启动数据接口"功能，如图 1-6 所示。注：对于启动电子图板功能，需在系统中安装 CAXA 电子图板软件才能使用。

图 1-6　状态工具栏

（4）曲线生成栏　曲线生成栏包含了"直线"、"圆弧"、"公式曲线"、"尺寸标注"等丰富的曲线绘制工具，如图 1-7 所示。

（5）几何变换栏　几何变换栏包含了"平移"、"镜像"、"旋转"、"阵列"等几何变换工具，如图 1-8 所示。

图 1-7　曲线生成栏

（6）线面编辑栏　线面编辑栏包含了"曲线裁剪"、"曲线过渡"、"曲线拉伸"和"曲面裁剪"、"曲面过渡"、"曲面缝合"等编辑工具，如图 1-9 所示。

（7）曲面生成栏　曲面生成栏包含了"直纹面"、"旋转面"、"扫描面"等曲面生成工具，如图 1-10 所示。

图 1-8　几何变换栏

图 1-9　线面编辑栏

（8）特征生成栏　特征生成栏包含了"拉伸增料"、"导动增料"、"过渡"、"环形阵列"等丰富的特征造型手段，如图 1-11 所示。

（9）加工工具栏　加工工具栏包含了"粗加工"、"精加工"、"补加工"等加工工具，如图 1-12 所示。

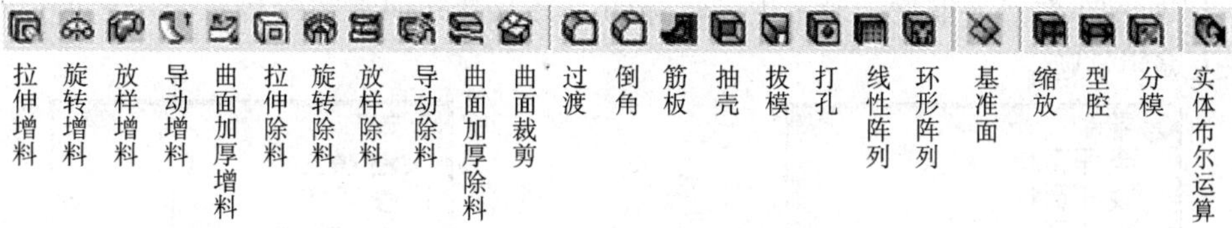

图 1-10　曲面生成栏

图 1-11　特征生成栏

（10）坐标系工具栏　坐标系工具栏包含了"创建坐标系"、"激活坐标系"、"删除坐标系"、"隐藏坐标系"等工具，如图 1-13 所示。

（11）三维尺寸标注工具栏　三维尺寸标注工具栏包含了"标注三维尺寸"、"编辑三维尺寸"等工具，如图 1-14 所示。

（12）查询工具栏　查询工具栏包含了"查询坐标"、"查询距离"、"查询角度"、"查询属性"等工具，如图 1-15 所示。

图 1-12　加工工具栏

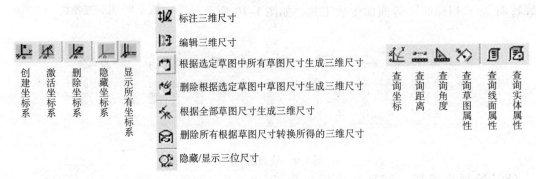

图 1-13　坐标系工具栏　　　图 1-14　三维尺寸标注工具栏　　　图 1-15　查询工具栏

（13）特征导航栏　移动鼠标至"零件特征"按钮，单击鼠标左键，显示特征导航栏，如图 1-16 所示。特征导航栏记录了零件生成的操作步骤，用户可以直接在特征导航栏中对零件特征进行编辑。

（14）轨迹导航栏　移动鼠标至"加工管理"按钮，单击鼠标左键，显示轨迹导航栏，如图 1-17 所示。轨迹导航栏记录了生成轨迹的刀具及其几何参数等信息，用户可以在轨迹导航栏上编辑轨迹。

图 1-16　特征导航栏

图 1-17　轨迹导航栏

七、点工具菜单

工具点就是在操作过程中具有几何特征的点，如圆心点、切点、端点等。

点工具菜单就是用来捕捉工具点的菜单。用户进入操作命令，需要输入特征点时，只要按下空格键，即在屏幕上弹出点工具菜单，如图 1-18 所示。

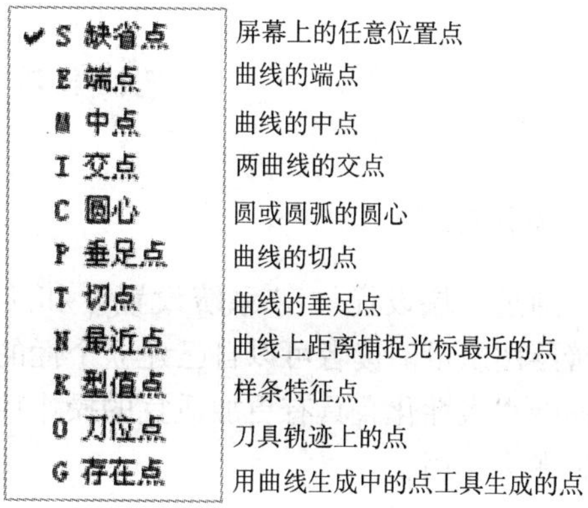

八、矢量工具菜单

矢量工具菜单主要用来选择方向。在曲面生成过程中，当状态栏提示"输入扫描方向"时，只要按下空格键，即在屏幕上弹出矢量工具菜单，如图 1-19 所示。

✔ S 缺省点	屏幕上的任意位置点
E 端点	曲线的端点
M 中点	曲线的中点
I 交点	两曲线的交点
C 圆心	圆或圆弧的圆心
P 垂足点	曲线的切点
T 切点	曲线的垂足点
N 最近点	曲线上距离捕捉光标最近的点
K 型值点	样条特征点
O 刀位点	刀具轨迹上的点
G 存在点	用曲线生成中的点工具生成的点

图 1-18　点工具菜单

九、选择集拾取工具菜单

拾取图形元素（点、线、面）的目的就是根据作图的需要在已经完成的图形中，选取作图所需的某个或某几个元素。

选择集拾取工具菜单就是用来方便地拾取需要元素的菜单。拾取元素的操作是经常要用到的，应当熟练地掌握。在操作过程中，当状态栏提示"拾取加工对象"时，只要按下空格键，即在屏幕上弹出选择集拾取工具菜单，如图 1-20 所示。

✔ 直线方向
X轴正方向
X轴负方向
Y轴正方向
Y轴负方向
Z轴正方向
Z轴负方向
端点切矢

图 1-19　矢量工具菜单

✔ A 拾取添加
W 拾取所有
R 拾取取消
L 取消尾项
D 取消所有

图 1-20　选择集拾取工具菜单

已选中的元素集合，称为选择集。当交互操作处于拾取状态（工具菜单提示出现"添加状态"或"移出状态"）时，用户可通过选择集拾取工具菜单来改变拾取的特征。

（1）拾取所有　拾取所有就是拾取画面上所有的元素。但系统规定，在所有被拾取的元素中不应含有拾取设置中被过滤掉的元素或被关闭图层中的元素。

（2）拾取添加　指定系统为拾取添加状态，此后拾取到的元素，将放到选择集中。拾取操作有两种状态：添加状态和移出状态。

（3）取消所有　所谓取消所有，就是取消所有被拾取到的元素。

（4）拾取取消　拾取取消就是从拾取到的元素中取消某些元素。

（5）取消尾项　执行本项操作可以取消最后拾取到的元素。

上述几种拾取元素的操作，都是通过鼠标来完成的，也就是说，通过移动鼠标，使光标对准待选择的某个元素，然后按下鼠标左键，即可完成拾取的操作。被拾取的元素加亮显示（缺省为红色），以示与其他元素的区别。

项目二　个性设置

项目描述

通过"层设置"、"系统设置"和"自定义设置"等操作，可以有效地提高绘图效率，完善绘图质量。读者可以自己建立个性的层设置和操作环境，修改常用的工具条，使得操作页面变得人性化，具有更加适宜的操作性。同时介绍一些快捷键的设定和操作，这对初学者来说尤为实用。

操作步骤

一、层设置

本项菜单的功能是修改（查询）图层名、图层状态、图层颜色、图层可见性以及创建新图层，如图 1-21 所示。

1）单击"设置"下拉菜单中的"层设置"，或者直接单击 $\mathcal{B}$ 按钮。

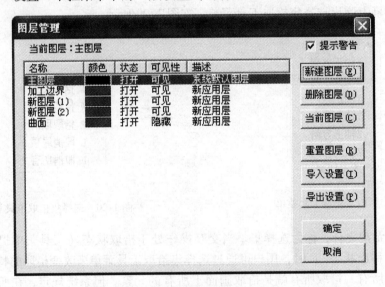

图 1-21　图层管理

2）选定某个图层，双击"名称"、"颜色"、"状态"、"可见性"和"描述"中的任一项，可以进行修改。

3）可以新建图层、删除指定图层或将指定图层设置为当前图层。

4）如果想取消新建的许多图层，可单击"重置图层"按钮，回到图层初始状态。

5）单击导出设置按钮，弹出"导入/导出图层"对话框。输入图层组名称及其详细信息，单击"确定"按钮，可将当前图层状态保存下来，如图 1-22 所示。

　6）单击导入设置按钮，弹出"导入/导出图层"对话框。选择已存在的图层组名称，单击"确定"按钮，可将该图层组设置为当前图层。单击"删除图层组"按钮，可将其删除。

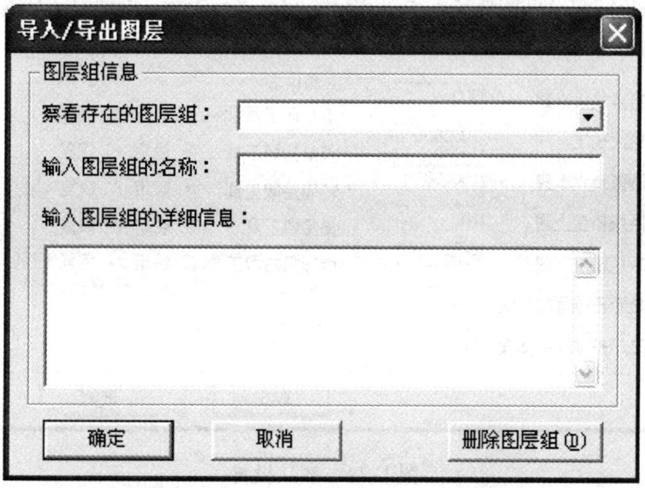

图 1-22　导入/导出图层对话框

提示：当部分图层上存在有效元素时，无法重置图层和导入图层。

二、系统设置

用户根据绘图的需要，可对系统的一系列参数进行设置。

1. 环境设置

环境设置的具体项目见图 1-23。

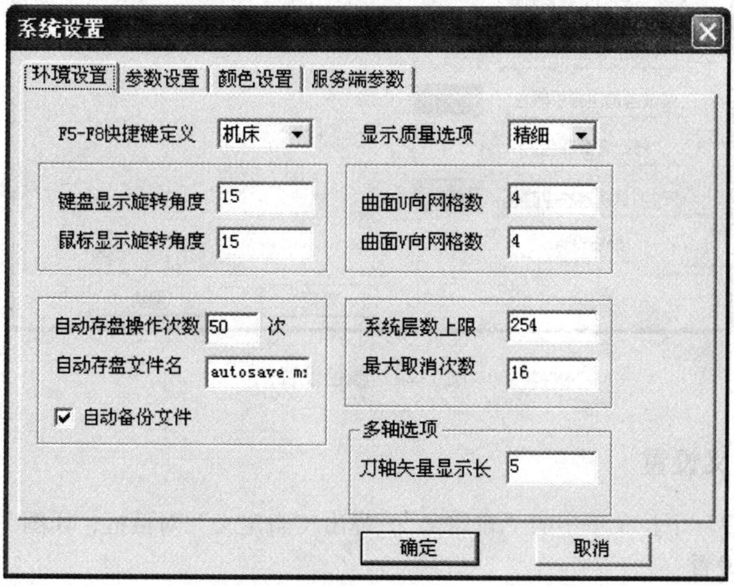

图 1-23　系统设置

2. 参数设置

单击"参数设置"按钮，对话框改变，可以根据需要对参数、辅助工具的状态进行设定，如图 1-24 所示。

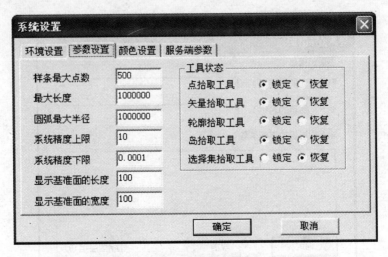

图 1-24　参数设置

3. 颜色设置

颜色设置的具体项目见图 1-25。

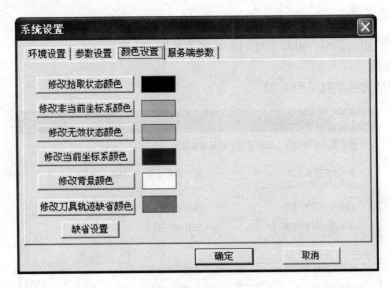

图 1-25　颜色设置

三、自定义设置

单击"设置"下拉菜单中的"自定义"，弹出"自定义"对话框，如图 1-26 所示。

1. 工具条设置

可根据自己的使用习惯定义工具条。

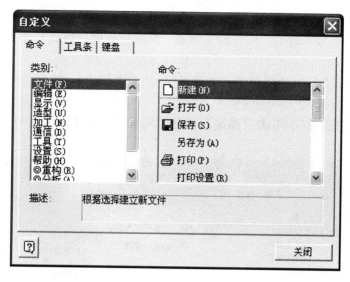

图 1-26 "自定义"对话框

1）单击选项中的"工具条"，如图 1-27 所示。

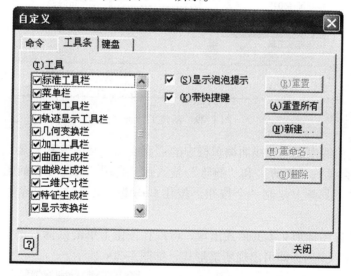

图 1-27 工具条设置

2）根据自己的使用特点选取工具条，如果有特殊需要，用户还可以自定义新的工具条。单击"新建"按钮，弹出"创建工具条"对话框，如图 1-28 所示。输入工具条名称，单击"确定"按钮，出现新工具条。单击命令按钮，拖动某些命令到新工具条中。

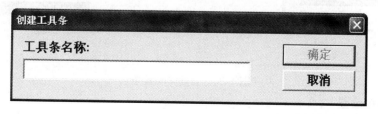

图 1-28 "创建工具条"对话框

3）单击"重置所有"按钮，可以恢复系统默认的工具条内容。

如：新建一个名为"自用工具"的工具条，其中有直线、修剪和删除三个命令。具体步骤如下：

1）单击"自定义"对话框中的"工具条"，单击"新建"按钮，弹出"创建工具条"对话框。

2）输入"自用工具"，单击"确定"按钮，出现新工具条，名称为"自用工具"，如图 1-29 所示。

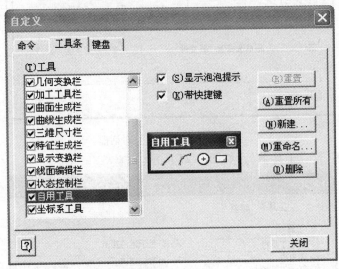

图 1-29　新建工具条

3）分别单击曲线生成栏和线面编辑栏中的"直线"、"修剪"和"删除"按钮，并按住左键不放，将"直线"、"修剪"和"删除"拖入到"自用工具"中，如图 1-30a 所示。

4）如果想在工具条上复制一个按钮，按住 Ctrl 键，单击这个图标拖动即可，如图 1-30b 所示。

5）如果希望以图标加文本的形式出现，可以在按钮上单击鼠标右键，在弹出的快捷菜单中单击"图标和文本"，即可出现所需形式，如图 1-30c 所示。

图 1-30　自定义工具条

2. 键盘命令设置

可根据自己的使用习惯定义快捷键。

1）单击选项中的"键盘"，用户根据快捷键的类别进行选择。

2）单击"按下新加速键"下的输入栏，在键盘上按下要自定义的快捷键，该栏中显示出此快捷键。

3）单击"指定"按钮，确认新的快捷键。

4）单击"全部重置"按钮，可以恢复系统默认的键盘命令。

如：将"文件"菜单中"显示平移"功能的快捷键修改为"Alt + P"。具体步骤如下：

1）单击"自定义"对话框中的"键盘"按钮，出现快捷键定义对话框，如图 1-31 所示。

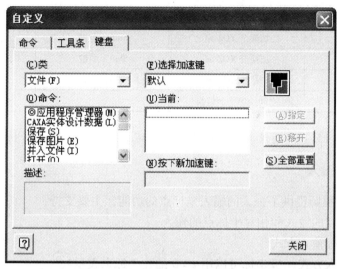

图 1-31　键盘快捷键设置

2）在"类别"框中选择"文件"项，然后在"命令"框中选择"保存"项。

3）单击"按下新加速键"下的输入栏，这时按"Alt + P"键，该栏中显示出此快捷键，如图 1-32 所示。若此快捷键已经被使用，下面的"已分配给"会有提示。

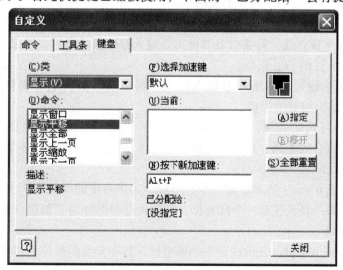

图 1-32　快捷键设置

4）单击"指定"按钮，确认把"保存"功能的快捷键定义为"Alt + P"。

常用快捷键及其功能见表1-1。

表1-1 常用快捷键及其功能

快捷键	功能	快捷键	功能
F1 键	系统帮助	方向键	显示平移
F2 键	切换"草图绘制"	Shift + 方向键	显示旋转
F3 键	显示全部图形	Ctrl + ↑ 键	显示放大
F4 键	屏幕刷新	Ctrl + ↓ 键	显示缩小
F5 键	切换至 XOY 面	鼠标中键	显示旋转
F6 键	切换至 YOZ 面	Shift + 右键	显示缩放
F7 键	切换至 XOZ 面	Shift + 中键	显示平移
F8 键	轴测图显示	鼠标右键	执行上一命令
F9 键	空间绘图平面转换		

提示：此处的 F5 ~ F8 的设置与系统设置中的环境设置项"F5 ~ F8 快捷键定义"有关。

四、坐标点输入

CAXA 制造工程师提供了强大的输入坐标点的功能，主要支持：

1）绝对坐标点的输入和相对坐标点的输入。

2）笛卡儿坐标输入方式。

3）柱坐标输入方式（极坐标可以用 $z = 0$ 的柱坐标来表示）。

4）球坐标输入方式。

在造型过程中，任何需要拾取点或者输入点的时刻，用户都可以直接按回车键，来启动坐标输入功能，界面显示为

@q:30,60,30

比如：用户在生成直线、样条以及其他需要输入拾取点的地方，可以启用该功能。坐标输入的形式为：[@][tt:]x，y，z。

1）"@"为可选输入项。用户不输入该项，则表示该值为绝对坐标值（这是缺省方式），否则表示该值为相对坐标值。

2）"tt:"也为可选输入项。用户不输入该项，则表示为笛卡儿坐标，这是缺省方式。否则，根据"tt"组合的不同，定义的坐标体系也不相同，并且"："不能省略。细分如下：

　a. 柱坐标表示。

tt = z、tt = dz 或 tt = zd：表示这是一个柱坐标，其中角度的单位为"度（°）"。

tt = hd 或 tt = dh：表示这是一个柱坐标，其中角度的单位为"弧度（rad）"。

　b. 球坐标表示。

tt = q、tt = dq 或 tt = qd：表示这是一个球坐标，其中角度的单位为"度（°）"。

tt = hq 或 tt = qh：表示这是一个球坐标，其中角度的单位为"弧度（rad）"。

例如：

@ z：50，90：相对于前一点的极坐标为（50，90°）。

@ q：30，60，30：相对于前一点的球坐标为（30，60°，30）。

zh：80，0.2，50：绝对的柱坐标为（80，0.2rad，50）。

模 块 总 结

　　本模块以 CAXA 制造工程师 2008 的操作界面和系统个性设置等为例，介绍操作界面各工具栏按钮的名称及常用按钮的功能与快捷键的运用等，并针对优化系统功能等进行个性化设置，读者应对 CAXA 制造工程师 2008 在操作方面有简单的认识。当然，实际的产品设计和加工等，必须通过后续模块的学习来完成，本模块主要是要让读者初步了解 CAXA 制造工程师 2008。

模块二　零件一的设计与加工

本模块主要是在设计和加工的过程中学习工件生成、加工步骤及基本概念，对基本命令的使用步骤和加工参数将作详细的讲述。本模块以较复杂的工件为例，介绍工件的设计过程，包括如何根据成品草图生成实体的过程，同时介绍如何用曲面来修剪实体、公式曲线的使用技巧，变半径倒圆角的设置等问题。在工件的加工过程中，介绍如何设置加工边界、有效提高加工效率等。加工方法虽不能面面俱到，但能从不同角度介绍相关的加工方法。此外，在加工中本模块将着重讲述"程序的拷贝与粘贴"方法的运用。

◎ 技能目标

- 掌握创建草图和曲线的方法。
- 掌握创建公式曲线和变半径倒圆角的方法。
- 掌握创建曲面裁剪除料的方法。
- 掌握加工前加工边界的设置方法。
- 了解各类加工方法的运用。
- 掌握程序的拷贝⊖与粘贴方法。

项目一　CAD 造型

项目描述

根据图 2-1 所示工件图的实体视图及二维尺寸，绘制工件的实体模型。该工件由以下几个部分组成：

1）总体在 120mm×80mm×30mm 的板料上切割。

2）左边为波浪面修剪实体。

3）右边为公式曲线生成的切割和椭圆位置的曲面修剪。

4）中间位置是两个沉孔。

操作步骤

双击桌面图标█，进入 CAXA 制造工程师 2008 操作界面。移动光标至特征树栏左下角，通过◀▶选择"零件特征"按钮，显示零件特征栏，进入造型界面。

一、创建拉伸增料

1）在零件特征栏里选择"平面 XY"为基准面，单击状态控制栏中的"绘制草图"按

⊖　软件中统一称为"拷贝"，即"复制"。

钮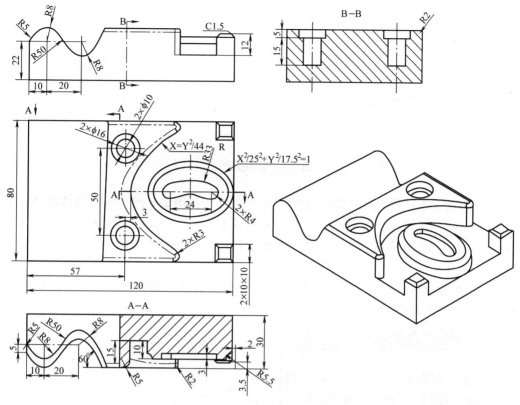（或按 F2 键），进入草图绘制状态。

图 2-1 零件一

2）单击曲线生成栏中的"矩形"按钮 □，绘制矩形。在矩形立即菜单中单击 `两点矩形 ▼`，切换到 `中心_长_宽 ▼`，填写相应参数，如图 2-2 所示。移动光标至坐标原点，当光标箭头右边出现原点符号时，单击左键将矩形中心定在坐标原点处，如图 2-3 所示。

3）再次单击状态控制栏中的"绘制草图"按钮 ，退出草图绘制。

当需要修改绘制的草图时，可将光标移动到零件特征栏中，放在"草图 0"标题上，单击右键，弹出的快捷菜单如图 2-4 所示。单击"编辑草图"，即可进行草图编辑，编辑完毕后，进行第 3 步操作。

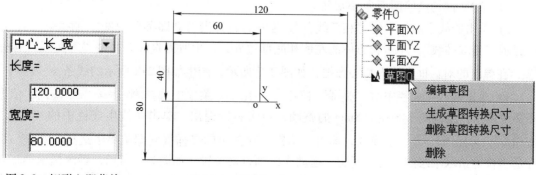

图 2-2 矩形立即菜单　　　图 2-3 绘制矩形　　　图 2-4 编辑草图

4）按 F8 键切换到轴测图状态，如图 2-5 所示。

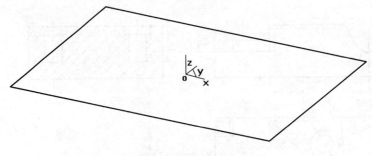

图 2-5   轴测图状态

5）单击特征生成栏中的"拉伸增料"按钮 ，弹出图 2-6 所示的"拉伸增料"对话框，并填写拉伸增料的相关参数，如深度、拔模斜度等，在选择拉伸对象时，移动光标至所绘制草图，单击左键拾取轮廓线，单击"拉伸增料"对话框中的"确定"按钮，完成拉伸增料。

提示：此处采用向上拉伸，坐标原点在工件的底部，如果想将加工原点放在工件顶部，在此处只需勾选☑ 反向拉伸 即可。

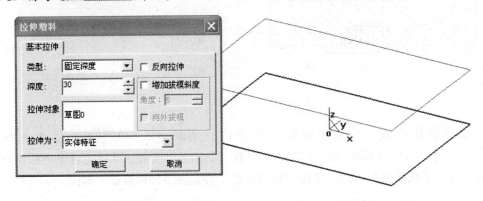

图 2-6   "拉伸增料"对话框

二、创建工件左侧的波浪面

1）按 F9 键切换绘图面为 XOZ 面。

2）单击曲线生成栏中的"相关线"按钮 ，在弹出的立即菜单中选择 实体边界 ，系统提示"拾取曲线"，单击长方体的左侧和底部边界，产生所需直线。通过"等距线"按钮 ，在弹出的对话框中输入相关数据，如图 2-7 所示，产生如图 2-8 所示的线条。

3）单击曲线生成栏中的"整圆"按钮 ⊕，在立即菜单中选择 圆心_半径 模式，依据图 2-1 所示，绘制两个半径为 8mm 的整圆，单击右键退出。单击曲线生成栏中的"圆弧"按钮 ，采用 两点_半径 模式，单击空格键，在弹出的点捕捉立即菜单中选择 T 切点 模式，在适当位置拾取刚绘制的两个圆边，拖动光标到合理位置，如图 2-9 所示，系统提示第三点或半径，按回车键在弹出的立即对话框中输入 50（注意圆弧的方向，绘制时一定要给出切点

图 2-7 等距线立即菜单

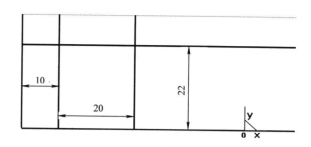

图 2-8 等距线绘制

的大概位置，否则可能会是另一种切弧）。采用两点半径绘制 R5 圆弧，点捕捉采用 E 端点和 T 切点 模式，结果如图 2-10 所示。

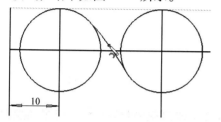

图 2-9 两点半径绘圆弧

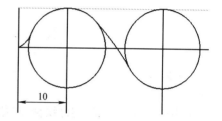

图 2-10 圆弧绘制结果

4）单击曲线生成栏中的"直线"按钮，在直线立即菜单中将 两点线 改为 角度线 ，填写相应直线绘制参数，如图 2-11 所示。单击空格键，采用 T 切点 模式选取 R8 圆的边，拖动直线至适当长度，按"S"键切换为缺省点模式，在屏幕上点取，结果如图 2-12 所示。

图 2-11 直线立即菜单

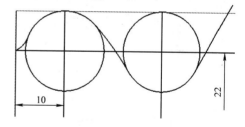

图 2-12 直线绘制结果

5）单击线面编辑栏中的"删除"按钮，将多余的辅助线和尺寸删除，结果如图 2-13 所示。单击"曲线裁剪"按钮，将多余的线条裁剪后的结果如图 2-14 所示。

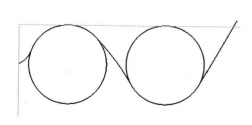

图 2-13 删除结果

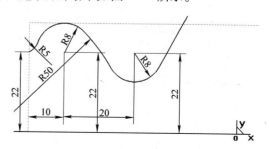

图 2-14 修剪结果

6）单击线面编辑栏中的"曲线组合"按钮 ↬。弹出的立即菜单为 删除原曲线 ▾，系统提示从一端开始选取曲线，随后确定链搜索方向，即可将多段曲线组合成一条曲线。

7）用同样的方法在长方体后侧面绘制同样的一条曲线，注意控制两条曲线的位置。

提示： 此处可采用平移命令完成。单击几何变换栏中的"平移"按钮 ⚙，在弹出的立即菜单中输入如图 2-15 所示的参数，选中刚组合好的曲线，单击右键，结果如图 2-15 所示。单击几何变换栏中的"平移"按钮 ⚙，在弹出的立即菜单中设置偏移量，如图 2-15 所示，拾取粘贴的曲线，单击右键，结果如图 2-16 所示。

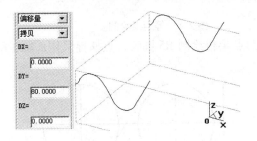

图 2-15 粘贴结果

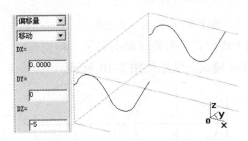

图 2-16 偏移结果

8）单击曲面生成栏中的"直纹面"按钮 ▧，弹出立即菜单 曲线+曲线 ▾，按照系统提示，分别拾取两条空间曲线，注意拾取时要保持所选方向的一致性，否则会产生如图 2-17 所示的交叉曲面，正确的曲面如图 2-18 所示。

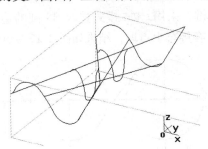

图 2-17 交叉曲面

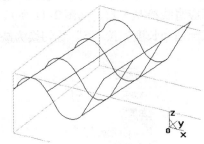

图 2-18 直纹曲面

9）单击特征生成栏中的"曲面裁剪除料"按钮 ⚙，弹出"曲面裁剪除料"对话框，如图 2-19 所示。选取曲面，注意绿色箭头为除料部分，如果箭头不是自己想要的方向，可以用 除料方向选择 切换除料方向，单击"确定"按钮完成操作，如图 2-20 所示。

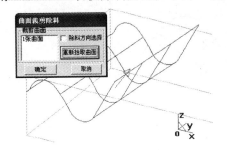

图 2-19 曲面裁剪操作

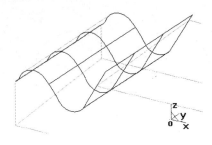

图 2-20 曲面裁剪结果

10）按 F8 键切换到轴测图，移动光标至曲面，单击左键拾取，随后单击右键，即弹出如图 2-21 所示的屏幕工具菜单，单击隐藏命令，将曲面隐藏。移动光标至曲线，按住 Ctrl 键单击左键添加另一条，随后单击右键，将曲线隐藏。

提示：拾取时注意光标右下角图标的变换。

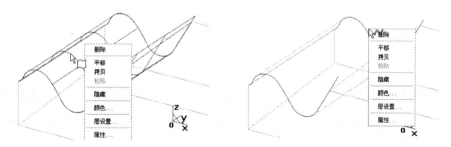

图 2-21　隐藏

三、沉孔

单击特征生成栏中的"打孔"按钮 🔳，系统提示拾取打孔平面，单击长方体的右侧上表面，并在弹出的"孔的类型"对话框中选择第一行第三列的沉孔。当指定孔的定位点时，先在平面上随意单击一下，此时用键盘输入（-3，25）并按回车键。单击下一步，在"孔的参数"对话框中输入如图 2-22 所示的参数。单击完成按钮，结果如图 2-23 所示。用同样的方法生成第二个孔。

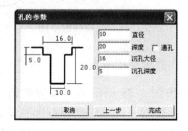

图 2-22　"孔的参数"对话框

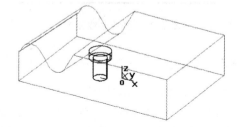

图 2-23　打孔

提示：此处也可采用线性阵列功能完成。单击特征生成栏中的"线性阵列"按钮 🔳，在弹出的"线性阵列"对话框中，先设定阵列对象，在零件特征树中单击 ⊟ 🔳 打孔1。设定边/基准轴时，选择如图 2-24 所示的边，注意箭头方向，可以勾选对话框中的"反转方向"来调整，并输入距离 50 和数目 2。单击 第一方向 ▾ 切换到第二方向，此时只需设定边/基准轴，选择如图 2-25 所示的边界。单击"确定"按钮完成第二个孔。

四、抛物线槽

1）单击长方体右侧上表面。
2）单击状态控制栏中的"绘制草图"按钮 ✏ （或按 F2 键），进入草图绘制状态。
3）按 F5 键将视图切换到 XY 视图。

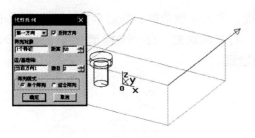

图 2-24 线性阵列第一方向

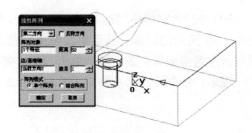

图 2-25 线性阵列第二方向

4）单击曲线生成栏中的"公式曲线"按钮 $f(x)$，在弹出的对话框中（见图 2-26）输入相关数据；将顶点设定在坐标原点；单击"直线"按钮 ，在立即菜单中选择如图 2-27 所示的模式，绘制封闭抛物线。

图 2-26 公式曲线设置

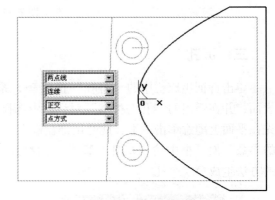

图 2-27 抛物线槽草图

5）再次单击状态控制栏中的"绘制草图"按钮 ，退出草图绘制。

6）单击特征生成栏中的"拉伸除料"按钮 ，弹出图 2-28 所示的"拉伸除料"对话框，并填写拉伸除料的相关参数等。在选择拉伸对象时，移动光标至所绘制草图，单击左键拾取如图 2-28 所示的轮廓线，单击"拉伸除料"对话框中的"确定"按钮，完成拉伸除料，如图 2-29 所示。

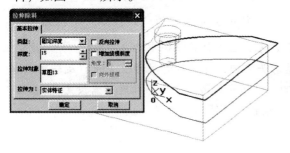

图 2-28 拉伸除料

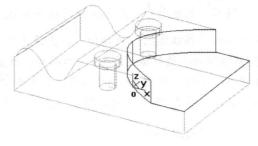

图 2-29 抛物线槽

五、抛物线 R3 圆角

单击特征生成栏中的"圆角"按钮 ，弹出图 2-30 所示的"过渡"对话框，并填写相关参数等，选择图 2-30 所示的轮廓边界，单击"确定"按钮，完成圆角过渡，如图 2-31 所示。

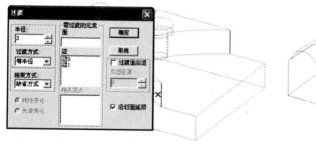

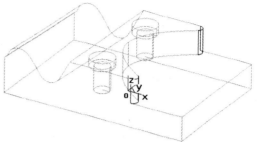

图 2-30　R3 圆角过渡　　　　　　　　　　　　图 2-31　过渡结果

六、抛物线变半径圆角

单击特征生成栏中的"圆角"按钮 ，弹出图 2-32 所示的"过渡"对话框，并填写相关参数等，选择图 2-32 所示的轮廓边界。在相关顶点栏中，从顶点 0 开始设定半径值为 2，其中需要变半径的是顶点 3，在半径栏中修改半径值为 5，单击"确定"按钮，完成圆角过渡，如图 2-33 所示。

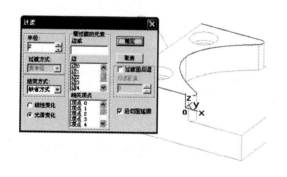

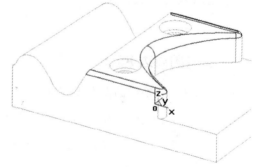

图 2-32　变半径过渡设置　　　　　　　　　　图 2-33　变半径圆角

七、椭圆凸台

1）单击抛物线槽底部表面。

2）单击状态控制栏中的"绘制草图"按钮 （或按 F2 键），进入草图绘制状态。

3）按 F5 键将视图切换到 XY 视图。

4）单击曲线生成栏中的"椭圆"按钮 ，在弹出的对话框（见图 2-34）中输入相关数据。由于椭圆右边与长方体边界相切，用键盘输入椭圆原点（35，0），结果如图 2-35 所示。

5）再次单击状态控制栏中的"绘制草图"按钮 ，退出草图绘制。

6）单击特征生成栏中的"拉伸增料"按钮 ，弹出图 2-36 所示的"拉伸增料"对话框，并填写拉伸增料的相关参数等。在选择拉伸对象时，移动光标至所绘制椭圆草图，单击左键拾取图 2-36 所示的轮廓线，单击"确定"按钮，完成拉伸增料，如图 2-37 所示。

图 2-34 椭圆绘制参数

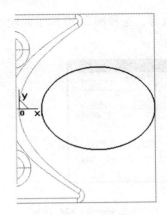

图 2-35 椭圆绘制

图 2-36 椭圆拉伸参数

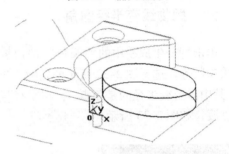

图 2-37 椭圆拉伸

八、椭圆周边 R5.5

1）按 F9 键切换绘图面为 XOZ 面。

2）单击显示工具栏中的"视向定位"按钮 ，选择后视-机床ZX。

3）单击曲线生成栏中的"整圆"按钮 ，系统提示圆心点时按回车键输入（62，0，26.5），再输入半径5.5。

4）单击曲线生成栏中的"相关线"按钮 ，在弹出的立即菜单中选择 实体边界 ，系统提示"拾取曲线"，单击椭圆顶部边界，产生所需曲线。

5）单击曲面生成栏中的"导动面"按钮 ，在立即菜单中选择 固接导动 模式，按照系统提示，拾取导动线为提取的椭圆，拾取截面曲线为 R5.5mm 的整圆，结果如图 2-38 所示。

6）单击特征生成栏中的"曲面裁剪除料"按钮 ，单击导动面，绿色箭头（软件中显示为绿色）为保留部分，此处需要勾选"除料方向选择"，单击"确定"按钮，结果如图 2-39 所示。建议将曲面和曲线隐藏。

九、10mm×10mm 矩形台

1）单击抛物线槽底部表面。

2）单击状态控制栏中的"绘制草图" 按钮（或按 F2 键），进入草图绘制状态。

3）按 F5 键将视图切换到 XY 视图。

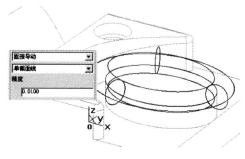

图 2-38 导动修剪曲面

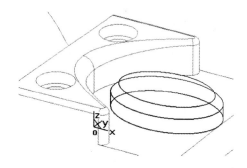

图 2-39 修剪结果

4）单击曲线生成栏中的"矩形"按钮 ▭，由长方体的右边端点绘制两个矩形，如图 2-40 所示，并标注尺寸。单击"尺寸驱动"按钮 ⬦，分别单击所标注的尺寸，都修改为 10，结果如图 2-41 所示。

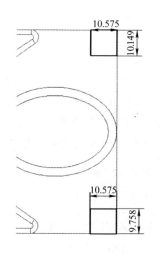

图 2-40 绘制矩形

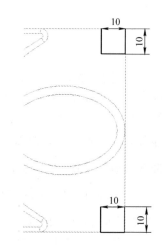

图 2-41 尺寸驱动

5）再次单击状态控制栏中的"绘制草图"按钮 ⬚，退出草图绘制。

6）单击特征生成栏中的"拉伸增料"按钮 ⬚，弹出图 2-42 所示的"拉伸增料"对话框，并填写拉伸增料的相关参数等。在选择拉伸对象时，移动光标至所绘制的矩形草图，单击左键拾取图 2-42 所示的轮廓线，单击"确定"按钮，完成拉伸增料。

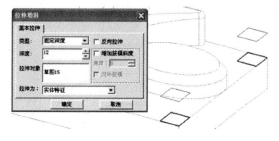

图 2-42 方台拉伸

十、C1.5（1.5mm×45°）倒角

单击特征生成栏中的"倒角"按钮 ⬟，弹出图 2-43 所示的"倒角"对话框，并填写倒角距离 1.5 等，再选择矩形台的上表面边界。单击确定按钮，结果如图 2-44 所示。

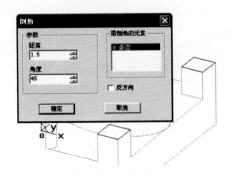

图 2-43　倒角参数

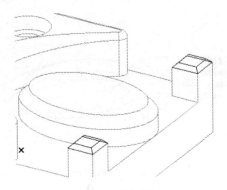

图 2-44　倒角结果

十一、月牙槽

1）单击椭圆顶部表面。

2）单击状态控制栏中的"绘制草图"按钮 （或按 F2 键），进入草图绘制状态。

3）按 F5 键将视图切换到 XY 视图。

4）单击曲线生成栏中的"整圆"按钮，系统提示圆心点时按回车键输入（23，0），再输入半径 4；用同样的方法输入（47，0），半径为 4。单击曲线生成栏中的"圆弧"按钮，采用 两点_半径 模式，按空格键，在弹出的点捕捉立即菜单中选择 T 切点 模式，在适当位置拾取刚绘制的两个圆边，拖动光标到合理位置，系统提示第三点或半径，按回车键，在弹出的立即对话框中输入 33，继续选择两个圆边绘制半径为 25mm 的圆弧。单击线面编辑栏中的"曲线裁剪"按钮，修剪至图样要求，结果如图 2-45 所示。

5）再次单击状态控制栏中的"绘制草图"按钮，退出草图绘制。

6）单击特征生成栏中的"拉伸除料"按钮，弹出"拉伸除料"对话框，并填写拉伸除料的相关参数等。在选择拉伸对象时，移动光标至所绘制的月牙形草图，单击左键拾取如图 2-46 所示的轮廓线，单击"拉伸除料"对话框，单击"确定"按钮，完成拉伸除料。

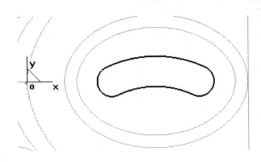

图 2-45　绘制草图

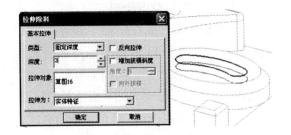

图 2-46　拉伸除料

十二、保存文件

保存完成的实体，如图 2-47 所示。

图 2-47　实体设计

项目二　CAM 加工

项目描述

本工件从造型看，左边的波浪面、椭圆顶部凹圆角过渡由于余量较大，需用平刀三维粗加工和球刀三维精加工。而抛物线、两个凸台的圆角和直角过渡相对余量较小，可直接采用球刀进行三维精加工。其他部位均为平面，可使用 CAXA 制造工程师的两轴刀路方法完成粗、精加工。

操作步骤

双击桌面图标█进入 CAXA 制造工程师 2008 操作界面。单击"文件"下拉菜单中的"打开"，或者直接单击"打开"按钮█，弹出"打开文件"对话框，选择需加工的文件。在初始化状态下，CAXA 制造工程师 2008 首先进入加工管理导航栏。如果建模后就进入加工状态，需单击█ 零件特征 █ 加工管◀▶导航栏中的加工管理按钮。

一、加工前的参数设置

1. 模型参数设置

在加工管理导航栏中，选择"模型"栏并双击左键，弹出"模型参数"对话框，如图 2-48 所示。几何精度用于控制加工模型与几何模型之间的误差。该值的大小将直接影响加工件的形状精度，同时也影响加工程序的长短。建议用户依据加工精度要求合理设置该值，本例中采用默认值 0.01。

由于系统中所有曲面及实体（隐藏或显示）的总和为模型，所以用户在增、删曲面时一定要小心，因为删除曲面或增加实体元素都意味着对模型的修改，这样已生成的轨迹可能会不再适用于新的模型了，严重的话会导致过切，操作中建议将"模型包含不可见曲面"和"模型包含隐藏层中的曲面"前的勾去除。

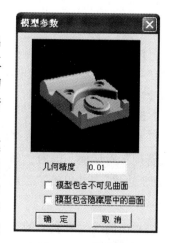

图 2-48　模型参数

强烈建议在使用加工模块的过程中不要增删曲面，如果一定要这样做，必须重置（重新）计算所有的轨迹。如果仅仅用于 CAD 造型中的增、删曲面，可以另当别论。

2. 定义毛坯

在加工管理导航栏中，选择"毛坯"栏并双击左键，弹出"定义毛坯"对话框，如图 2-49 所示。

系统提供了三种定义毛坯的方式。为简化操作，本例采用参照模型的方式，先单击 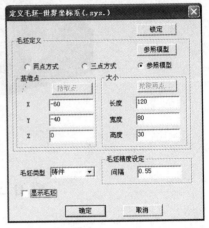 参照模型，接着激活"参照模型"按钮，单击鼠标左键，系统依据模型自动获取毛坯的基准点、长、宽和高的数据，建议修改数据（见图 2-49）。单击"确定"按钮。

图 2-49　定义毛坯

3. 起始点设置

在加工管理导航栏中双击"起始点"，由于工件的原点坐标在底部，刀具的安全高度在工件上表面 30 的位置，所以设置全局轨迹的起始点坐标为（0，0，60）。

4. 刀具库设置

在加工管理导航栏中，选择"刀具库"栏并双击左键，弹出"刀具库管理"对话框，如图 2-50 所示。

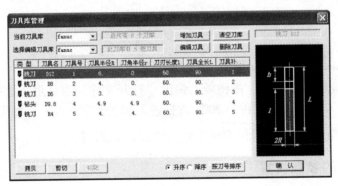

图 2-50　刀具库管理

注意：当设定好刀具参数，按确认按钮后，在加工管理导航栏中刀具库的变化如图 2-51 所示。对于刀具库的管理也可边加工边设置。

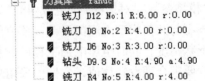

图 2-51　刀具清单

5. 加工边界设定

单击标准工具栏中的"层设置"按钮，弹出"图层管理"对话框，单击"新建图层"按钮，图层名设为"加工边界"，并单击"当前图层"按钮，将新建图层设为当前图层，单击"确定"按钮退出。

单击曲线生成栏中的"相关线"按钮，从立即菜单中选择"实体边界"。拾取加工中必要的边界线，如图 2-52 所示。

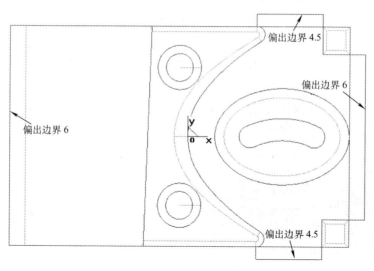

图 2-52 加工边界

1）单击曲线生成栏中的"相关线"按钮 ![icon]，在弹出的立即菜单中选择 实体边界 ▾ ，系统提示"拾取曲线"，单击波浪面右边边界，产生所需曲线。

2）单击曲面生成栏中的"实体表面"按钮 ![icon]，拾取长方体底部平面。

3）单击曲线生成栏中的"相关线"按钮 ![icon]，在弹出的立即菜单中选择 曲面投影线 ▾ ，系统提示"拾取曲面"，单击长方体底部平面。在输入投影方向时按空格键，在弹出的立即菜单中选择 Z轴负方向 。拾取曲线选择波浪面右边边界线，产生所需投影线，如图 2-53 所示。

4）单击线面编辑栏中的"曲线过渡"按钮 ![icon]，在弹出的立即菜单中选择 尖角 ▾ ，将投影线和底部边界进行修剪。将长方体左边的边界通过"等距线"按钮 ![icon]，向左偏移 6mm，再单击"曲线过渡"按钮 ![icon]，采用 尖角 ▾ 模式，将底部曲线修剪为波浪面的加工区域，同时利用曲线生成栏中的"相关线"按钮 ![icon]，采用 实体边界 ▾ 模式，单击长方体底部边界，产生所需曲线，结果如图 2-54 所示。

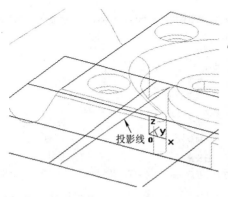

图 2-53 投影曲线

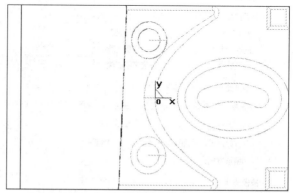

图 2-54 左侧加工范围

二、钻沉孔

1）单击加工工具栏中的"孔加工"按钮 ![icon]，弹出"孔加工"对话框。

2）单击"刀具参数"标签，双击刀具名为 D9.8 的钻头。

3）单击"加工参数"标签，设定结果如图 2-55 所示。其余为系统默认的设置。

4）单击"确定"按钮。按空格键弹出点设置立即菜单，设为 c 圆心模式，拾取孔位置的圆边界。

5）单击鼠标右键，结束轮廓选择。系统进行刀路运算，结果如图 2-56 所示。

图 2-55 钻孔参数

图 2-56 钻孔刀路

为了不影响程序的继续编制，可以将刀路作隐藏处理。在加工管理导航栏中选择钻孔，单击右键，弹出立即菜单，选择隐藏即可。或在绘图区域用左键选中刀路，单击右键，弹出立即菜单，选择隐藏。也可以在图层管理中建立"刀路"图层，并将该图层设为"当前图层"，利用图层来管理刀路。

提示：此处平面在加工前如果是经磨削的表面，装夹工件时只需校好平面即可，无需加工。此外也可采用平面区域粗加工来完成该平面的加工。

三、毛坯周边精加工

1）单击加工工具栏中的"平面轮廓精加工"按钮，弹出"平面轮廓精加工"对话框。

2）单击"刀具参数"标签，双击刀具名为 D12 的铣刀。

3）分别单击"加工参数"、"接近返回"、"下刀方式"标签，按图 2-57 所示设置参

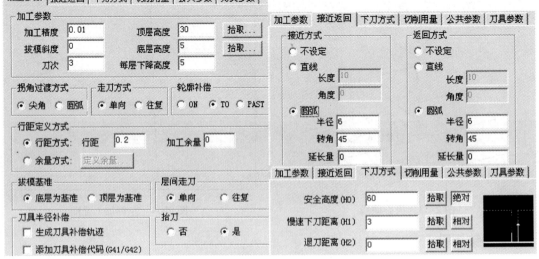

图 2-57 加工参数、切入切出设置

数。其余为系统默认。切削用量依据用户经验设定。

4）单击"确定"按钮。拾取加工轮廓为毛坯的最大边界。注意加工轮廓的箭头方向与顺铣、逆铣有关，第二次绿箭头（软件显示为绿色）将决定刀路的偏移方向，如图 2-58 所示。当提示进退刀点时，无需设置，单击右键，结束轮廓选择。系统进行刀路运算，结果如图 2-59 所示。隐藏刀路。

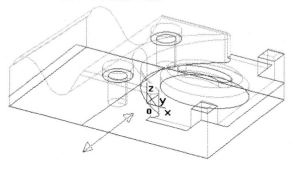

图 2-58 拾取加工轮廓

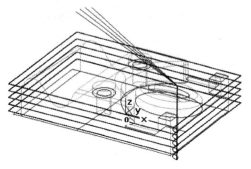

图 2-59 轮廓线精加工刀路

四、φ16mm 孔粗、精加工

1）单击加工工具栏中的"轮廓线精加工"按钮 ，弹出"轮廓线精加工"对话框。

2）单击"刀具参数"标签，双击刀具名为 D12 的铣刀。

3）单击"加工边界"标签，参数设置见图 2-60。

4）单击"下刀方式"标签，如图 2-57 所示。

5）切入切出：XY 向不设定。

6）加工参数：如图 2-61 所示，其余为系统默认。切削用量依据用户经验设定。

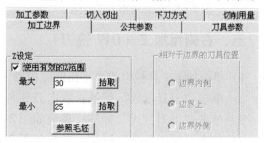

图 2-60 加工边界

7）单击"确定"按钮。拾取加工轮廓为 φ16mm 孔的边界，注意箭头方向为逆时针。

8）单击右键，结束轮廓选择。由于没有岛屿轮廓，继续单击右键，系统进行刀路运算，结果如图 2-62 所示。

9）在加工管理导航栏中，选择"3－轮廓线精加工刀路"，单击右键拷贝。

10）再次单击鼠标右键，粘贴"3－轮廓线精加工刀路"为"4－轮廓线精加工刀路"。

11）在加工管理导航栏中，展开"4－轮廓线精加工"。选择"加工参数"，双击左

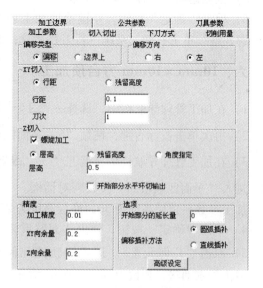

图 2-61 加工参数

键。打开"轮廓线精加工参数"对话框。

① 加工参数：XY 切入行距为 0.1，刀次为 2。精度设置 XY 向余量为 0，Z 向余量为 0。

② 加工边界：均设为 25。

③ 切入切出：XY 向设圆弧，半径为 1.5，角度为 45°。

④ 切削用量：依据用户经验设定。

⑤ 检查其他各项，一般无需修改。

12）单击"确定"按钮，弹出"刀路重新生成"对话框，单击"是"，系统进行刀路运算，结果如图 2-63 所示。

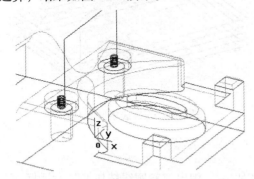 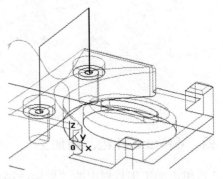

图 2-62 轮廓线粗加工刀路　　　　　图 2-63 轮廓线精加工刀路

五、右侧粗加工（D12 铣刀）

1）单击加工工具栏中的"平面区域粗加工"按钮 ▣。弹出"平面区域粗加工"对话框。

2）单击"刀具参数"标签：双击刀具名为 D12 的铣刀。

3）单击"下刀方式"标签：参数如图 2-57 所示。

4）单击"加工参数"标签：参数如图 2-64 所示。

5）接近返回、清根参数：不设定。

6）单击"确定"按钮。左键拾取加工边界，如图 2-65 所示，单击右键，由于没有岛屿轮廓，继续单击右键，系统进行刀路运算，结果如图 2-65 所示。

六、10mm×10mm 方台顶加工

1）在加工管理导航栏中，选择 ⊟ 🗀 5-平面区域粗加工，单击右键拷贝。

2）再次单击鼠标右键，粘贴"5 – 平面区域粗加工"为"6 – 平面区域粗加工"。

3）在加工管理导航栏中，展开"⊟ 🗀 6-平面区域粗加工"；选择"加工参数"，双击左键。进入"平面区域粗加工参数"对话框。

加工参数：顶层高度为 30，底层高度为 27；轮廓参数：补偿为 ON；其余参数不变。

4）单击"确定"按钮，弹出"刀路重新生成"对话框，单击"否"。

5）双击"几何元素"。进入"轨迹几何编辑器"对话框。选择 〰 轮廓曲线，单击删除；单击轮廓曲线，拾取 10mm×10mm 方台边界，单击右键结束；单击"确定"按钮，弹出"刀路重新生成"对话框，单击"是"，系统进行刀路运算，结果如图 2-66 所示。

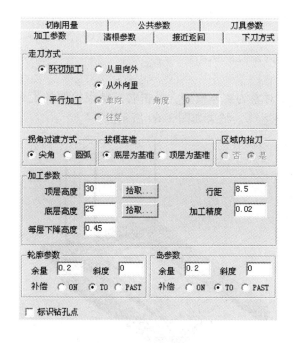

图 2-64　加工参数设定

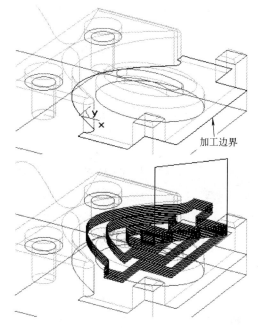

图 2-65　粗加工边界与刀路

6）单击几何变换栏中的"平移"按钮 ，在弹出的立即菜单中选择 两点 ▼ 、拷贝 ▼ 和 非正交 ▼ 模式，拾取元素为刚产生的方台刀路，单击右键确认；输入基点为方台上某个尖点，输入目标点时，移动鼠标至另一个方台同样位置的尖点处，单击右键结束，如图 2-67 所示。

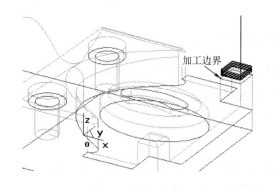

图 2-66　方台粗加工

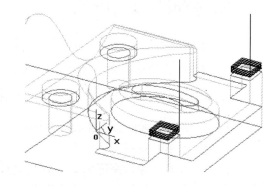

图 2-67　粗加工拷贝

提示：当无法选择点的时候，按空格键，设置点捕捉模式为缺省点。

七、波浪面粗加工

1）单击加工工具栏中的"等高线粗加工" 按钮，弹出"等高线粗加工"对话框。

2）单击"刀具参数"标签：双击刀具名为 D12 的铣刀。

3）单击"加工边界"标签：相对于边界的刀具位置为边界上。

4）单击"下刀方式"标签：如图 2-57 所示。

5）加工参数 1：如图 2-68 所示，其余参数为系统默认。

6）加工参数 2：区域切削类型为仅切削。

7）单击"确定"按钮。单击左键拾取加工对象为实体模型，单击右键结束拾取加工对象。加工边界拾取左边封闭边界，系统进行刀路运算，结果如图 2-69 所示。

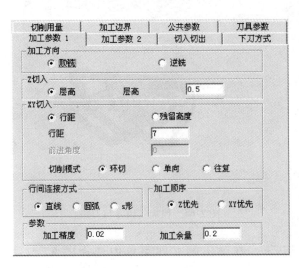

图 2-68　加工参数设定

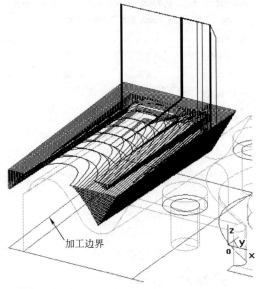

图 2-69　等高线粗加工刀路

八、右侧粗加工（D8 铣刀）

1）在加工管理导航栏中，选择 ⊟ 🗀 5-平面区域粗加工，单击右键拷贝。

2）再次单击鼠标右键，粘贴"5 – 平面区域粗加工"为"9 – 平面区域粗加工"。

3）在加工管理导航栏中，展开"⊟ ✅ 9-平面区域粗加工"。选择"加工参数"，双击左键。进入"平面区域粗加工参数"对话框。

① 刀具参数：选择 D8 铣刀。

② 加工参数：顶层高度为 25，底层高度为 15，行距为 5，每层下降高度为 0.45；轮廓参数、岛参数：余量为 0.15，补偿为 TO；其余参数不变，如图 2-70 所示。

4）单击"确定"按钮，弹出"刀路重新生成"对话框，单击"是"，系统进行刀路运算，结果如图 2-71 所示。

九、波浪面补粗加工（D8 铣刀）

1）在加工管理导航栏中选择 ⊞ 🗀 8-等高线粗加工，单击右键拷贝。

2）再次单击鼠标右键，粘贴"9 – 平面区域粗加工"为"10 – 等高线粗加工"。

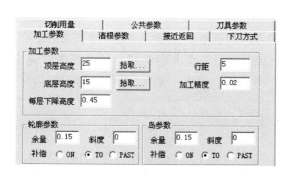

图 2-70　加工参数设定

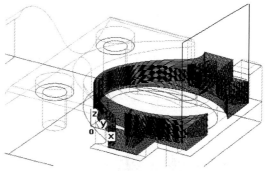

图 2-71　粗加工

3）在加工管理导航栏中，展开" 10-等高线粗加工"；选择"加工参数"，双击左键，进入"平面区域粗加工参数"对话框。

① 刀具参数：选择 D8 铣刀。

② 加工参数、加工边界：设置如图 2-72 所示。

4）单击"确定"按钮，弹出"刀路重新生成"对话框，单击"是"，系统进行刀路运算，结果如图 2-73 所示。

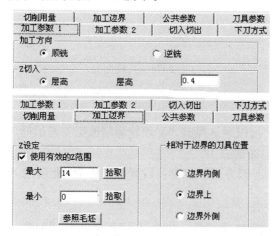

图 2-72　加工参数设定

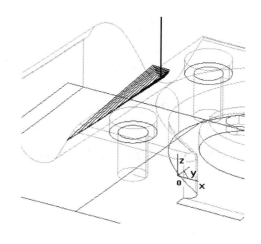

图 2-73　补加工

十、φ10mm 孔精加工

1）在加工管理导航栏中，选择 4-轮廓线精加工，单击右键拷贝。

2）再次单击鼠标右键，粘贴"10 - 等高线粗加工"为"11 - 轮廓线精加工"。

3）在加工管理导航栏中，展开" 11-轮廓线精加工"；选择"加工参数"，双击左键，进入"平面区域粗加工参数"对话框。

① 刀具参数：选择 D8 铣刀。

② 切入切出：XY 向设为圆弧，半径为 0.5，角度为 45°。

③ 加工边界：勾选"使用有效的 Z 范围"，最大为 17.5，最小为 10。

④ 加工参数：设置如图 2-74 所示。

4）单击"确定"按钮，弹出"刀路重新生成"对话框，单击"否"。

5）双击"几何元素"。进入"轨迹几何编辑器"对话框。选择 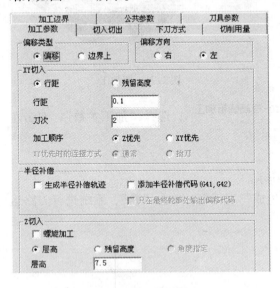 轮廓曲线，单击删除；单击轮廓曲线，拾取加工轮廓为 φ10mm 孔的边界，注意箭头方向为逆时针，单击右键结束。单击"确定"按钮，弹出"刀路重新生成"对话框，单击"是"，系统进行刀路运算，结果如图 2-75 所示。

图 2-74　加工参数设定

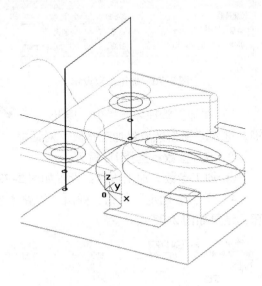

图 2-75　孔精加工

十一、抛物线精加工

1）单击加工工具栏中的"平面轮廓精加工"按钮 ＼。弹出"平面轮廓精加工"对话框。

2）单击"刀具参数"标签：双击刀具名为 D8 的铣刀。

3）分别单击"加工参数"、"接近返回"、"下刀方式"标签：设置如图 2-76 所示的参

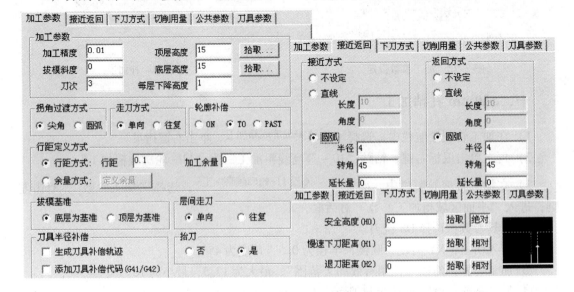

图 2-76　加工参数、切入切出设置

数。其余为系统默认。切削用量依据用户经验设定。

4）单击"确定"按钮。拾取如图 2-77 所示的抛物线加工边界。注意加工轮廓的箭头方向与顺铣、逆铣有关，第二次绿箭头（软件显示为绿色）将决定刀路偏移方向。当提示进退刀点时，无需设置，单击右键，结束轮廓选择。系统进行刀路运算，结果如图 2-78 所示，隐藏刀路。

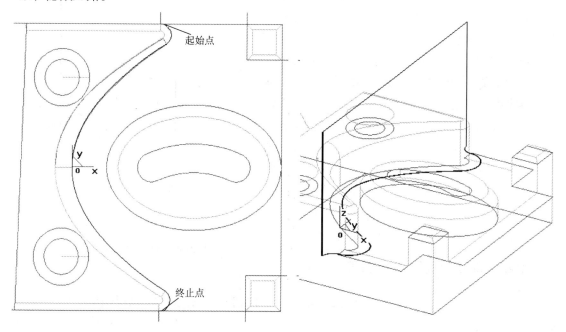

图 2-77　加工轮廓拾取　　　　　　　　　　图 2-78　轮廓线精加工刀路

提示：在拾取加工边界时，请按空格键，在弹出的立即菜单中设置"限制链拾取"模式，拾取时只要由起始点处选择线条，定义串连方向。在定义终止点，即可以完成加工边界设置。

十二、椭圆精加工

1）在加工管理导航栏中选择 ⊟ 12-平面轮廓精加工，单击右键拷贝。

2）再次单击鼠标右键，粘贴"⊟ 12-平面轮廓精加工"为"13 – 平面轮廓精加工"。

3）在加工管理导航栏中，展开"13 – 平面轮廓精加工"，双击"几何元素"，进入"轨迹几何编辑器"对话框。选择 ⌒ 轮廓曲线，单击删除。单击轮廓曲线按钮，拾取加工轮廓为椭圆的边界，注意箭头方向为顺时针，加工方向为外侧，单击右键结束。单击"确定"按钮，弹出"刀路重新生成"对话框，单击"是"，系统进行刀路运算，结果如图 2-79 所示。

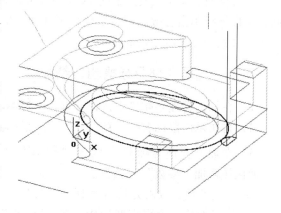

图 2-79　精加工轮廓刀路

十三、10mm×10mm 凸台精加工

1) 在加工管理导航栏中选择 ⊟ ✍ 13-平面轮廓精加工，单击右键拷贝；再次单击鼠标右键，粘贴为"14 – 平面轮廓精加工"。

2) 双击"加工参数"，进入"平面轮廓精加工"对话框，单击"接近返回"，设置接近方式与返回方式为不设定。

3) 在加工管理导航栏中双击"几何元素"，进入"轨迹几何编辑器"对话框，选择 ⌒ 轮廓曲线，单击删除。单击轮廓曲线，拾取加工轮廓为 10mm×10mm 凸台的两条边界，注意为顺时针方向，加工方向为凸台外侧，单击右键结束。单击"确定"按钮，弹出"刀路重新生成"对话框，单击"是"，系统进行刀路运算。

用同样的方法拷贝"14 – 平面轮廓精加工"，此处只需修改 ⌒ 轮廓曲线 即可，结果如图 2-80 所示。

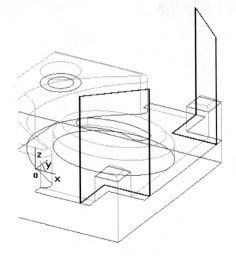

图 2-80 轮廓线精加工刀路

十四、椭圆周边凹槽粗加工

1) 单击加工工具栏中的"参数线精加工"按钮 ✍。弹出"参数线精加工"对话框。

2) 单击"刀具参数"标签：双击刀具名为 D8 的铣刀。

3) 单击"下刀方式"标签：如图 2-57 所示。

4) 接近返回：接近方式、返回方式选用不设定。

5) 加工参数：如图 2-81 所示，其余参数为系统默认。

6) 单击"确定"按钮。单击左键拾取加工对象为椭圆周边 R5.5mm 凹槽，注意箭头方向，单击右键结束拾取加工对象。单击左键拾取型腔底部表面为加工进刀点；状态行提示切换加工方向时，单击右键。提示改变曲面方向时，由于在拾取加工对象时，已确定曲面方向，所以继续单击右键。不拾取任何干涉面，单击右键。系统进行刀路运算，结果如图2-82所示。注意刀具轨迹是由底部向上。

十五、椭圆顶部月牙槽粗、精加工

1) 在加工管理导航栏中选择 ⊞ ▢ 9-平面区域粗加工，单击右键拷贝。

2) 再次单击鼠标右键，粘贴"9 – 平面区域粗加工"为"17 – 平面区域粗加工"。

3) 在加工管理导航栏中展开"⊟ ✍ 17-平面区域粗加工"，双击"加工参数"，进入"平面区域粗加工参数"对话框。

① 刀具参数：双击刀具名为 D6 的铣刀。

② 加工参数：顶层高度为 25，底层高度为 22；轮廓参数：补偿为 TO；其余参数不变。

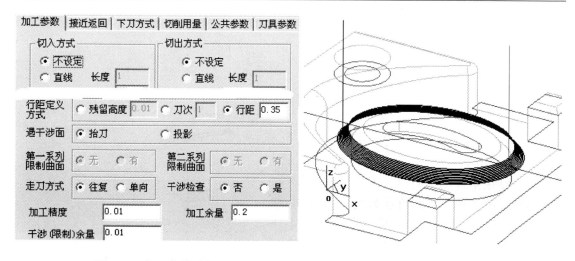

图 2-81 加工参数设定

图 2-82 参数线粗加工刀路

4）单击"确定"按钮，弹出"刀路重新生成"对话框，单击"否"。

5）双击"几何元素"，进入"轨迹几何编辑器"对话框。选择 轮廓曲线，单击删除；单击轮廓曲线，拾取月牙槽边界，单击右键结束。单击"确定"按钮，弹出"刀路重新生成"对话框，单击"是"，系统进行刀路运算，结果如图 2-83 所示。

也可用下面的方法：

1）在加工管理导航栏中选择 4-轮廓线精加工，单击右键拷贝。

2）再次单击鼠标右键，粘贴"4 - 轮廓线精加工"为"18 - 轮廓线精加工"。

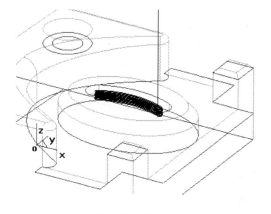

图 2-83 粗加工

3）在加工管理导航栏中展开" 18-轮廓线精加工"，双击"加工参数"，进入"轮廓线精加工参数"对话框。

① 刀具参数：双击刀具名为 D6 的铣刀。

② 切入切出：XY 向设为圆弧，半径为 0.5，角度为 45°。

③ 加工边界：勾选"使用有效的 Z 范围"，最大为 22，最小为 12。

④ 加工参数：设置不变。

4）单击"确定"按钮，弹出刀路重新生成对话框，单击"否"。

5）双击"几何元素"，进入"轨迹几何编辑器"对话框。选择 轮廓曲线，单击删除。单击轮廓曲线，拾取加工轮廓为椭圆顶部月牙槽边界，注意箭头方向为逆时针，单击右键结束。单击"确定"按钮，弹出"刀路重新生成"对话框，单击"是"，系统进行刀路运算，结果如图 2-84 所示。

十六、波浪面精加工

1）单击加工工具栏中的"参数线精加工"按钮 ，弹出"参数线精加工"对话框。

2）单击"刀具参数"标签：双击刀具名为 R4 的铣刀。

3）单击"下刀方式"标签：如图 2-57 所示。

4）接近返回：均选用不设定。

5）加工参数：如图 2-85 所示，其余参数为系统默认。

6）单击"确定"按钮。单击左键拾取加工对象为实体波浪面，注意箭头方向，单击右键，结束拾取加工对象。单击鼠标左键，拾取波浪面最左边的角点为加工进刀点。状态行提示切换加工方向时，单击鼠标左键切换到沿 Y 向进给，单击鼠标右键。提示改变曲面方向时，由于在拾取加工对象

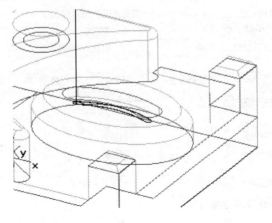

图 2-84　精加工

时，已确定曲面方向，所以继续单击鼠标右键。不拾取任何干涉面，单击鼠标右键。系统进行刀路运算，结果如图 2-86 所示。

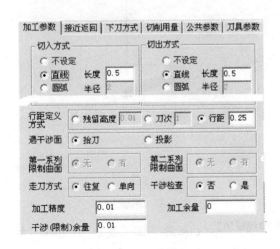

图 2-85　加工参数设定

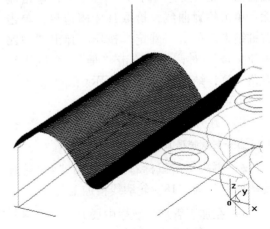

图 2-86　参数线精加工刀路

十七、抛物线顶部 R 圆角精加工（一）

1）单击"参数线精加工"按钮 ，单击鼠标左键。弹出"参数线精加工"对话框。

2）单击"刀具参数"标签：双击刀具名为 R4 的铣刀。

3）加工参数：切入/切出方式设置为直线、长度 0.5，行距为 0.21；干涉检查为否；加工余量为 0；其余参数为系统默认。

① 切削用量：依据用户经验设定。

② 接近返回：不设定。

4）单击"确定"按钮。左键拾取加工对象为如图 2-87 所示的圆角。单击右键，结束拾取加工对象。单击鼠标左键拾取圆角底部边缘为加工进刀点。状态行提示切换加工方向

时，单击鼠标左键切换到理想状态，单击鼠标右键。提示改变曲面方向时，由于在拾取加工对象时，已确定曲面方向，继续单击鼠标右键。不拾取任何干涉面，单击鼠标右键。

5）系统进行刀路运算，结果如图2-88所示。

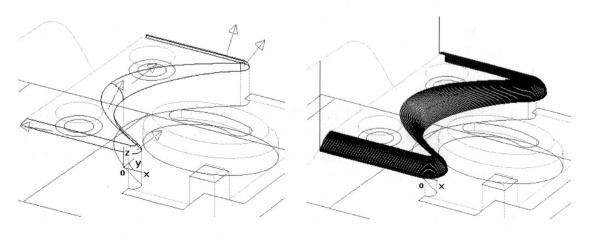

图2-87　加工面拾取　　　　　　　　　　图2-88　参数线精加工刀路

十八、抛物线顶部 R 圆角精加工（二）

1）在加工管理导航栏中选择 ⊞ 🗹 16-参数线精加工，单击右键拷贝。

2）再次单击鼠标右键，粘贴"21 – 参数线精加工"。

3）在加工管理导航栏中展开"⊟ 🗹 21-参数线精加工"，双击"加工参数"，进入"参数线精加工参数"对话框。

① 刀具参数：双击刀具名为 R4 的球铣刀。

② 加工参数：只修改行距为 0.21。

4）单击"确定"按钮，弹出"刀路重新生成"对话框，单击"是"。

5）系统进行刀路运算，结果如图2-89所示。

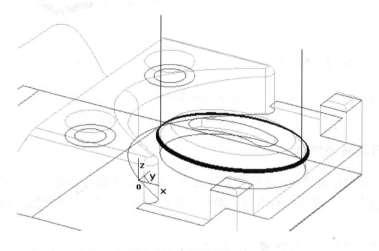

图2-89　R 圆角精加工

十九、10mm×10mm 方台倒角精加工

1）单击"参数线精加工"按钮🖼，单击鼠标左键，弹出"参数线精加工"对话框。

2）单击"刀具参数"标签：双击刀具名为 R4 的铣刀。

3）加工参数：切入/切出方式设置为直线、长度 1，行距为 0.21；干涉检查为否；加工余量为 0；其余参数为系统默认。

① 切削用量：依据用户经验设定。

② 接近返回：不设定。

4）单击"确定"按钮。左键拾取加工对象为 10mm×10mm 方台的倒角面。单击右键，结束拾取加工对象。单击鼠标左键拾取底部边缘为加工进刀点。状态行提示切换加工方向时，单击左键切换到理想状态，单击右键。提示改变曲面方向时，由于在拾取加工对象时，已确定曲面方向，继续单击右键。不拾取任何干涉面，单击右键。

5）系统进行刀路运算，结果如图 2-90 所示。

6）单击几何变换栏中的"平移"按钮🖼，在弹出的立即菜单中选择 两点▼ 、拷贝▼ 和 非正交▼ 模式，拾取元素为刚产生的方台刀路，单击右键确认。输入基点为方台上某个尖点，输入目标点时，移动鼠标至另一个方台同样位置的尖点处，单击右键结束，如图 2-91 所示。

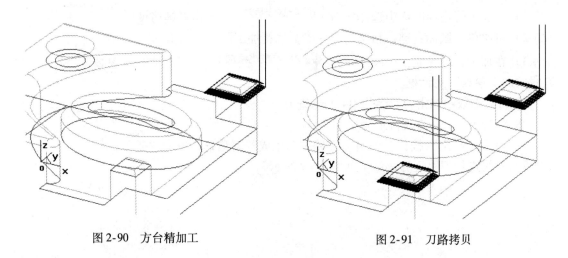

图 2-90　方台精加工　　　　　　　　　图 2-91　刀路拷贝

提示： 在无法选择点的时候，按空格键设置点捕捉模式为缺省点。

至此该零件的所有加工已完成，将所有刀路轨迹的显示结果如图 2-92 所示。

二十、刀具轨迹仿真

1）在加工管理导航器中，选择"刀具轨迹"栏，单击鼠标右键，全部显示刀路。再次选择"刀具轨迹"栏，单击鼠标右键，选择"轨迹仿真"。界面切换到轨迹仿真界面，如图 2-93 所示。

2）单击"仿真加工"按钮🖼，打开"仿真加工"对话框。单击播放，即可进行仿真加工，如图 2-94 所示。

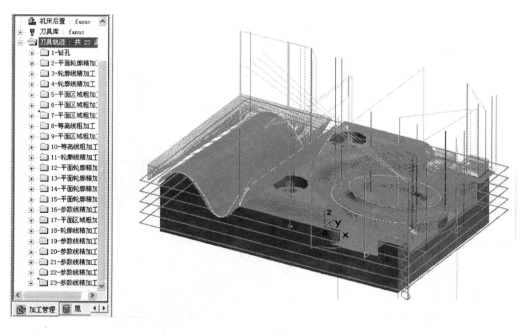

图 2-92　完整刀路轨迹

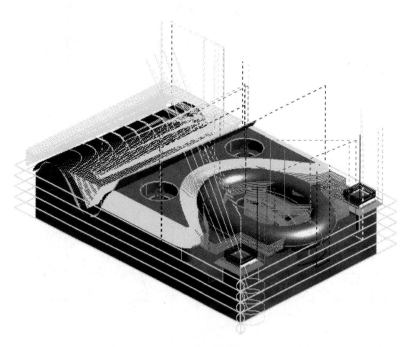

图 2-93　轨迹仿真操作

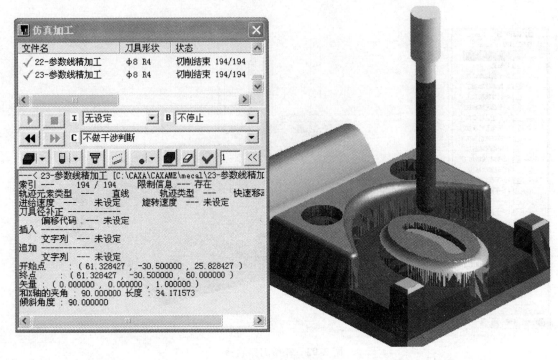

图 2-94　仿真加工

练习与拓展

1. 建立图 2-95 所示的工件模型，采用二维加工方法完成工件的加工。

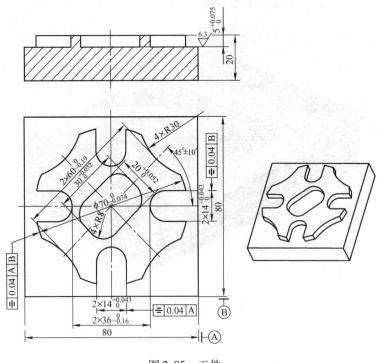

图 2-95　工件一

2. 建立并加工图 2-96 所示的工件模型。本例的设计思路和本模块所讲内容比较接近。

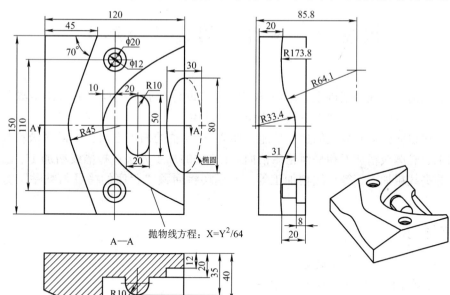

图 2-96 工件二

模 块 总 结

本模块以零件设计和加工为例,介绍 CAXA 制造工程师 2008 在产品设计和加工过程中所需各工具栏按钮与快捷键的运用等,详细说明了 CAXA 制造工程师 2008 在草图绘制和空间曲线绘制方面的操作过程,并就创建公式曲线、变半径倒圆角、创建曲面裁剪除料、加工前加工边界的设置等操作,对于程序拷贝与粘贴的运用作了详尽说明。当然,在加工中并不能将所有产品设计和加工中所使用的功能都进行介绍,必须通过后续模块的学习来掌握。

模块三 零件二的设计与加工

本模块在前面模块的基础上，继续学习零件在设计和加工过程中的操作步骤及基本概念，并对基本命令的使用和加工参数将作详细的讲述。

加工模块也同样具有强大的加工功能，如 2 ~ 2.5 轴的加工方法：平面区域粗加工、区域式粗加工、轮廓线精加工和平面轮廓精加工；3 轴的加工方法：扫描线精加工、三维偏置精加工、等高线粗加工、等高线精加工等。本模块将回顾"程序的拷贝与粘贴"方法的运用。

◎ 技能目标

- 掌握创建曲线、草图的方法。
- 掌握创建实体增料和除料的方法。
- 掌握生成"打孔"特征的方法。
- 掌握创建空间圆弧和生成导动曲面的方法。
- 了解加工前的准备工作。
- 了解多种加工方法的运用及加工参数的意义。
- 了解"钻孔"加工方法的运用。

项目一 CAD 造型

项目描述

由工程图（见图 3-1）分析，该零件主要由四部分组成：

1）120mm ×80mm ×15mm 的底板及两组阶梯孔。
2）中间凸台，两个弧面特征及凸台中心的锥孔。
3）两个 R32mm 的圆弧小凸台及对角的两个小凸台。
4）两个 40mm ×20mm 椭圆凹槽。

本零件设计的难点是中间凸台"单导动线—单截面"导动面的制作及运用"裁剪除料"方法裁剪实体。

操作步骤

双击桌面图标■，进入 CAXA 制造工程师 2008 操作界面。移动光标至特征树栏左下角，通过 ◀▶ 选择"零件特征"按钮，显示零件特征栏，进入造型界面。

一、新建一个文件

单击"文件"主菜单中的"新建"按钮或工具条中的 □ 按钮，即可创建一新文件。

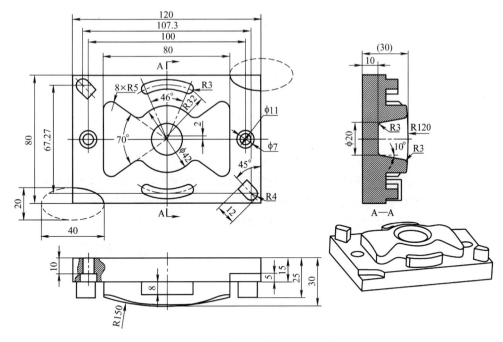

图 3-1　零件二

二、创建 120mm × 80mm × 15mm 的底板及两组阶梯孔

1. 创建底板，为 120mm × 80mm × 15mm 的长方体

1）单击"特征造型"栏，单击"◆ 平面XY"。

2）单击"绘制草图"按钮 ，进入草图状态。

3）单击"矩形" □ 按钮，从立即菜单中输入矩形的长和宽，分别为 120 和 80。

4）单击"绘制草图"按钮 ，退出草图。

5）单击"拉伸增料" 按钮，在弹出的对话框中设置如图 3-2 所示的参数。

注意：在"拉伸增料"对话框中的"拉伸对象"有时会是"草图未准备好"的状态（见图 3-3），这时就需要用户自己选择一个用于拉伸的草图。

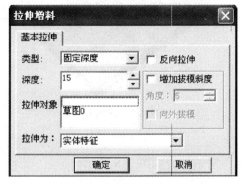

图 3-2　拉伸增料对话栏

图 3-3　拉伸实体参数

6）单击"确定"按钮，即可完成底板创建，结果如图 3-4 所示。

2. 创建两个 ϕ11mm × 5mm 和两个 ϕ7mm × 10mm 阶梯孔

有两种作图方法，下面将详细介绍。

方法一：

1）在 120mm × 80mm × 15mm 长方体上表面右键单击。

2）在弹出的菜单中选择"创建草图"，以该上表面为基准进入草图。

3）单击"圆" ⊙ 按钮，按回车键后在弹出的对话框中输入圆心坐标"－50，0"。

4）按回车键确定。

5）再次按回车键，在弹出的对话框中输入圆弧半径"5.5"。

6）单击"平面镜像" 按钮。当系统提示拾取"镜像轴首点"和"镜像轴末点"时，选择长方形 Y 方向两边线的中点为首点和末点，然后单击右键即可将其镜像。

7）单击"拉伸除料" 按钮，在弹出的对话框中设定如图 3-5 所示的参数。

图 3-4 拉伸实体

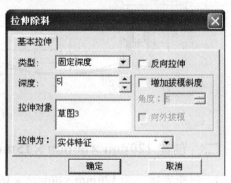

图 3-5 拉伸除料选项

8）单击"确定"按钮后即可完成孔的创建，结果如图 3-6 所示。

9）同样运用上述的方法完成 ϕ7mm × 10mm 孔的造型，结果如图 3-7 所示。

图 3-6 ϕ11mm × 5mm 孔

图 3-7 两组孔

方法二：

1）单击"打孔" 按钮，弹出的"孔的类型"对话框，如图 3-8 所示。

2）当系统提示"拾取打孔平面"时，单击长方体上表面。

3）当系统提示"选择孔型："时，在对话框中单击阶梯孔图标" "。

4）当系统提示"指定孔的定位点："时，按回车键在弹出的对话框中输入圆心坐标

"50，0，0"，按回车键确定。

5）单击"下一步"进入"孔的参数"对话框，设置如图3-9所示的参数。

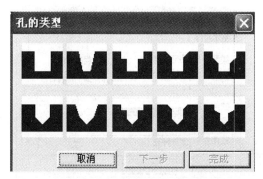

图3-8 "孔的类型"对话框

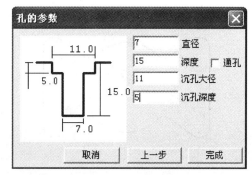

图3-9 孔参数设置

6）设置后，单击"完成"，即可完成一个阶梯孔的制作，结果如图3-10所示。

7）单击"直线"按钮，从立即菜单中选择："两点"、"单个"、"正交"、"点方式"。

8）当系统提示"第一点："时，单击坐标原点；当系统提示"第二点："时，在Z轴正方向任意一点单击，即可生成一条直线，结果如图3-10所示。

9）单击"环形阵列" 按钮，在弹出的"环形阵列"对话框中，设置如图3-11所示的参数："阵列对象"为打孔特征，边/基准轴为刚画的直线，角度为180，数目为2。

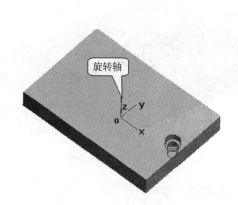

图3-10 完成打孔特征

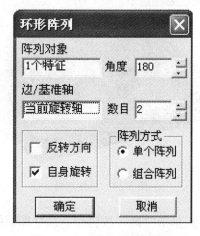

图3-11 环形阵列参数设置

10）设置好后，单击"确定"按钮即可完成阵列特征，结果如图3-7所示。

三、中间凸台、两个弧面特征及凸台中心的锥孔

1. 创建凸台

1）单击120mm×80mm×15mm长方体的上表面，在弹出的菜单中选择" 创建草图 "，进入草图。

2）运用"直线" 、"圆" 、"等距线" 、"过渡" 、"裁剪" 、"删除" 和"镜像" 等按钮绘制出如图3-12所示的草图。

3）单击"绘制草图"按钮 ，退出草图后，单击"拉伸增料"按钮 。

4）在弹出的对话框中设定如图 3-13 所示的参数，深度为 15。

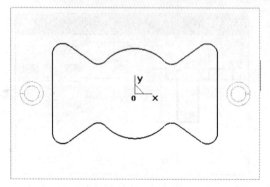

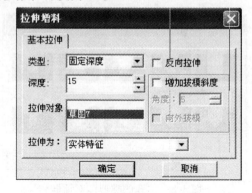

图 3-12   草图线框   图 3-13   拉伸增料参数设置

5）单击"确定"按钮后即可完成拉伸增料特征，结果如图 3-14 所示。

2. 创建两个弧面特征

（1）导动面曲线的生成

1）按"F9"键，将空间绘图平面切换至"XZ"平面。

2）单击"直线"按钮 ，画两条如图 3-15 所示的辅助直线，垂直线长度为 30mm，水平线长度为任意值。

图 3-14   拉伸增料   图 3-15   辅助线绘制

3）单击"圆"按钮 ，从立即菜单中选择" 两点_半径 "。

4）当系统提示"第一点"时，单击选择两直线的交点。

5）当系统提示"第二点"时，按空格键后，单击选择"切点"，然后单击水平直线。

6）将鼠标往 Z－方向移动后，按回车键，在弹出的输入栏中输入圆的半径 150，则 R150 圆完成，结果如图 3-16 所示。

7）单击"相关线"按钮 ，从立即菜单中选择"实体边界线"。

8）单击凸台的两边线，如图 3-17 所示。

9）单击"裁剪"按钮 ，从立即菜单中选择"快速裁剪"、"投影裁剪"。

10）单击拾取两投影直线外的圆弧，即可完成裁剪，如图 3-18 所示。

11）删除多余的线段，结果如图 3-19 所示。

12）用同样方法完成另外一个 R120 圆弧，结果如图 3-20 所示。

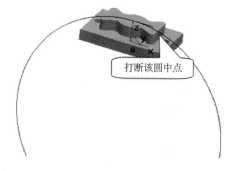

图 3-16　完成 R150 圆

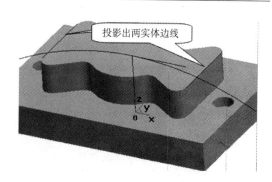

图 3-17　投影两直线

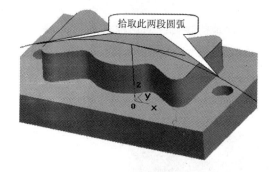

图 3-18　裁剪线段拾取

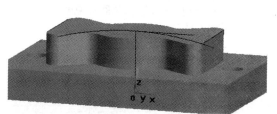

图 3-19　完成裁剪

（2）导动面的生成

1）单击"平移"按钮，在立即菜单中选择"两点"、"移动"、"非正交"。

2）当系统提示"拾取元素"时，单击 R120 圆弧，然后单击右键。

3）当系统提示"输入基点"时，单击 R120 圆弧的中点。

4）当系统提示"输入目标点"时，单击 R150 圆弧的端点，完成圆弧的移动（见图 3-21）。

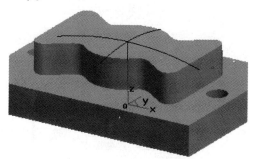

图 3-20　完成两段圆弧（R120）

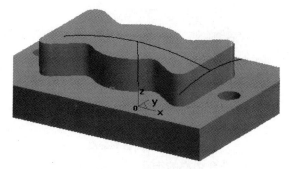

图 3-21　移动后结果

5）单击"导动面"按钮，在立即菜单中选择"平行导动"。

6）当系统提示"拾取导动线"时，单击 R150 圆弧。

7）当系统提示"选择方向"时，单击 X 负方向的箭头。

8）当系统提示"拾取截面线"时，单击 R120 圆弧，即可生产导动面（见图 3-22）。

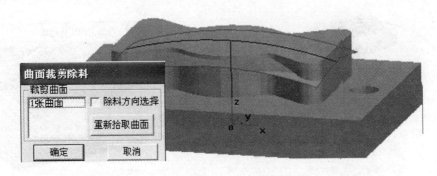

图 3-22　曲面裁剪除料参数与曲面拾取

（3）运用曲面裁剪实体

1）单击"曲面裁剪除料"按钮 ⊠，则弹出"曲面裁剪除料"对话框（见图 3-22）。

2）单击刚生产的导动面。说明：四边显示红色即说明已经选到。

3）单击向上方向的箭头。说明：箭头指向哪边就是去除哪边，见图 3-23。

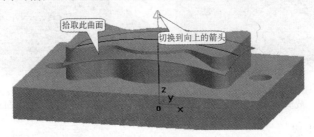

图 3-23　曲面裁剪除料的元素选择

4）单击"确定"按钮后即可完成，结果如图 3-24 所示。

5）单击"编辑"，单击"隐藏"。

6）框选拾取全部元素，单击右键，即可将元素隐藏（说明：方便后面的操作），结果如图 3-25 所示。

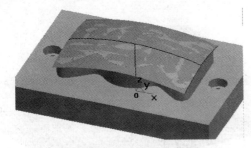

图 3-24　曲面裁剪除料

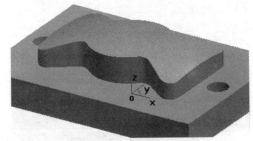

图 3-25　隐藏曲面

3. 凸台中心的锥孔

（1）生成基准面

1）单击"构造基准面"按钮 ◇，在弹出的"构造基准面"对话框中单击"等距平面确定基准平面"的构造方法，距离为 10。

2）单击"XY 平面"。

3）单击"确定"按钮后即可生成一个基准面，结果如图 3-26 所示。

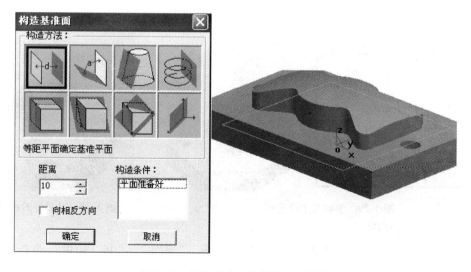

图 3-26　构造基准面参数设置与结果

（2）生成拉伸除料特征

1）单击刚生成的平面，单击右键，单击"绘制草图"按钮⬛，进入草图。

2）单击"圆"按钮⊙，单击图形中心设为圆心点，按回车键，在弹出的输入栏中输入半径 10，再按回车键即完成圆命令操作，结果如图 3-27 所示。

3）单击"绘制草图"按钮⬛，退出草图。

4）单击"拉伸除料"按钮▣，在弹出的对话框中设置如图 3-28 所示的参数。

5）单击"确定"按钮，即可完成锥孔实体特征，结果如图 3-28 所示。

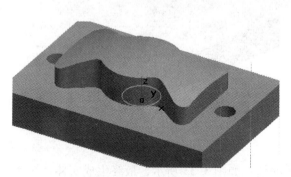

图 3-27　φ20 圆草图

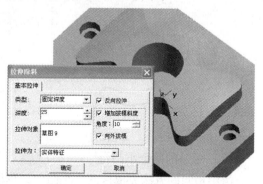

图 3-28　拉伸除料参数与结果

（3）圆角过渡

1）单击"过渡"按钮▣，在弹出的对话框中设置如图 3-29 所示的参数，半径为 3mm。

2）依次单击锥孔的底部和顶部的边线。

3）单击"确定"按钮即可完成过渡，结果如图 3-30 所示。

四、绘制两个 R32 圆弧小凸台及对角的两个小凸台

1. 绘制两个 R32 圆弧小凸台

（1）R32 圆弧小凸台

1）单击 120mm×80mm×15mm 长方体的上表面，单击右键，在弹出的菜单中单击

图 3-29 参数及边线选择

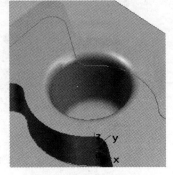

图 3-30 过渡后的结果

"创建草图",进入草图。

2)运用"角度线" ∕、"圆" ⊙、"裁剪" ✄、"删除" ⌀ 和"镜像" ⚏ 按钮,将草图绘制成图 3-31 所示的样子。

3)单击"绘制草图"按钮 ⌴,退出草图。

4)单击"拉伸增料"按钮,在弹出的对话框中设定如图 3-32 所示的参数,深度为 8mm。

5)单击"确定"按钮即可完成拉伸特征,结果如图 3-32 所示。

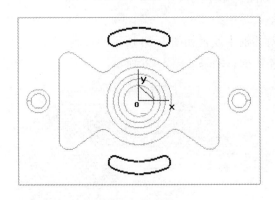

图 3-31 草图绘制

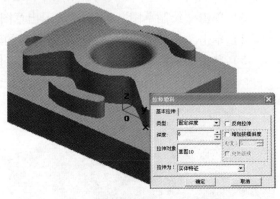

图 3-32 R32 圆弧小凸台的参数

(2)对角的两个小凸台

运用相同的方法完成这两个小凸台,草图的结果如图 3-33 所示,最终生成实体的结果如图 3-34 所示。

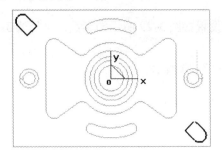

图 3-33 草图绘制

图 3-34 对角小凸台

五、绘制两个 **40mm × 20mm** 椭圆凹槽

运用上述的方法，完成此特征。草图的结果如图 3-35 所示，最终生成实体的结果如图 3-36 所示。

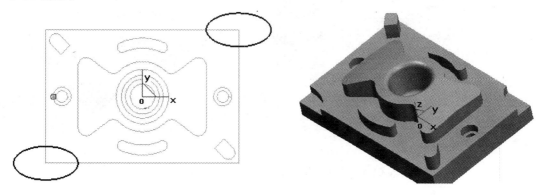

图 3-35　草图绘制　　　　　　　　　　　图 3-36　椭圆凹槽

至此，本零件的所有特征均已完成。最终的结果如图 3-37 所示。

图 3-37　零件

项目二　CAM　加　工

项目描述

本零件从大体造型看，除中间凸台部位是非平面外，其他部位均为平面，所以除凸台部位外的其他特征均可使用 CAXA 制造工程师的二轴刀路方法完成，而中间凸台位置再使用三轴刀路进行加工即可完成零件的加工。

1）使用 φ20mm 的平刀加工两个 R32 圆弧小凸台及对角的两个小凸台的顶平面，如图 3-38 所示。

2）使用 φ6mm 的钻头加工阶梯孔，如图 3-39 所示。

3）使用 φ6mm 的平刀粗加工 120mm × 80mm × 15mm 长方体的上表面及精加工阶梯孔，如图 3-40 所示。

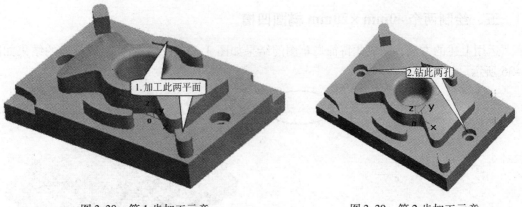

图 3-38　第 1 步加工示意　　　　　　图 3-39　第 2 步加工示意

4）使用 φ10mm 的平刀粗加工中间凸台和锥孔及精加工椭圆槽，如图 3-41 所示。

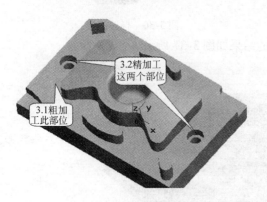

图 3-40　第 3 步加工示意　　　　　　图 3-41　第 4 步加工示意

操作步骤

双击桌面图标　进入 CAXA 制造工程师 2008 操作界面。单击"文件"下拉菜单中的"打开"，或者直接单击"打开"按钮　，弹出"打开文件"对话框，选择需加工的文件。在初始化状态下，CAXA 制造工程师 2008 首先进入加工管理导航栏。如果建模后就进入加工状态，需单击　　零件特征　　加工管　导航栏中的加工管理按钮。

一、使用 φ20mm 的平刀加工两个 R32 圆弧小凸台及对角的两个小凸台的顶平面

1. 轨迹生成前的准备

1）单击"　加工管理"，在"　毛坯"上双击，在弹出的"定义毛坯"对话框中选择"　参照模型"，然后单击"　参照模型　"按钮，即可生成零件毛坯，如图 3-42 所示。

2）双击"　起始点"，在弹出的"全局轨迹起始点"对话框里设置全局起始点坐标为 (0, 0, 50)，如图 3-43 所示。

3）使用"相关线"、"实体边界"按钮将两平面的边线投影出来，结果如图 3-44 所示。

4）准备加工轮廓线和岛屿线，结果如图 3-44 所示。

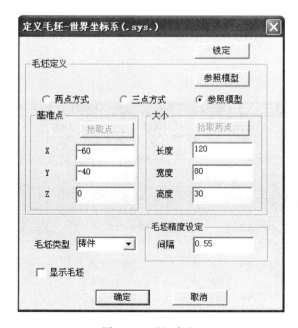

图 3-42 毛坯定义

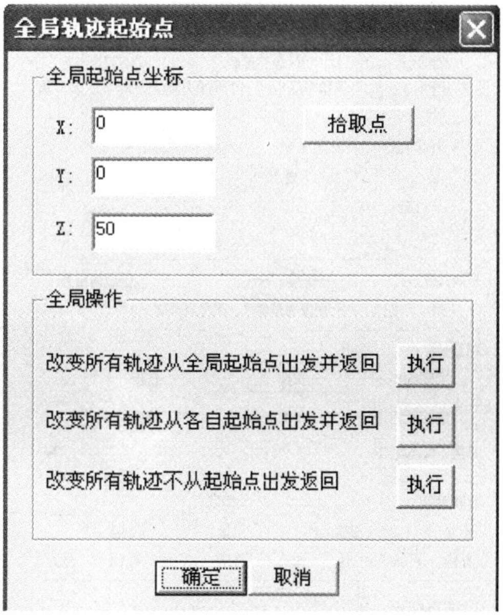

图 3-43 起始点定义

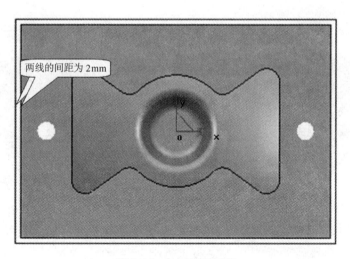

图 3-44 加工边界设置

2. 轨迹生成

使用 φ20mm 的平刀加工两个 R32 圆弧小凸台的上表面

1) 单击"粗加工"中的"平面区域粗加工"，单击打开"加工参数"设置栏，具体参数设置如图 3-45 所示。

提示: "从外向里"可以避开材料下刀，以保护刀具。"轮廓参数中补偿选择"ON"，刀具走到与边界重合。

2) 单击打开"清根参数"设置栏，具体参数设置如图 3-46 所示。

提示: "岛清根"中选择"清根"，如果不清根，本零件会有部分加工不到。

选择"不清根"的轨迹如图 3-47 所示，选择"清根"的轨迹如图 3-48 所示。

"轮廓清根"中选择"不清根"，这是因为本图所示零轮廓没有特别要求。

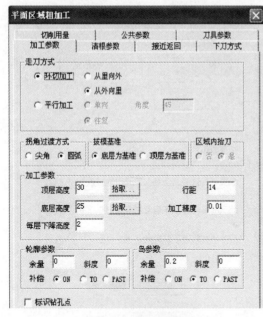

图 3-45　加工参数

图 3-46　清根参数

图 3-47　选择"不清根"的轨迹

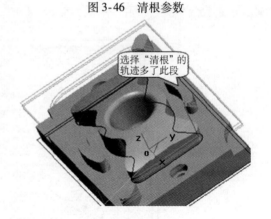

图 3-48　选择"清根"的轨迹

"清根退刀方式"选择"圆弧 5"，这样是为了保证刀具和零件退刀时不会产生接刀痕迹。

3）单击打开"接近返回"设置栏，具体参数设置如图 3-49 所示。

提示：选择"强制"则进刀时指定在某点（70，-50），避免直接接触材料下刀，可以在进刀时保护刀具及提高下刀速度。

选择"强制"的轨迹如图 3-50 所示，选择"不设定"的轨迹如图 3-51 所示。

4）单击打开"下刀方式"设置栏，具体参数设置如图 3-52 所示。从此相对位置高出 2mm 的地方进刀或者退刀，可以缩短空刀的距离，提高加工效率。

5）单击打开"切削用量"设置栏，具体参数设置如图 3-53 所示。

提示："切削用量"栏中可给定主轴转速和进给速度。读者可参照实际刀具切削数据以及加工经验来确定具体值。

进退刀时如果没有接触到任何东西，可以设置为机床的最快速度。

图 3-49 接近返回参数

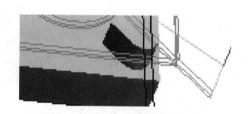

图 3-50 选择"强制"的轨迹

图 3-51 选择"不设定"的轨迹

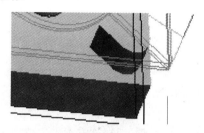

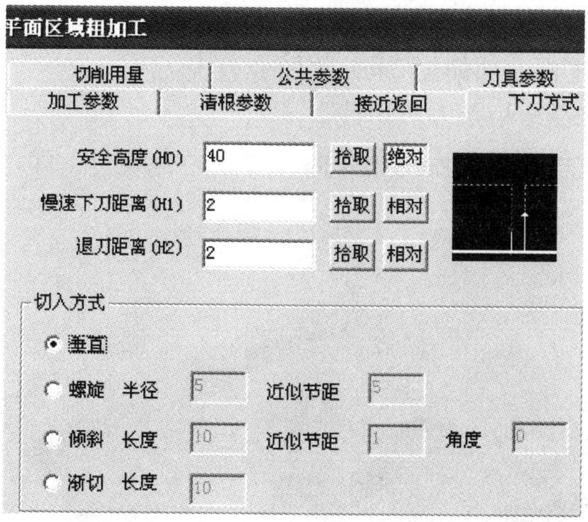

图 3-52 下刀方式

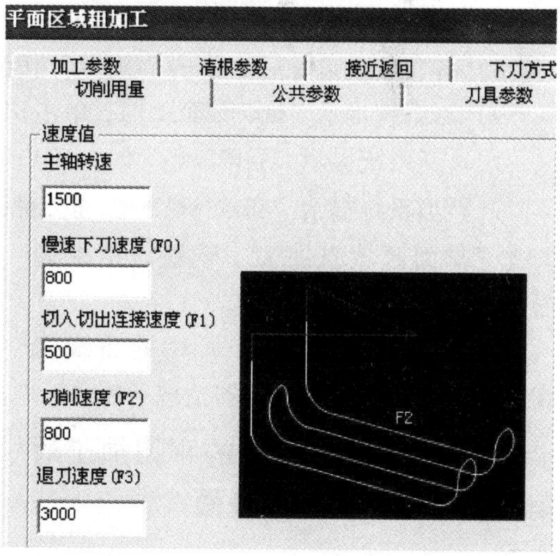

图 3-53 切削用量

6）单击打开"公共参数"设置栏，具体参数设置如图 3-54 所示。

提示：拾取加工坐标系主要用于选择坐标系。

起始高度 50 是自动调取立即菜单中"起始点"设置的数值。当要改变时可以在本栏中更改。一般情况下本栏不用设置。

7）单击打开"刀具参数"设置栏，具体参数设置如图 3-55 所示。刀具可以从刀具库中调取，也可以到本栏后再填写。

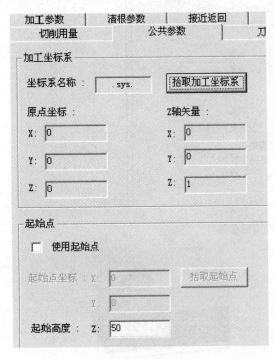

图 3-54 公共参数

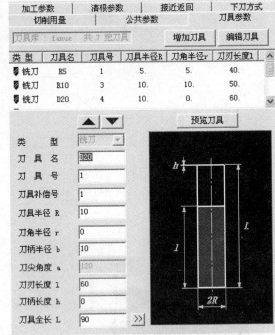

图 3-55 刀具参数

提示： 刀刃长度、刀柄长度及刀具全长对轨迹和代码无影响，只在软件的仿真中起作用。

8）各参数设定好后，单击"确定"按钮。

9）当系统提示"拾取轮廓"时，单击选择零件底部偏出 2mm 的四个边线。

10）当系统提示"拾取岛屿"时，单击选择凸台根部四周边线。

11）当系统提示"继续拾取岛屿，按右键进行下一步，按ESC取消"时，单击右键跳过，即可生成"平面区域粗加工"轨迹，结果如图 3-56。

12）将本加工轨迹和所用的曲线隐藏，以便于后面加工轨迹的拾取等操作。

二、使用 φ20mm 的平刀加工对角的两个小凸台的上表面

1. 加工前准备

将轮廓线及岛屿线提取出来，结果如图 3-57 所示。

2. 轨迹生成

加工参数设定如下：

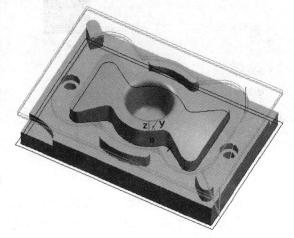

图 3-56 平面区域粗加工轨迹

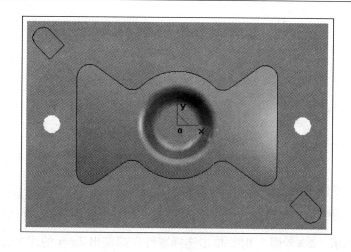

图 3-57 轮廓线及岛屿线

1）单击"精加工"中的"平面区域粗加工"，单击打开"加工参数"设置栏，具体参数设置如图 3-58 所示。其他参数与上一轨迹一样，这里就不再详述。

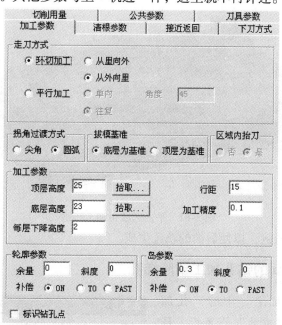

图 3-58 加工参数

2）单击打开"清根参数"设置栏，具体参数设置与上一轨迹一样，如图 3-59 所示。

3）单击打开"接近返回"设置栏，选择"不设定"。

4）单击打开"下刀方式"设置栏，"切入方式"中选择"渐切"，长度为 7，结果如图 3-60 所示。

5）单击打开"切削用量"、"公共参数"、"刀具参数"设置栏，具体参数设置都与上一轨迹一样所以这里不再详述。

6）各参数设定好后，单击"确定"按钮。

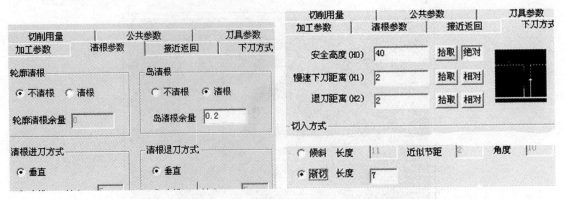

图 3-59 清根参数

图 3-60 下刀方式

7）当系统提示"拾取轮廓"时，单击选择零件底部偏出 2mm 的四个边线。

8）当系统提示"拾取岛屿"时，单击选择中间凸台及对角凸台根部的四周边线。

9）当系统提示"继续拾取岛屿，按右键进行下十步，按ESC取消"时，单击右键跳过，即可生成"平面区域粗加工"轨迹，结果如图 3-61 所示。

图 3-61 平面区域粗加工轨迹

10）隐藏曲线和轨迹，以便后面的轨迹生成。

三、使用 φ6mm 的钻头加工钻阶梯孔

1）单击"其他加工"中的"孔加工"，单击打开"加工参数"设置栏，具体参数设置如图 3-62 所示。暂停时间、下刀增量在类型为"钻孔"时不起作用。

2）单击打开"刀具参数"设置栏，具体参数设置如图 3-63 所示。

3）各参数设定好后，单击"确定"按钮。

4）当系统提示"拾取点"时，按空格键后，单击"圆心"，然后依次单击两

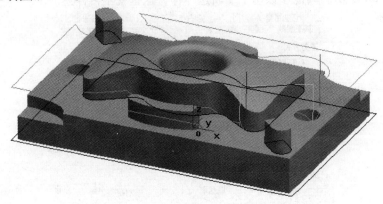

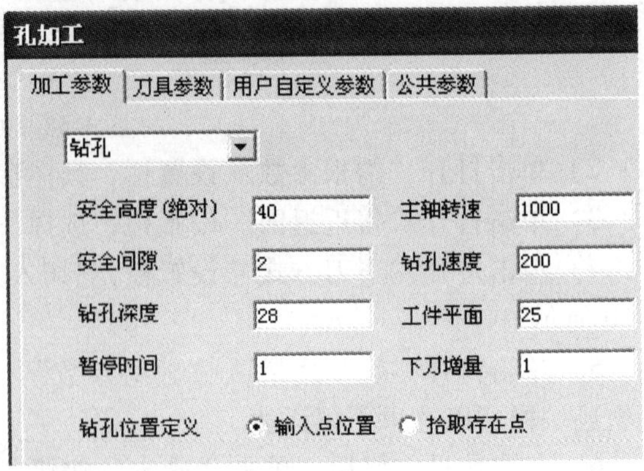

图 3-62 加工参数

个孔的边线,单击右键,即可生成"钻孔"轨迹,结果如图 3-64 所示。

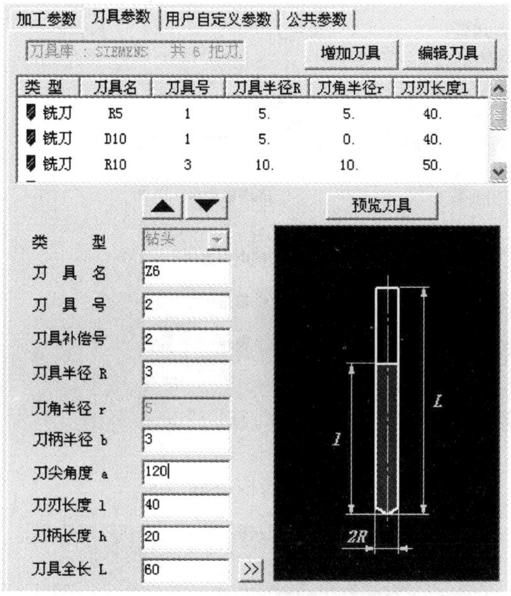

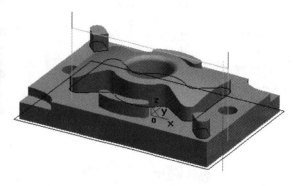

图 3-63 刀具参数

图 3-64 钻孔轨迹

5)隐藏曲线和轨迹,以便后面的轨迹生成。

四、使用 φ6mm 的平刀粗加工 120mm × 80mm × 15mm 长方体的上表面及精加工阶梯孔

1. 加工前的准备

提取轮廓线及岛屿线,结果如图 3-65 所示。

2. 使用 φ6mm 的平刀粗加工 120mm × 80mm × 15mm 长方体的上表面

1)单击"粗加工"中的"平面区域粗加工",打开"加工参数"设置栏,具体参数设置如图 3-66 所示。

2)单击打开"清根参数"设置栏,具体参数设置如图 3-67 所示。

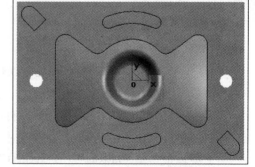

图 3-65 轮廓线及岛屿线

选择"不清根"的轨迹如图 3-68 所示,选择"清根"的轨迹如图 3-69 所示。

3)单击打开"接近返回"设置栏,设置接近方式为强制(X – 66,Y – 46,Z0)。

提示:选择强制则指定在某点(- 66,- 46)进刀,避免直接接触材料下刀,可以在进刀时保护刀具及提高下刀速度。

4)单击打开"下刀方式"、"切削用量"、"公共参数"设置栏,具体参数设置与之前的"平面区域粗加工"的参数设置一样,这里就不再详述。

5)单击打开"刀具参数"设置栏。设置刀具名为 D6,刀具号为 3,刀具补偿号为 3,刀具半径为 3,刀角半径为 0。其余为默认参数。

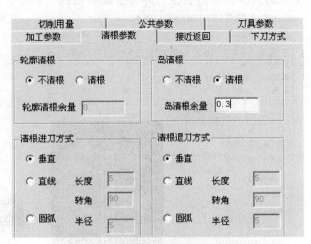

图 3-66　加工参数　　　　　　　　　　图 3-67　清根参数

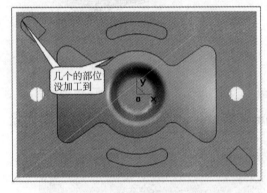

图 3-68　选择"不清根"的轨迹　　　　　图 3-69　选择"清根"的轨迹

说明： 刀具可以从刀具库中调取，也可以到本栏后再填写。

6）各参数设定好后，单击"确定"按钮。

7）当系统提示"**拾取轮廓**"时，选择零件底部偏出 2mm 的四边线。

8）当系统提示"**拾取岛屿**"时，依次单击拾取五组岛屿线。

9）当系统提示"**继续拾取岛屿，按右键进行下一步，按ESC取消**"时，单击右键跳过，即可生成长方体上表面的粗加工轨迹，结果如图 3-70 所示。

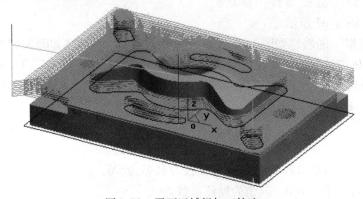

图 3-70　平面区域粗加工轨迹

3. 使用 ϕ6mm 的平刀精加工 120mm × 80mm × 15mm 长方体的上表面

1）单击刚生成的"平面区域粗加工"，如图 3-71a 所示。

2）单击右键后，单击选择"拷贝"，如图 3-71b 所示。

3）再在"平面区域粗加工"文字上单击右键。

4）单击选择"粘贴"，如图 3-71c 所示，特征树上则出现两条与"平面区域粗加工"相同的轨迹，如图 3-71d 所示。

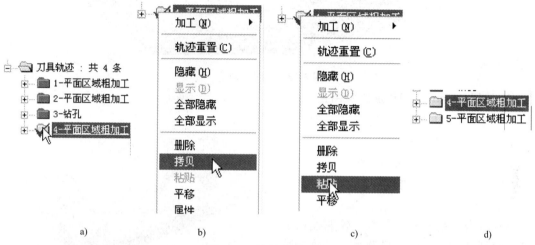

图 3-71　拷贝轨迹步骤

5）将第 4 条轨迹隐藏。

6）双击打开"加工参数"栏。

7）将"顶层高度"、"底层高度"改为"15"、所有"余量"改为"0"，其他参数不变，如图 3-72 所示。

8）单击"确定"按钮，即可完成精加工轨迹，如图 3-73 所示。

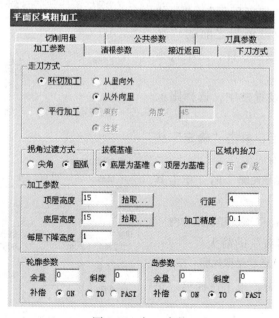

图 3-72　加工参数

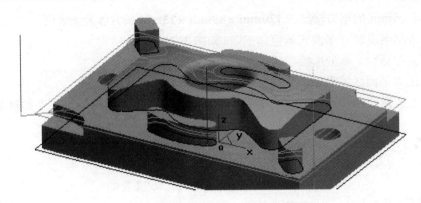

图 3-73　精加工轨迹

4. 使用 ф6mm 平刀精加工阶梯孔

1）单击"相关线"按钮  ，在立即菜单中选择"实体边界"。

2）当系统提示"拾取边界"时，单击拾取两阶梯孔的四根边线，结果如图 3-74 所示。

3）单击"精加工"中的"轮廓线精加工"，打开"加工参数"设置栏，具体参数设置如图 3-75 所示。

4）单击打开"切入切出"设置栏，具体参数设置如图 3-76 所示。

图 3-74　提取孔边线

5）单击打开"加工边界"设置栏，具体参数设置如图 3-77 所示。

6）"下刀方式"、"切削用量"、"公共参数"设置栏中的参数设置与之前的"平面区域粗加工"的参数设置一样，这里就不再详述。

7）"刀具参数"设置栏中，选择跟上一刀路同样的刀具。

8）各参数设定好后，单击"确定"按钮。

9）当系统提示"拾取轮廓"时，单击其中一个圆。

10）当系统提示"确定链搜索方向"时，单击选择"由左向右"的箭头。

11）当系统提示"继续拾取轮廓，按右键进行下一步，按ESC取消"时，单击选择另一个圆。

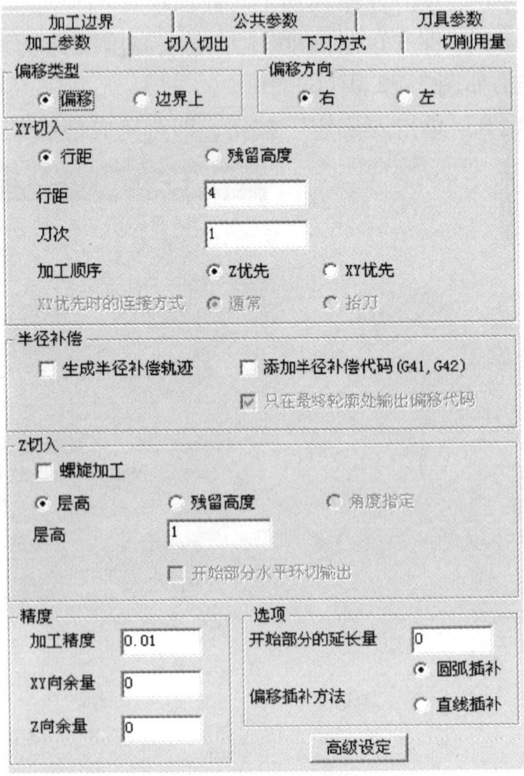

加工边界	公共参数	刀具参数
加工参数　　切入切出	下刀方式	切削用量

偏移类型　　　　　　　　　偏移方向
　● 偏移　　○ 边界上　　　● 右　　○ 左

XY切入
　● 行距　　　　　　　○ 残留高度
　行距　　　　　　　　4
　刀次　　　　　　　　1
　加工顺序　　　● Z优先　　○ XY优先
　XY优先时的连接方式　● 通常　　○ 抬刀

半径补偿
　□ 生成半径补偿轨迹　　□ 添加半径补偿代码 (G41,G42)
　☑ 只在最终轮廓处输出偏移代码

Z切入
　□ 螺旋加工
　● 层高　　　○ 残留高度　　○ 角度指定
　层高　　　　1
　□ 开始部分水平环切切出

精度
　加工精度　0.01
　XY向余量　0
　Z向余量　0

选项
　开始部分的延长量　0
　　　　　　　　　　● 圆弧插补
　偏移插补方法　　　○ 直线插补

　　　　　高级设定

图 3-75　加工参数

12）当系统再次提示"继续拾取轮廓，按右键进行下一步，按ESC取消"时，单击右键跳过，稍后即可生成 φ11mm 孔的加工轨迹，结果如图 3-78 所示。

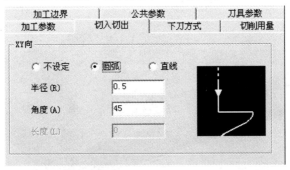

图 3-76 切入切出

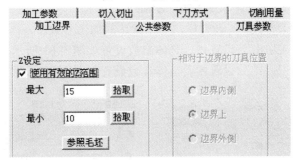

图 3-77 加工边界

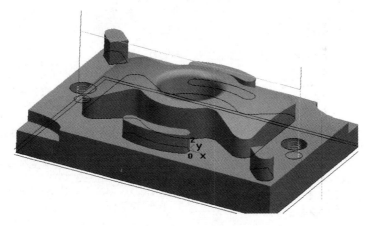

图 3-78 φ11mm 孔粗加工

13）用同样方法完成 φ7mm 孔的加工。深度最大为 10，最小为 −3。生成结果如图 3-79 所示。

14）隐藏曲线和轨迹，以便后面的轨迹生成。

五、使用 φ10mm 平刀粗加工中间凸台和锥孔及精加工椭圆槽

1. 使用 φ10mm 平刀粗加工中间凸台和锥孔

1）单击"粗加工"中的"等高线粗加工"，单击打开"加工参数 1"设置栏，具体参数设置如图 3-80 所示。

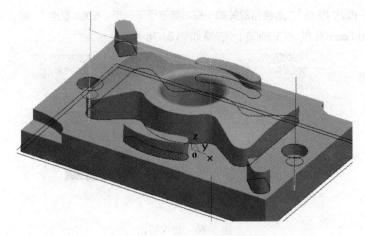

图 3-79　φ7mm 孔粗加工

2）单击打开"加工参数 2"设置栏，使用默认的加工参数。

3）单击打开"切入切出"设置栏，具体参数设置如图 3-81 所示。

4）单击打开"加工边界"设置栏，具体参数设置如图 3-82 所示。

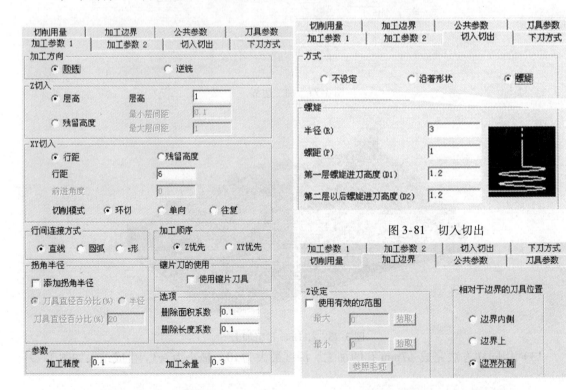

图 3-80　加工参数 1

图 3-81　切入切出

图 3-82　加工边界

5）"下刀方式"、"切削用量"、"公共参数"设置栏的设置方法与之前相同，这里就不再详述。

6）单击打开"刀具参数"设置栏，选择（或设定）φ10mm 平刀。

7）各参数设定好后，单击"确定"按钮。

8）当系统提示"拾取加工对象……（左键：选取；右键：确认；ESC：退出；空格：查看快捷键）"时，

单击零件实体（或按 W 键），单击右键。

9）当系统提示"**拾取加工边界…**"时，单击"凸台"四周的边线（见图 3-83），单击右键。

10）当系统提示"**确定链搜索方向**"时，单击其中一个箭头。

11）当系统再次提示"**拾取加工边界…**"时，单击右键跳过。

12）稍后即可生成凸台及中间锥孔的粗加工轨迹，结果如图 3-84 所示。

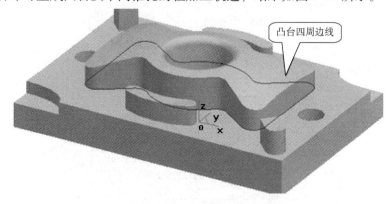

图 3-83　边界拾取

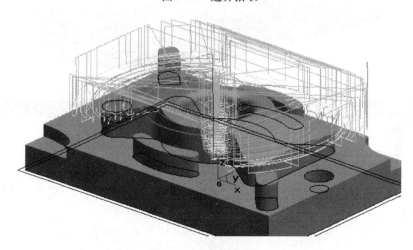

图 3-84　等高线粗加工

13）运用上面讲述的"轮廓线精加工"方法即可完成椭圆槽的粗、精加工，生成结果如图 3-85 所示，隐藏曲线和轨迹，以便后面的轨迹生成。

六、使用 φ6mm 球刀精加工中间凸台和锥孔

1. 使用 φ6mm 球刀精加工中间凸台

1）将之前隐藏的曲面显示出来。单击"可见"按钮 ☼，单击曲面，单击右键，即可显示完成，结果如图 3-86 所示。

2）单击"精加工"中的"扫描线精加工"，打开"加工参数"设置栏，具体参数设置如图 3-87 所示。

图 3-85 椭圆槽加工

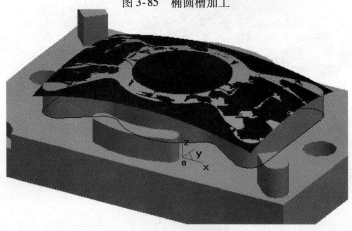

图 3-86 曲面显示

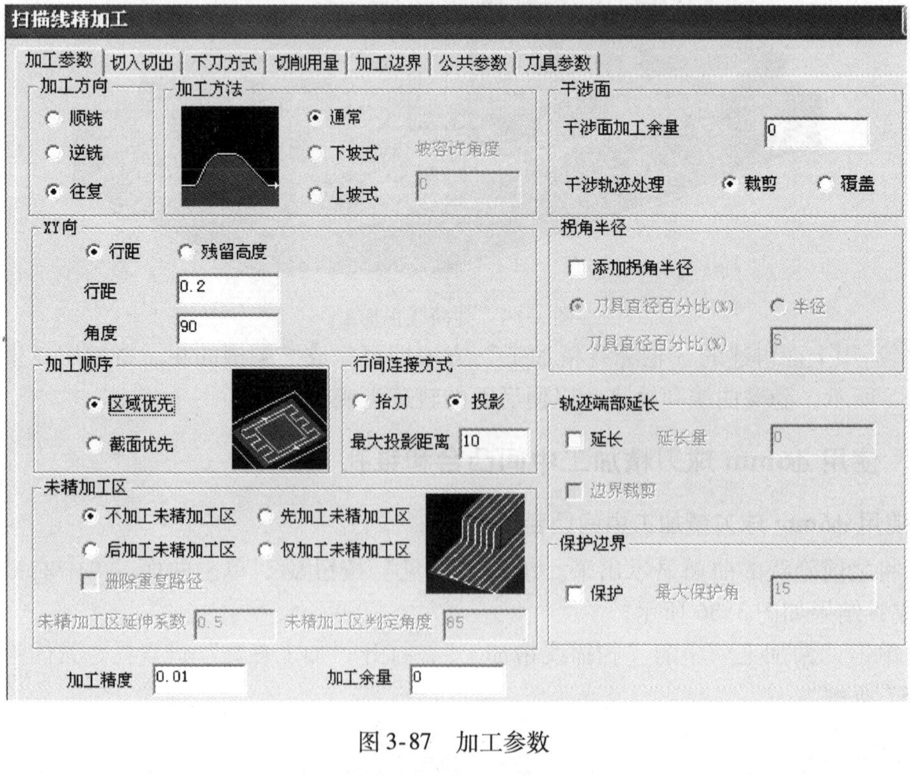

图 3-87 加工参数

3）单击打开"切入切出"设置栏，具体参数设置如图 3-88 所示。

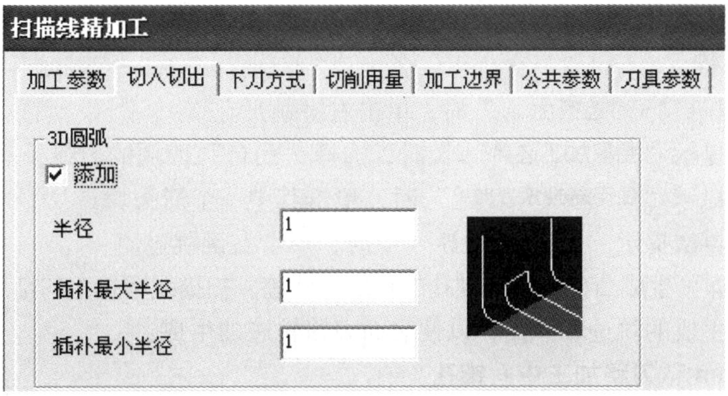

图 3-88 切入切出

提示：在"切入切出"选择与不选择"3D 圆弧"的区别是：当选择时，两个轨迹连接时会多一段往上延伸的圆弧（见图 3-89）；不选择时，两个轨迹则在两轨迹平面直线连接（见图 3-90）。

图 3-89　3D 圆弧连接

图 3-90　直线连接

4）单击打开"加工边界"设置栏，具体参数设置如图 3-91 所示。

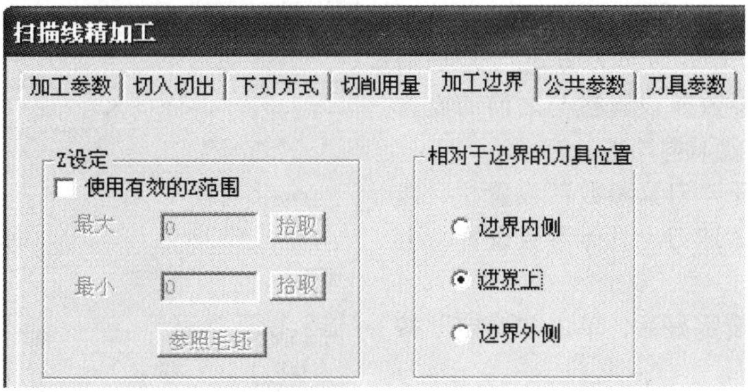

图 3-91　加工边界

5）"下刀方式"、"切削用量"、"公共参数"设置栏的设置方法与之前相同，这里就不再详述。

6）单击打开"刀具参数"设置栏，选择（或设定）R3 球刀。刀具号、刀具补偿号为 5，刀具半径为 3，刀角半径为 3，其余为默认参数。

7）各参数设定好后，单击"确定"按钮。

8）当系统提示"拾取加工对象…（左键:选取；右键:确认；ESC:退出；空格:查看快捷键)"时，按 W 键，单击右键。

9）当系统提示"干涉检查面…"时，单击右键跳过。

10）当系统提示"拾取加工边界…"时，选择"凸台"四周的边线，单击右键。

11）当系统提示"确定链搜索方向"时，单击其中一个箭头。

12）当系统再次提示"拾取加工边界…"时，单击右键跳过。

13）稍后，即可生成凸台及中间锥孔的粗加工轨迹。扫描线精加工的结果如图 3-92 所示。

14）隐藏所生成的轨迹和区面，以便后面刀路轨迹的生成。

2. 使用 φ6mm 球刀精加工中间锥孔

1）投影中间孔的边界线，以作为轨迹的边界线，如图 3-93 所示。

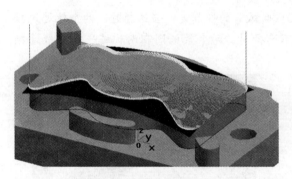

图 3-92 扫描线精加工

图 3-93 投影边线

2）单击"精加工"中的"三维偏置精加工"，打开"加工参数"设置栏，具体参数设置如图 3-94 所示。

3）单击打开"加工边界"设置栏，具体参数设置如图 3-95 所示。

4）"切入切出"、"下刀方式"、"切削用量"、"公共参数"设置栏与之前的设置方法相同，这里就不再详述。

5）单击打开"刀具参数"设置栏，选择（或设定）R3 球刀。具体参数设置与上个轨迹一样。

6）各参数设定好后，单击"确定"按钮。

7）当系统提示"拾取加工对象…"时，按 W 键，然后单击右键。

8）当系统提示"拾取加工边界…"时，单击圆的边线，然后单击右键。

9）当系统提示"确定链搜索方向"时，选择其中一个箭头。

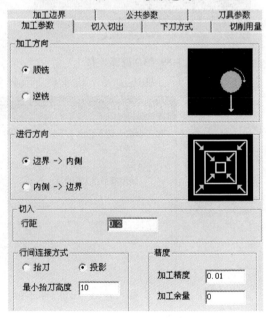

图 3-94 加工参数

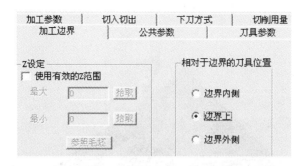

图 3-95 加工边界

10）当系统再次提示"拾取加工边界…"时，单击右键跳过。

11）稍后即可生成中间锥孔的精加工轨迹，结果如图 3-96 所示。

图 3-96 三维偏置精加工轨迹

至此，该零件的所有加工已完成，所有刀路轨迹的显示结果如图 3-97 所示。

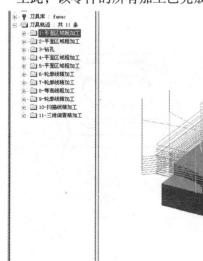

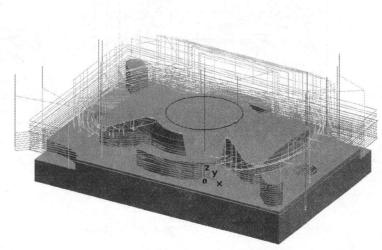

图 3-97 完整刀路轨迹

仿真结果如图 3-98 所示。

图 3-98 仿真加工

练习与拓展

1. 建立图 3-99 所示的工件模型，采用二维加工方法完成工件的加工。

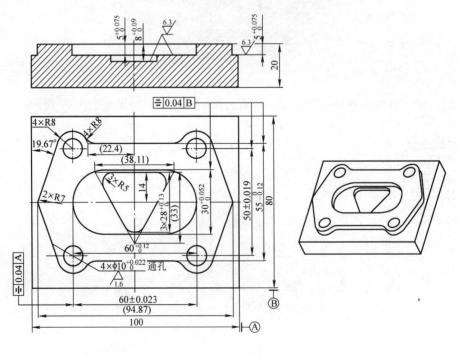

图 3-99 工件一

2. 建立并加工图 3-100 所示的工件模型。

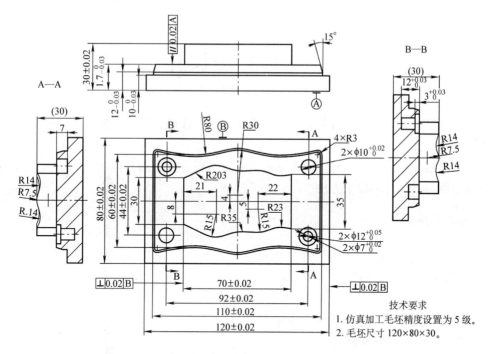

图 3-100　工件二

模 块 总 结

本模块以零件设计和加工为例，在前面模块的基础上继续介绍 CAXA 制造工程师 2008 各工具栏按钮与快捷键的运用，详细讲述了 CAXA 制造工程师 2008 用实体镜像或环形阵列创建实体的过程，还介绍了创建基准面和辅助绘图线等操作。在加工方面先采用加工示意图模式给读者予以提示，回顾程序拷贝与粘贴功能的运用，详细介绍了三维偏置精加工刀路的应用等。当然，在加工中并不能将产品设计和加工所使用的所有功能都进行介绍，必须通过后续模块的学习来掌握。

模块四　零件三的设计与加工

前面模块已经详细介绍了大部分命令的意义与操作步骤，故本模块将不再详细讲解命令的使用和操作步骤。

本模块将通过具体实例，对之前没用到的命令进行介绍，将详细讲述"双导动单截面"曲面的造型及曲面部分的加工方法。

◎ 技能目标

- 巩固创建曲线、草图的方法。
- 巩固带角度的实体增料、除料的方法。
- 巩固创建空间圆弧的方法。
- 掌握生成"双导动单截面"曲面的方法。
- 巩固创建实体过渡的方法。
- 了解加工前的准备工作。
- 了解各类加工方法的运用。
- 掌握"等高线精加工"加工方法的运用。
- 掌握"参数精加工"加工方法的运用。

项目一　CAD　造　型

项目描述

由工程图（见图4-1）可以看出，该零件主要由三部分组成。

1）110mm×70mm×11mm 的底板及三组阶梯孔。

2）95mm×65mm×7mm 的长方体及导动面。

3）高度为30mm 的凸台、凹槽及倒角。

操作步骤

双击桌面图标 ▨，进入 CAXA 制造工程师 2008 操作界面。移动光标至特征树栏左下角，通过 ◀▮▶ 选择"零件特征"按钮，显示零件特征栏，进入造型界面。

一、新建一个文件

单击"文件"下拉菜单中的"新建"，或单击工具条中的"新建"按钮 □，创建一个新文件。

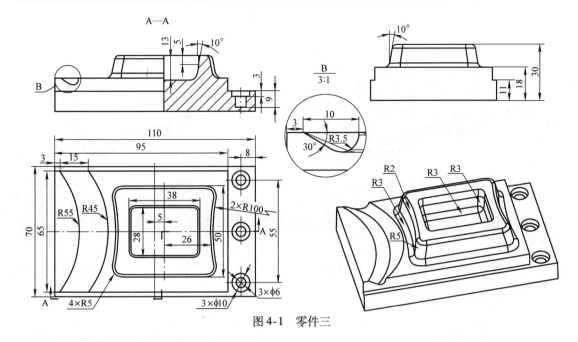

图 4-1　零件三

二、创建底板，110mm×70mm×11mm 的长方体、三个 φ10mm×3mm 和三个 φ6mm×9mm 的阶梯孔

1. 创建底板，底板为 110mm×70mm×11mm 的长方体

运用"绘制草图" ，"矩形" 及 "拉伸增料" 按钮，详细参数与结果如图 4-2 所示。

2. 创建三个 φ10mm×3mm 和三个 φ6mm×9mm 的阶梯孔

运用"绘制草图" 、"圆" 、"阵列" 及 "拉伸除料" 按钮（详细参数见图 4-3），即可完成孔的创建，结果如图 4-4、图 4-5 所示。

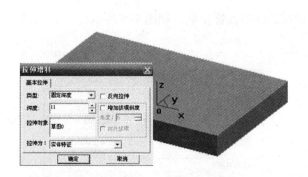

图 4-2　拉伸增料参数与结果

图 4-3　拉伸除料参数

三、创建 95mm×65mm×7mm 长方体及完成导动面

1. 创建 95mm×65mm×7mm 长方体

1）单击底板顶面，以顶面为基准创建草图。

图 4-4 完成三个 φ10mm×3mm 孔的结果

图 4-5 完成三个 φ6mm×9mm 孔的结果

2）单击"曲线投影"按钮，单击底板左边三条实体边，将其投影到草图中，如图 4-6 所示。

3）单击"等距线"按钮，将投影的上下两边线往里等距"2.5"；将投影的左边线往右等距"95"，结果如图 4-7 所示。

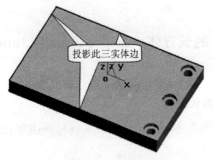

图 4-6 曲线投影

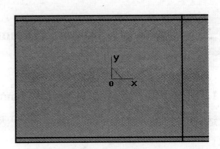

图 4-7 等距线

4）运用"删除"、"曲线裁剪"按钮将多余的线段删除或裁剪，结果如图 4-8 所示。

5）单击"拉伸增料"按钮，在弹出的对话框中设置参数，如图 4-9 所示，单击"确定"按钮，结果如图 4-10 所示。

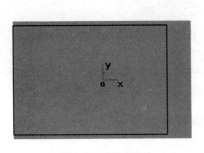

图 4-8 草图绘制

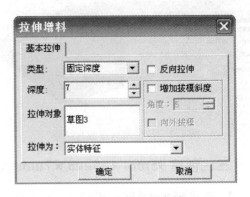

图 4-9 拉伸增料参数

2. 完成导动面

1）在 95mm×65mm×7mm 长方体的顶面，以左边（即 X 负方向）的两角点为起点分别绘制一条线段，长度为"3"，方向往右（即 X 正方向），结果如图 4-11 所示。

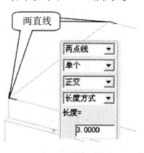

图 4-10 95mm×65mm×7mm 方体　　　　图 4-11 两直线绘制

2）按 F5 键切换到 XY 面，以两条直线的右端点为圆弧的两条件点创建 R55 圆弧，结果如图 4-12 所示。用同样的方法绘制 R45 圆弧，如图 4-13 所示。

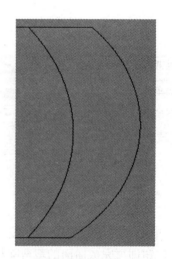

图 4-12 R55 圆弧　　　　　　　　　图 4-13 两圆弧

3）按 F9 键切换空间绘图平面至 XZ 平面。

4）运用"直线" ╱ 中的"角度线"命令，以 3mm 线段右端点（X 正方向）为起点绘制一角度为 -20°，长度任意的直线，如图 4-14 所示。

5）运用"圆弧" ╭ 中的"两点_半径，圆弧"命令，单击 10mm 直线 X 正方向的端点为第一点；然后按空格键，再在弹出的选项中单击"切点"作为第二点，单击 20°角度线。给定两点后，按回车键，在弹出的输入栏中输入"3.5"，再按回车键，即可完成 R3.5 圆弧的创建。

6）单击"裁剪"按钮 ✄，裁剪多余的线段，结果如图 4-15 所示。

7）单击"曲线组合"按钮 ↵，将刚生成的角度线及 R3.5 圆弧线组合，建议使用限制链拾取功能。

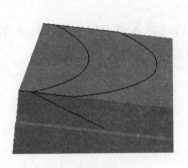

图 4-14 角度线

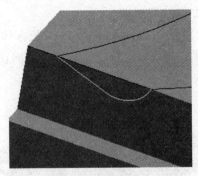

图 4-15 截面线

8）单击"导动面"按钮，从立即菜单中选择"双导动线"、"单截面线"、"等高"，如图 4-16 所示。

9）分别单击 R45 圆弧和 R55 圆弧为第一导动线和第二导动线，组合曲线为截面线，选择后单击右键即可完成导动面的创建，如图 4-17 所示。

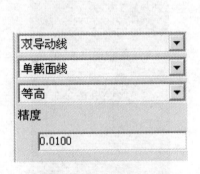

图 4-16 导动面选项

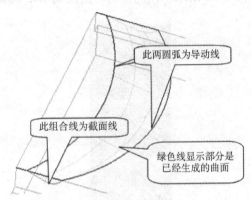

图 4-17 导动线的拾取与结果

10）单击"曲面裁剪除料"按钮（见图 4-18），单击选择刚生成的导动面，单击"确定"按钮即可完成曲面的裁剪除料（见图 4-19）。

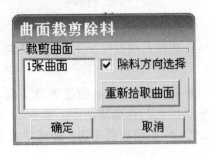

图 4-18 曲面裁剪除料参数

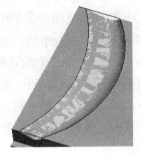

图 4-19 曲面裁剪除料

3. 创建 30mm 凸台及凹槽特征并倒角

1）以 95mm×65mm×7mm 长方体顶面为基准创建草图。

2）运用"矩形" 、"圆" 、"曲线拉伸" 、"曲线裁剪" 等按钮，完成凸台草图的绘制，结果如图4-20所示。

3）退出草图后，单击"拉伸增料"按钮 ，在弹出的参数设置框中进行设置，如图4-21所示，单击"确定"按钮，即可生成拉伸增料特征，结果如图4-21所示。

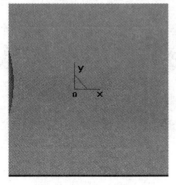

图4-20　凸台草图

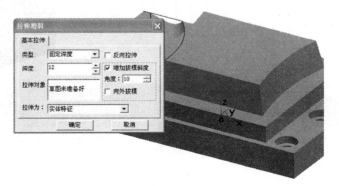

图4-21　拉伸增料参数与结果（一）

4）单击选择凸台上表面，以凸台上表面为基准创建草图。

5）单击"矩形"按钮 ，绘制38mm×28mm的矩形。

6）单击"拉伸除料"按钮 ，在弹出的参数设置框中进行设置，如图4-22所示，单击"确定"按钮，即可生成拉伸除料特征。结果如图4-22所示。

7）以刚生成的5mm拉伸除料特征的底面为基准创建草图。

8）运用与之前一样的命令和操作方法即可完成二维图形。"拉伸除料"命令的参数设置如图4-23所示。

9）单击"确定"按钮，即可生成"拉伸除料"特征，结果如图4-23所示。

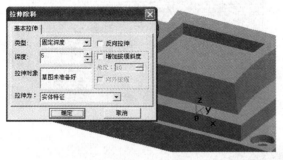

图4-22　拉伸除料参数与结果（二）

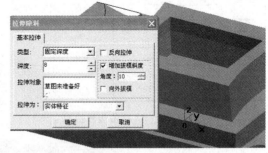

图4-23　拉伸除料参数与结果（三）

10）单击"过渡"按钮 ，在弹出的参数设置框中进行设置，如图4-24所示。

11）单击如图4-24所示的四条边线，选择后单击"确定"按钮即可生成，结果如图4-25所示。

12）用同样方法完成其他过渡，结果如图4-26、图4-27、图4-28、图4-29所示。

至此，本零件的所有特征均已完成，最终的结果如图4-30所示。

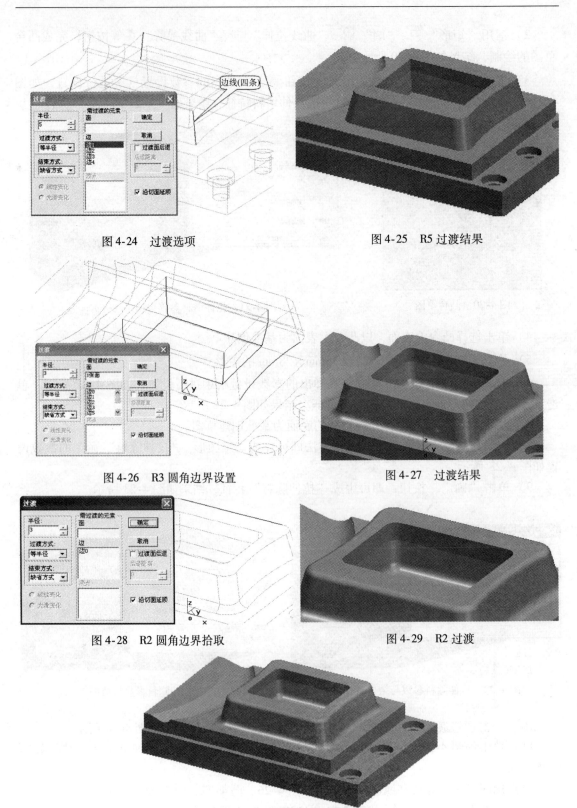

图 4-24　过渡选项

图 4-25　R5 过渡结果

图 4-26　R3 圆角边界设置

图 4-27　过渡结果

图 4-28　R2 圆角边界拾取

图 4-29　R2 过渡

图 4-30　零件

项目二　CAM　加　工

项目描述

本零件从造型看，本零件主要可以分为四个部分来加工：

1）使用 φ20mm 平刀粗加工及精加工两个大平面，如图 4-31 所示。

2）使用 φ6mm 钻头加工阶梯孔，如图 4-32 所示。

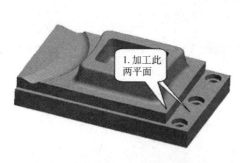

图 4-31　第 1 步加工示意

图 4-32　第 2 步加工示意

3）使用 φ10mm 平刀粗加工凸台中间槽部分，使用 φ5mm 平刀粗加工导动面、精加工 3mm × φ10mm 孔和凸台槽内平面，如图 4-33 所示。

4）使用 φ5mm 球刀精加工导动面和凸台整体内外，如图 4-34 所示。

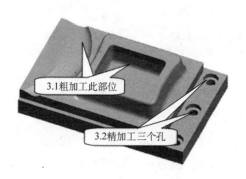

图 4-33　第 3 步加工示意

图 4-34　第 4 步加工示意

操作步骤

双击桌面图标，进入 CAXA 制造工程师 2008 操作界面。单击"文件"下拉菜单中的"打开"，或者直接单击"打开"按钮，弹出"打开文件"对话框，选择需加工的文件。在初始化状态下，CAXA 制造工程师 2008 首先进入加工管理导航栏。如果建模后就进入加工状态，需单击　零件特征　加工管　导航栏中的加工管理按钮。

一、使用 φ20mm 平刀粗加工及精加工两个大平面

1. 轨迹生成前的准备

1）使用"参照模型"的方法生成零件毛坯。

2）设置"起始点"为 (0, 0, 50)。

3）使用"相关线" 📎 中的"实体边界"命令将两平面的边线投影出来，结果如图 4-35 所示。

2. 轨迹生成

1）单击"粗加工"中的"平面区域粗加工"，打开"加工参数"设置栏，具体参数设置如图 4-36 所示。

图 4-35　加工边界设置

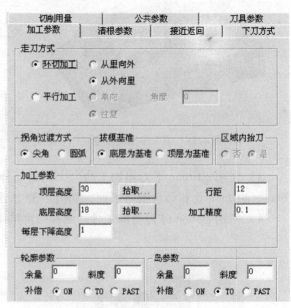

图 4-36　加工参数

提示：从外向里：可以避开材料下刀，保护刀具。

顶层高度和底层高度：是由零件的 30mm 高加工到底部的 18mm，共加工 12mm。

加工精度：一般粗加工的精度没必要设置到 0.01mm，因为一般还有余量。

轮廓参数中的补偿：选择 ON，这是因为如果刀具不走到边界上，则还有材料没被切削。轮廓边界没要求，所以可以为 0。

2）单击打开"清根参数"设置栏，具体参数设置如图 4-37 所示。

提示：岛清根：选择"清根"，这是因为如果不清根，就会有上下两边加工不到。图 4-38 所示是选择"不清根"的轨迹，图 4-39 所示是选择"清根"的轨迹。

轮廓清根：选择"不清根"，这是因为零轮廓没有特别要求。

清根退刀方式：选择"圆弧 5"，这是为了保护刀具退刀时不会产生接刀痕迹。

3）单击打开"接近返回"设置栏，具体参数设置如图 4-40 所示。

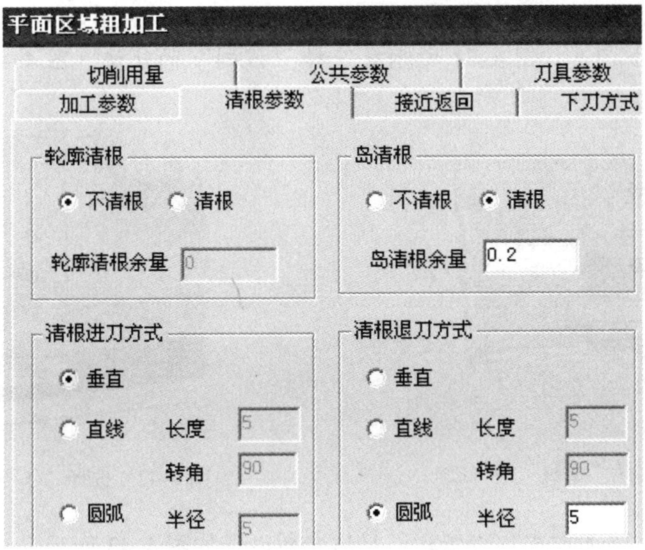

平面区域粗加工

| 切削用量 | 公共参数 | 刀具参数 |
| 加工参数 | 清根参数 | 接近返回 | 下刀方式 |

轮廓清根
⊙ 不清根　○ 清根

轮廓清根余量 ___0___

岛清根
○ 不清根　⊙ 清根

岛清根余量 ___0.2___

清根进刀方式
⊙ 垂直
○ 直线　　长度 ___5___
　　　　　转角 ___90___
○ 圆弧　　半径 ___5___

清根退刀方式
○ 垂直
○ 直线　　长度 ___5___
　　　　　转角 ___90___
⊙ 圆弧　　半径 ___5___

图 4-37　清根参数

图 4-38　选择"不清根"的轨迹

图 4-39　选择"清根"的轨迹

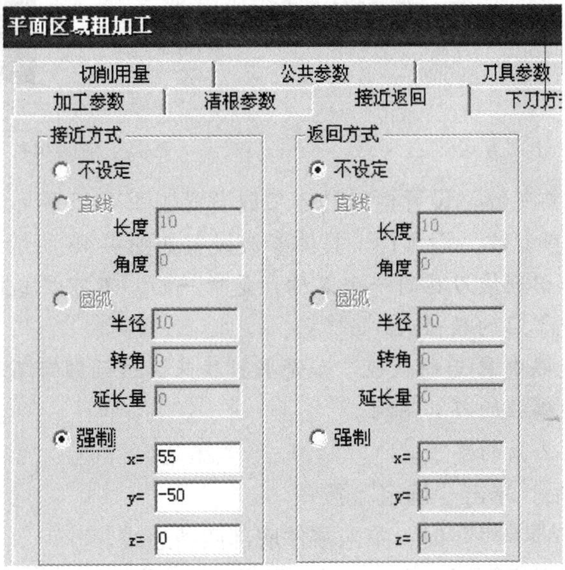

平面区域粗加工

| 切削用量 | 公共参数 | 刀具参数 |
| 加工参数 | 清根参数 | 接近返回 | 下刀方 |

接近方式
○ 不设定
○ 直线
　　长度 ___10___
　　角度 ___0___
○ 圆弧
　　半径 ___10___
　　转角 ___0___
　　延长量 ___0___
⊙ 强制
　　x= ___55___
　　y= ___-50___
　　z= ___0___

返回方式
⊙ 不设定
○ 直线
　　长度 ___10___
　　角度 ___0___
○ 圆弧
　　半径 ___10___
　　转角 ___0___
　　延长量 ___0___
○ 强制
　　x= ___0___
　　y= ___0___
　　z= ___0___

图 4-40　接近返回

提示：强制：进刀时指定在某点（55，-50）进刀，避免直接接触材料下刀，作用是提高进刀速度及保护刀具。图 4-41 所示是选择"强制"的轨迹。图 4-42 所示是选择"不设定"的轨迹。

图 4-41　选择"强制"的轨迹

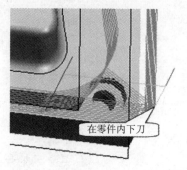

图 4-42　选择"不设定"的轨迹

4）单击打开"下刀方式"设置栏，具体参数设置如图 4-43 所示。

5）单击打开"切削用量"设置栏，具体参数设置如图 4-44 所示。

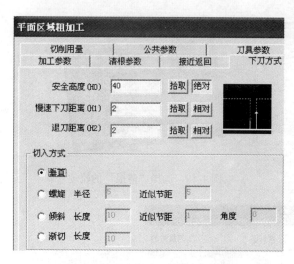

图 4-43　下刀方式

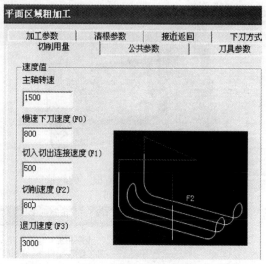

图 4-44　切削用量

6）单击打开"公共参数"设置栏，具体参数设置如图 4-45 所示。

7）单击打开"刀具参数"设置栏，具体参数设置如图 4-46 所示。

提示：刀具名：为识别该刀具的一个名称，是唯一的，不可以重复设置。

刀具号：是代码中 T 后的数值。

刀具补偿号：是代码中 H 后的数值。如是数控铣床，这两项可不填。

刀具半径：是实际编程的刀具半径。

刀角半径：为刀具刀角的半径。

8）各参数设定好后，单击"确定"按钮。

9）当系统提示"拾取岛屿"时，单击零件底部四条边线。

10）当系统提示"拾取岛屿"时，单击凸台根部四周边线。

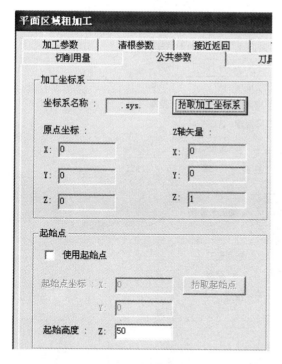

图 4-45 公共参数

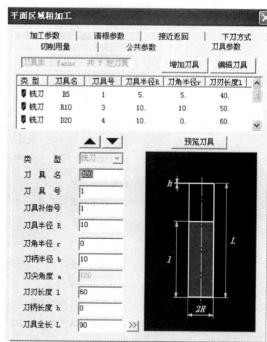

图 4-46 刀具参数

11）当系统提示"**继续拾取轮廓，按右键进行下一步，按ESC取消**"时，单击右键跳过，即可生成"平面区域粗加工"轨迹，结果如图 4-47 所示。

12）将本加工轨迹和所用的曲线隐藏，结果如图 4-48 所示。

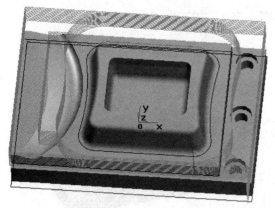

图 4-47 平面区域粗加工轨迹

图 4-48 隐藏轨迹和曲线

3. 平面轮廓精加工

1）单击"精加工"中的"平面轮廓精加工"，打开"加工参数"设置栏，具体参数设置如图 4-49 所示。

提示：刀次：当余量很大，一次进给不能完成加工时需要设置多刀次，本例设为 1 即可。

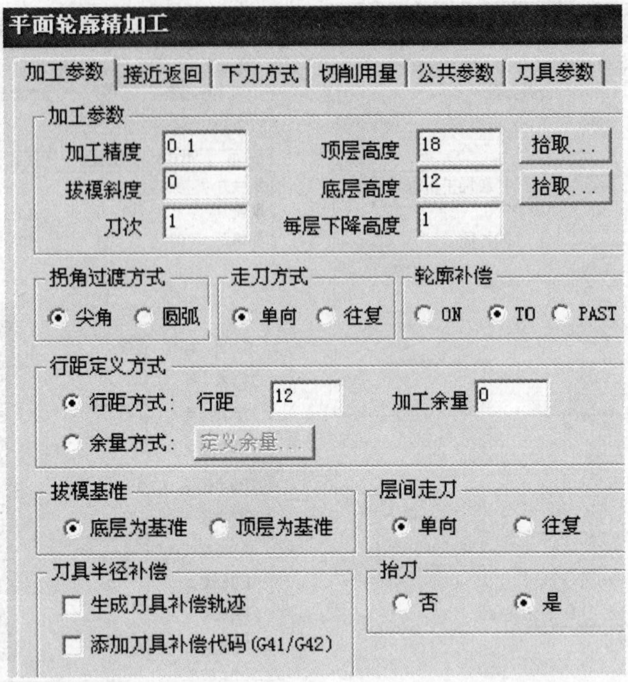

平面轮廓精加工

| 加工参数 | 接近返回 | 下刀方式 | 切削用量 | 公共参数 | 刀具参数 |

加工参数

加工精度 `0.1`   顶层高度 `18`   拾取…

拔模斜度 `0`   底层高度 `12`   拾取…

刀次 `1`   每层下降高度 `1`

拐角过渡方式   **走刀方式**   **轮廓补偿**

⊙ 尖角   ○ 圆弧   ⊙ 单向   ○ 往复   ○ ON   ⊙ TO   ○ PAST

行距定义方式

⊙ 行距方式：行距 `12`   加工余量 `0`

○ 余量方式：定义余量…

拔模基准   **层间走刀**

⊙ 底层为基准   ○ 顶层为基准   ⊙ 单向   ○ 往复

刀具半径补偿   **抬刀**

☐ 生成刀具补偿轨迹   ○ 否   ⊙ 是

☐ 添加刀具补偿代码(G41/G42)

图 4-49 　加工参数

顶层高度和底层高度：由零件的 18mm 高加工到底部的 12mm，共加工 6mm。

轮廓补偿：选择 TO，这是因为刀具要往边界外偏置。

拔模基准：当"拔模斜度"为 0 时，选择"底层为基准"或者"顶层为基准"结果都是一样的。

"抬刀"：如选择"否"则用切削连接（见图 4-50）；如选择"是"则用抬刀连接（见图 4-51）。

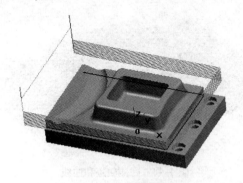

图 4-50 　设定抬刀

图 4-51 　未设定抬刀

2）单击打开"接近返回"设置栏，具体参数设置如图 4-52 所示。

提示：接近方式选择直线，长度为 11，这是因为刀具半径为 10，为了下刀时不切削到材料，所以给多 1mm，主要作用是快速下刀和保护刀具。

3）选择"下刀方式"、"切削用量"、"公共参数"、"刀具参数"设置栏，具体参数设置都与"平面区域粗加工"一样，所以这里不再详述。

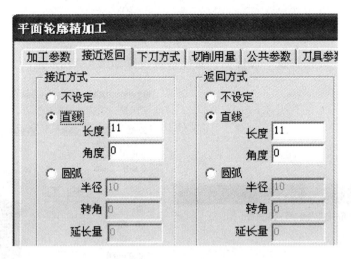

图 4-52 接近返回

4）各参数设定好后，单击"确定"按钮。

5）当系统提示"拾取轮廓和加工方向"时，单击三条边线及箭头。

6）当系统提示"拾取曲线"时，单击右键。

7）当系统提示"确定链搜索方向"时，单击向外的箭头。

8）当系统提示"拾取进刀点"、"拾取退刀点"时，单击右键跳过，即可生成"平面轮廓精加工"轨迹，结果如图 4-53 所示。

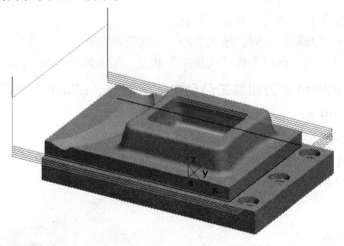

图 4-53 平面轮廓精加工轨迹

9）隐藏曲线和轨迹，以便后面的轨迹生成。

二、使用 φ6mm 钻头加工钻阶梯孔

1）单击"其他加工"中的"孔加工"，打开"加工参数"设置栏，具体参数设置如图 4-54 所示。

从"钻孔"类型中选择"钻孔"，因为孔的深度只有 9mm，所以用"钻孔"就可以完成加工。

"工件平面"为11，即从坐标原点到加工表面的距离为11。如坐标原点在工件上表面，则此数为 -19。

2）单击打开"刀具参数"设置栏，具体参数设置如图4-55所示。

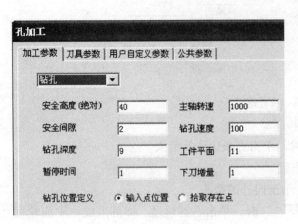

图4-54　加工参数

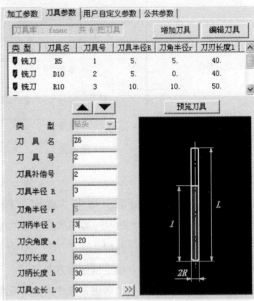

图4-55　刀具参数

3）各参数设定好后，单击"确定"按钮。

4）当系统提示"拾取点"时，依次单击三个孔的圆心点。

5）选择后单击右键，即可生成"孔加工"轨迹，结果如图4-56所示。

三、使用 φ10mm 平刀粗加工凸台中间槽部分、φ5mm 平刀粗加工导动面和精加工 3 × φ10mm 孔

1. 轨迹生成前的准备

使用"相关线" 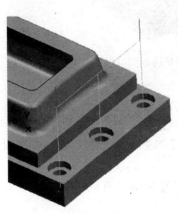 中的"实体边界"命令，将要进行加工的几个区域的边线投影出来，结果如图4-57所示。

图4-56　孔加工轨迹

图4-57　曲线提取

2. 使用 φ10mm 平刀粗加工凸台中间槽部分，运用"等高线粗加工"方法

1）单击"粗加工"中的"等高线粗加工"，打开"加工参数"设置栏，具体参数设置如图4-58所示。

2）单击打开"切入切出"设置栏，具体参数设置如图4-59所示。

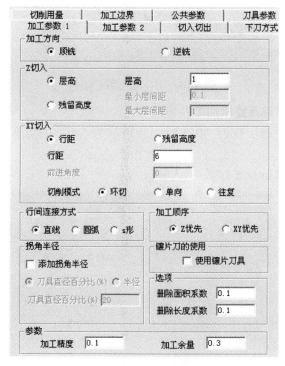

图4-58 加工参数

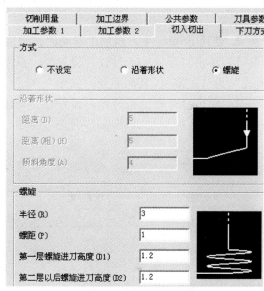

图4-59 切入切出

提示：第一层螺旋进刀高度、第二层以后螺旋进刀高度都为1.2，这是因为层高为1，进刀距离只要比层高大点即可，所以为1.2。

3）单击"刀具参数"设置栏，定义刀具名为D10，刀具号、刀具补偿号为3，刀具半径为5，刀角半径为0，其余为默认参数。

4）"加工参数2"、"下刀方式"、"切削用量"、"加工边界"、"公共参数"、"刀具参数"设置栏，可参照前面内容进行设置，这里不再详述。

5）各参数设定好后，单击"确定"按钮。

6）当系统提示"拾取加工对象…"时，单击实体零件后单击右键。

7）当系统提示"拾取加工边界…"时，单击图4-57所示零件上表面的边线，如图4-60所示。

8）当系统提示"确定链搜索方向"时，单击向左的箭头。

9）当系统再次提示"拾取加工边界…"时，单击右键跳过。

10）稍后即可生成"等高线粗加工"轨迹，结果如图4-61所示。

图 4-60　边界拾取

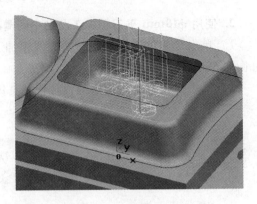

图 4-61　等高线粗加工轨迹

3. 使用 φ5mm 平刀粗加工导动面，运用"等高线粗加工"方法

1）单击打开"加工参数"设置栏，只需更改层高为"0.5"、"行距"为"3"，"切削模式"为"往复"，其他不变，如图 4-62 所示。

2）单击打开"加工边界"设置栏，具体参数设置如图 4-63 所示。

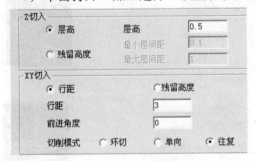

图 4-62　加工参数

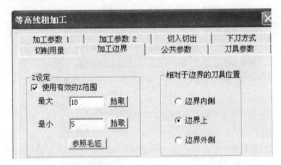

图 4-63　加工边界

提示："最大"是以加工部位的最高点为准，"最小"则以加工部位的最低点为准，只要本部位给定的数小于最低点的数值即可，也可为 0，对结果都无影响。

3）单击"刀具参数"设置栏，设置或调取 φ5mm 平刀。

4）"加工参数 2"、"下刀方式"、"切削用量"、"公共参数"、"刀具参数"设置栏，可参照前面内容进行设置，这里不再详述。

5）各参数设定好后，单击"确定"按钮。

6）当系统提示"拾取加工对象…"时，单击实体零件后单击右键。

7）当系统提示"拾取加工边界…"时，单击如图 4-57 所示的零件的边线，如图 4-64 所示。

8）当系统提示"确定链搜索方向"时，单击向左的箭头。

9）当系统再次提示"拾取加工边界…"时，单击右键跳过。

图 4-64　边界拾取

10）稍后即可生成"等高线粗加工"轨迹，结果如图 4-65 所示。

4. 使用 φ5mm 平刀精加工 3 × φ10mm 孔，运用"轮廓线精加工"方法

1）单击打开"加工参数"设置栏，参数设置如图 4-66 所示。

2）单击打开"切入切出"设置栏，具体参数设置如图 4-67 所示。

提示： 进退刀时，先走一个圆弧，不垂直接触材料下刀，这样可以保护刀具。

3）单击"加工边界"设置栏，具体参数设置如图 4-68 所示。设置 φ10mm 孔的深度，设定后避免空进给和加工深度出错。

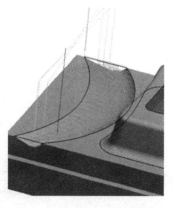

图 4-65 等高线粗加工轨迹

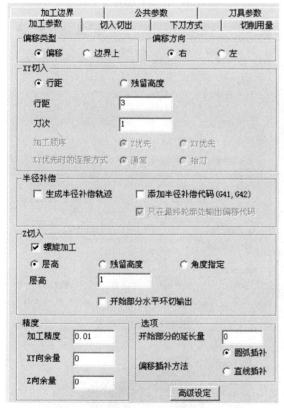

图 4-66 加工参数

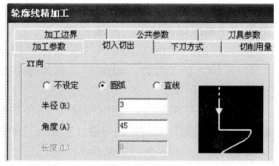

图 4-67 切入切出

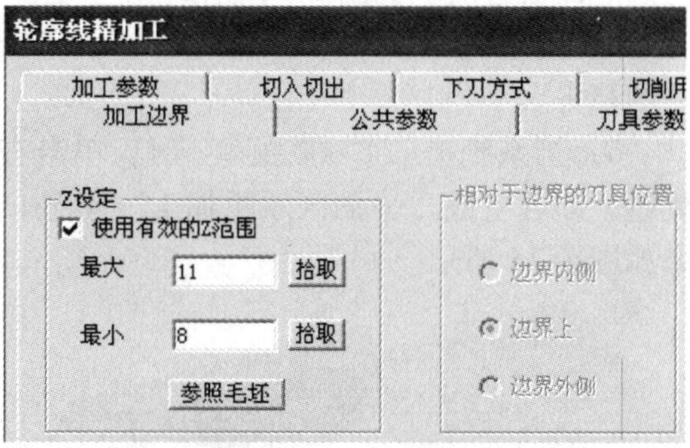

图 4-68 加工边界

4）"加工参数 2"、"下刀方式"、"切削用量"、"公共参数"、"刀具参数"设置栏，可参照前面内容进行设置，这里不再详述。

5）各参数设定好后，单击"确定"按钮。

6）当系统提示"拾取轮廓"时，依次单击其中一个孔的边圆弧线，如图 4-69 所示。

7）当系统提示"确定链搜索方向"时，单击向左的箭头。

8）当系统提示"继续拾取轮廓，按右键进行下一步，按ESC取消"时，重复前面的第 6、7

步，选择完三个曲线之后，单击右键。

9）稍后即可生成"平面轮廓精加工"轨迹，结果如图 4-70 所示。

图 4-69   边界拾取

图 4-70   平面轮廓精加工轨迹

5. 用 φ5mm 平刀精加工凸台槽内平面，运用"平面区域粗加工"方法

1）单击"粗加工"中的"平面区域粗加工"，打开"加工参数"设置栏，具体参数设置如图 4-71 所示。

2）"下刀方式"、"切削用量"、"公共参数"、"刀具参数"设置栏的参数设置都与"平面区域粗加工"一样，所以这里不再详述。

3）各参数设定好后，单击"确定"按钮。

4）当系统提示"拾取轮廓 "时，单击凸台内的四根边线，如图 4-72 所示。

5）当系统提示"确定链搜索方向"，单击向左的箭头。

6）当系统提示"拾取岛屿"时，单击右键跳过，即可生成"平面区域粗加工"轨迹，结果如图 4-73 所示。

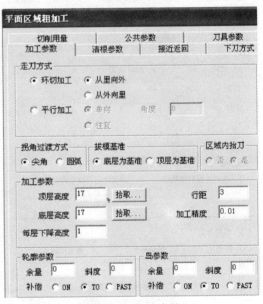

图 4-71   加工参数

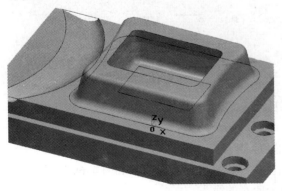

图 4-72   边界拾取

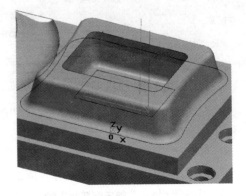

图 4-73   平面区域粗加工轨迹

7）隐藏曲线和轨迹，以便后面的轨迹生成。

四、使用 φ5mm 球刀精加工导动面和凸台整体四周

1. 使用 φ5mm 球刀精加工导动面，运用"参数线精加工"方法

1）单击"精加工"中的"参数线精加工"，打开"加工参数"设置栏，具体参数设置如图4-74所示。

2）"下刀方式"、"切削用量"、"公共参数"设置栏的参数设置都与上个轨迹一样，所以这里不再详述。

3）选择刀具或者调用 R2.5 球刀。

4）各参数设定好后，单击"确定"按钮。

5）当系统提示"拾取加工对象…"（立即菜单中为"单个拾取"）时，单击两块导动面，单击右键。

提示：因为导动时是两条曲线，所以生成的曲面就是两个面，故加工时要选择两次。

6）当系统提示"拾取进刀点"时，单击导动面最高的角点。

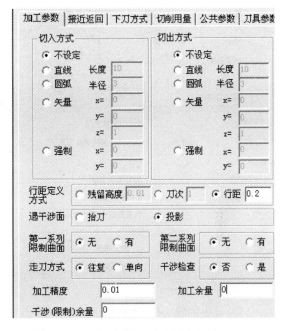

图 4-74 加工参数

7）当系统提示"切换加工方向(左键切换,右键确定)"时，单击使箭头指向 Y 方向，然后单击右键。

8）当系统提示"改变曲面方向(在选定曲面上点取)："时，单击右键跳过。

9）当系统提示"拾取干涉曲面"时，单击右键跳过，即可生成"参数线精加工"轨迹，结果如图4-75 所示。

2. 使用 φ5mm 球刀精加工导动面，运用"参数线精加工"方法

1）单击"精加工"中的"等高线精加工"，打开"加工参数"设置栏，具体参数设置如图4-76所示。

提示：不选择拐角半径中的内容是因为在加工区域的图形中都已经有圆角。

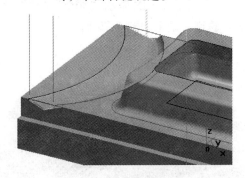

图 4-75 参数线精加工轨迹

2）单击打开"加工参数 2"设置栏，具体参数设置如图4-77 所示。

3）"切入切出"、"下刀方式"、"切削用量"、"加工边界"、"公共参数"设置栏的参数设置都与上个轨迹一样，所以这里不再详述。

4）调用之前使用的 R2.5mm 球刀。

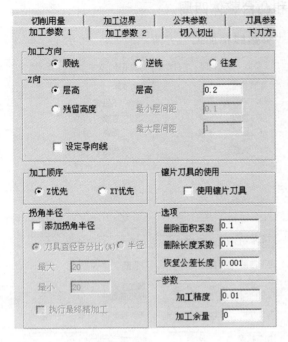

图 4-76　加工参数 1

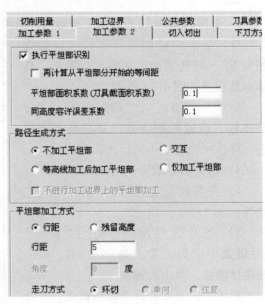

图 4-77　加工参数 2

5）各参数设定好后，单击"确定"按钮。

6）当系统提示"拾取加工对象…"时，按 W 键选择全部元素，单击右键。

7）当系统提示"拾取加工边界…"时，单击凸台根部的边线，如图 4-78 所示。

8）当系统提示"确定链搜索方向"时，单击向左的箭头。

9）当系统再次提示"拾取加工边界…"时，单击右键跳过，即可生成"等高线精加工"轨迹，结果如图 4-79 所示。

图 4-78　边界拾取

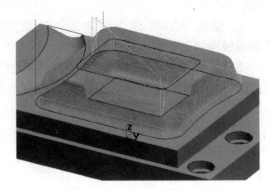

图 4-79　等高线精加工轨迹

至此，该零件的所有加工已完成，所有刀路轨迹的显示结果如图 4-80 所示。刀具轨迹仿真结果如图 4-81 所示。

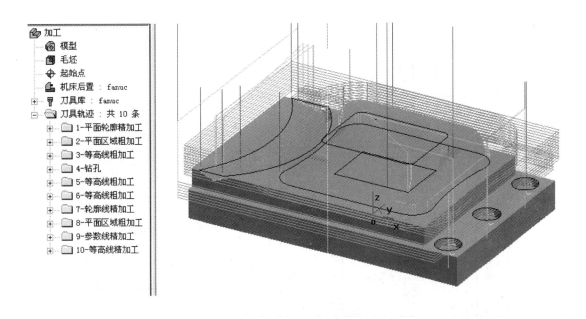

图 4-80 完整刀路轨迹

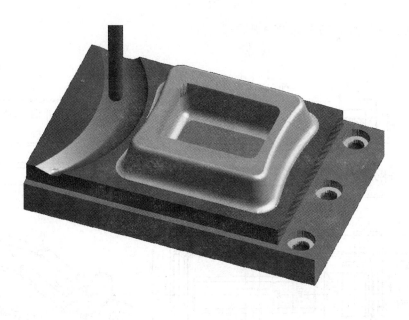

图 4-81 仿真加工

练习与拓展

1. 建立图 4-82 所示的零件模型。

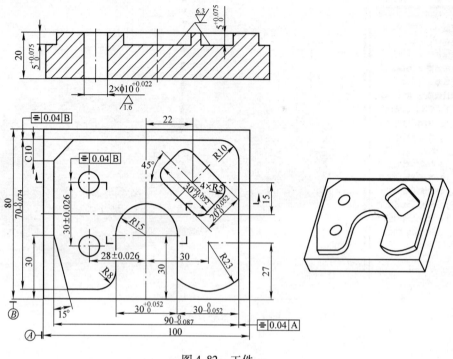

图 4-82　工件一

2. 建立并加工图 4-83 所示的零件模型。

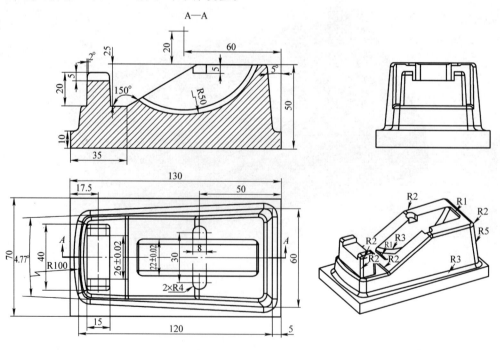

图 4-83　工件二

模　块　总　结

　　本模块以零件设计和加工为例，在前面模块的基础上继续介绍 CAXA 制造工程师 2008 各工具栏按钮与快捷键的运用，对圆角过渡作了详细介绍，并介绍了"双导动单截面"曲面的造型方法及曲面部分的加工过程。在加工方面先采用加工示意图模式给读者予以提示，详细介绍了平面区域粗加工刀路的应用等。当然，在加工中并不能将产品设计和加工所使用的所有功能都进行介绍，必须通过后续模块的学习来掌握。

模块五　零件四的设计与加工

前面已经详细介绍了大部分命令的意义与操作步骤，故本模块将不再详细讲解命令的使用和操作步骤。

本模块也将通过例子介绍从设计到加工的过程，对之前没用到的命令和加工方法的操作步骤作详细的讲解，并着重讲述操作的技巧。

加工中将重点讲述"轮廓导动精加工"方法的运用。

◎ 技能目标

- 巩固创建曲线、草图的方法。
- 巩固创建旋转增料和旋转除料的方法。
- 巩固创建带角度的实体除料的方法。
- 了解加工前的补面、辅助线的提取等准备工作。
- 了解各类加工方法的运用。
- 掌握"轮廓导动精加工"方法的运用。

项目一　CAD 造 型

项目描述

由工程图（图5-1）可以看出，该零件主要由三部分组成：

1）120mm×80mm×10mm 的底板。

2）两边凸台、凹槽及 $2 \times \phi 6mm \times 12mm$ 孔。

3）中间旋转体及旋转体上的除料特征。

操作步骤

双击桌面图标■，进入 CAXA 制造工程师 2008 操作界面。移动光标至特征树栏左下角，通过 ◄ ► 选择"零件特征"按钮，显示零件特征栏，进入造型界面。

一、创建 120mm×80mm×10mm 的底板

1. 创建新文件

单击"文件"下拉菜单中的"新建"，或单击工具条中的新建图标 □，可创建一个新的文件。

2. 创建 120mm×80mm×10mm 实体

1）单击"◆平面XY"，再单击"绘制草图"按钮 ▨，进入草图状态。

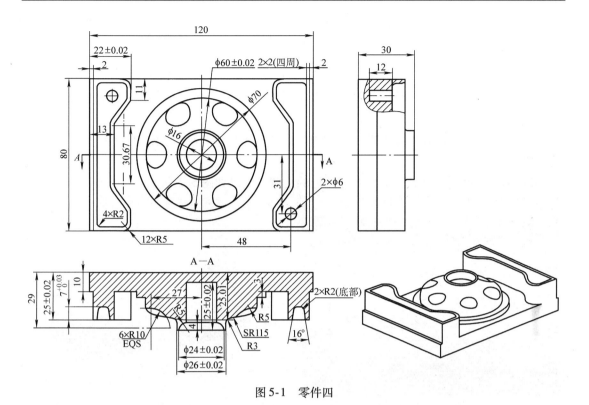

图 5-1 零件四

2）单击"矩形"按钮▭，以坐标原点为矩形的中心绘制 120mm×80mm 的矩形，结果如图 5-2 所示。单击"绘制草图"按钮✐，退出草图状态。

3）单击"拉伸增料"按钮▣，在弹出的对话框中给定实体拉伸的高度，具体参数如图 5-3 所示。

4）单击"确定"按钮，即完成 120mm×100mm×10mm 长方体的绘制。

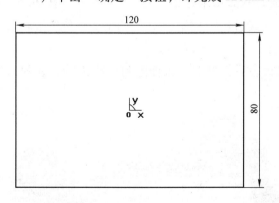

图 5-2 矩形绘制   图 5-3 拉伸增料参数

二、创建两边凸台、凹槽及 2×ϕ6mm×12mm

1. 创建两边凸台

提示：运用上述生成底板的方法即可完成两边凸台的绘制。

1）单击 120mm×80mm×10mm 长方体的上表面，再单击"绘制草图"按钮，即以其为基准创建草图。

2）运用"直线"、"等距线"、"曲线投影"、"平面镜像"、"删除"、"裁剪"等按钮绘制出如图 5-4 所示的平面图，单击"绘制草图"按钮，退出草图状态。

3）单击"拉伸增料"按钮，在弹出的对话框中设定拉伸的深度参数为"15"，其他设置与之前一样。

4）单击"确定"按钮即完成两边凸台的绘制，结果如图 5-5 所示。

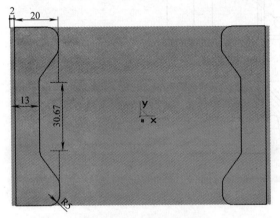

图 5-4　凸台草图绘制

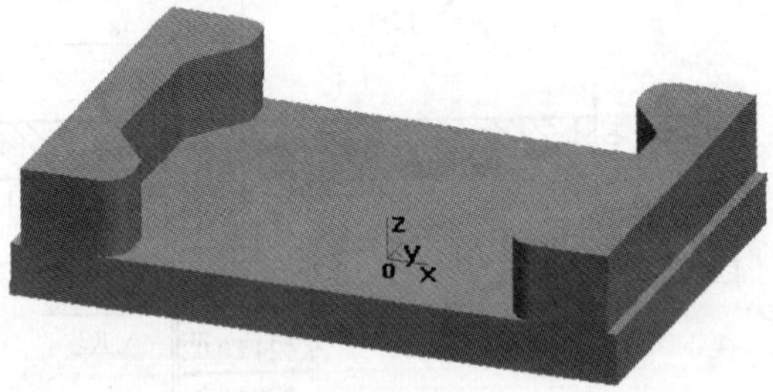

图 5-5　拉伸凸台

2. 创建两边凸台中间的凹槽

提示：运用上述方法即可完成两边凸台中间的凹槽。

1）单击凸台的上表面，再单击"绘制草图"按钮。

2）运用"曲线投影"按钮将原凸台的边线投影出来，然后运用"等距线"按钮，将投影出来的边线都往里移动 2mm，再单击"曲线过渡"按钮，对四个尖角位置倒圆角 R2，即可完成如图 5-6 所示的结果。

3）单击"绘制草图"按钮，退出草图状态后，单击"拉伸除料"按钮，在弹出的对话框中设置如图 5-7 所示的参数。

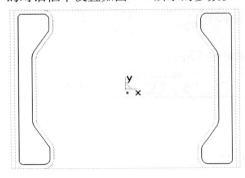

图 5-6　等距草图

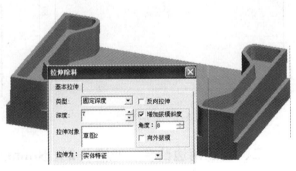

图 5-7　除料参数与结果

4）单击"确定"按钮即完成凹槽的绘制，结果如图5-7所示。

3. 创建 2 × φ6mm × 12mm 孔

运用上述方法即可完成 2 × φ6mm × 12mm 孔特征。这里就不再详述，结果如图5-8所示。

三、创建中间旋转体及旋转体上的除料特征

1. 创建中间旋转体

1）在"特征生成"栏中单击"◈ 平面XZ"或者"◈ 平面YZ"，然后单击"绘制草图"按钮，进入草图状态。

2）运用"直线"、"等距线"、"曲线投影"、"删除"、"裁剪"等按钮绘制出如图5-9所示的结果。

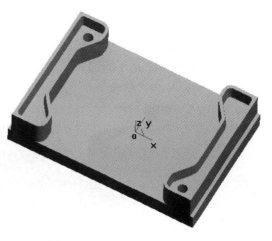

图5-8 2 × φ6mm × 12mm 孔特征

3）单击"绘制草图"按钮，退出草图状态。

4）运用直线命令在旋转中心的位置绘制一条垂直线，长度任意，如图5-10所示。

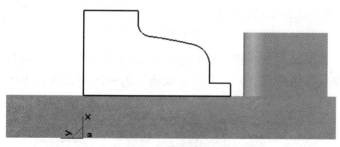

图5-9 绘制的草图　　　　图5-10 绘制一条垂直线

5）单击"旋转增料"按钮，在弹出的对话框中依次选择刚才生成的草图和空间垂直线（见图5-10），角度为360°。单击"确定"按钮后，结果如图5-11所示。

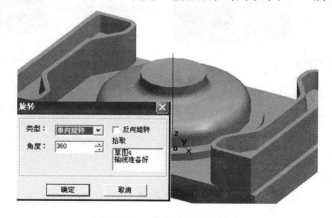

图5-11 参数设置与结果

2. 旋转体上的除料特征

1）在"特征生成"栏中单击"⬥ **平面xz**"平面，然后单击"绘制草图"按钮 🖊 ，进入草图状态。

2）运用"直线" ✐ 、"等距线" 🗝 、"曲线投影" ⬥ 、"删除" ⬥ 、"裁剪" ⬥ 等按钮绘制出如图 5-12 所示的结果。

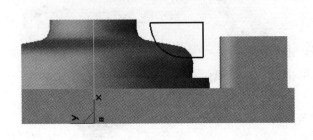

图 5-12 草图绘制   图 5-13 绘制一条垂直线

3）单击"绘制草图"按钮 🖊 ，退出草图状态。

4）运用直线命令在旋转中心的位置绘制一条垂直线，长度任意，如图 5-13 所示。

5）单击"旋转除料"按钮 🖟 ，在弹出的对话框中依次选择刚才生成的草图和空间垂直线（见图 5-13），角度为 360°。单击"确定"按钮后，结果如图 5-14 所示。

6）单击"环形阵列"按钮 🖟 ，在弹出的对话框中依次选择所需要的条件："阵列对象"为刚生成的旋转除料特征（可在设计树中选择）；"边/基准轴"为中间垂直线（见图 5-15）。

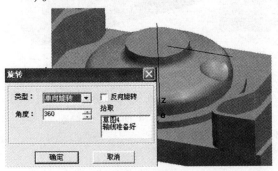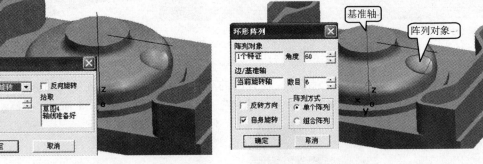

图 5-14 旋转除料参数与结果   图 5-15 环形阵列参数与元素拾取

提示：在阵列的"数目"中所填写的数包括所选择的特征本身。图 5-15 所示的箭头决定旋转方向，为"右手方式"，即拇指所指方向为箭头方向，其他手指所指方向为旋转的方向。

7）单击"确定"按钮后，结果如图 5-16 所示。

8）生成中间阶梯孔特征。

提示：此部位可以用两种方法完成，一种是使用"打孔"命令一次完成；另一种是使用"拉伸除料" 🖟 的方法完成。由于这两种方法在之前的造型中都已经用过，而且在本零件中的操作方法都一样，所以在此不再详述。最终结果如图5-17所示。

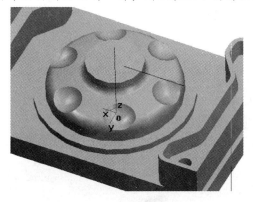

图5-16 环形阵列

图5-17 创建阶梯孔

9）倒圆角。

提示：本零件中需要倒圆角的位置有两个：阶梯孔4mm位置的R5；两边凸台中间凹槽底部四周的R2。"过渡"命令在前面已经讲过只要给定"过渡"的半径和"过渡"的位置即可完成，所以在这里就不再详述了。最终结果如图5-18所示。

图5-18 倒圆角过渡

至此，整个零件已经设计完毕，最终结果如图5-19所示。

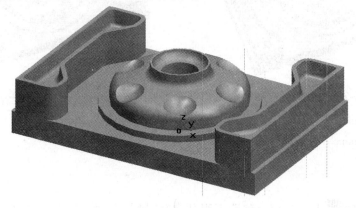

图5-19 零件

项目二　CAM 加工

项目描述

从造型看，本零件主要可以分为六个部分来加工：

1）使用 φ10mm 平刀粗加工及精加工中间平面，如图 5-20 所示。

2）使用 φ10mm 平刀精加工 3mm 圆台、粗加工中间特征及精加工 φ16mm 孔，如图 5-21 所示。

图 5-20　加工第一步　　　　　图 5-21　加工第二步

3）使用 φ6mm 平刀粗加工两边凸台的凹槽，如图 5-22 所示。

4）使用 φ6mm 球刀精加工中间特征，如图 5-23 所示。

图 5-22　加工第三步　　　　　图 5-23　加工第四步

5）使用 φ4mm 球刀精加工两边凸台的凹槽部分，如图 5-24 所示。

6）使用 φ4mm 平刀精加工 2 × φ6mm 孔，如图 5-25 所示。

操作步骤

双击桌面图标▇进入 CAXA 制造工程师 2008 操作界面。单击"文件"下拉菜单中的"打开"，或者直接单击"打开"按钮▇，弹出"打开文件"对话框，选择需加工的文件。

在初始化状态下，CAXA 制造工程师 2008 首先进入加工管理导航栏。如果要在建模后就进入加工状态，需单击 [零件特征 加工管] 导航栏中的加工管理按钮。

图 5-24 加工第五步

图 5-25 加工第六步

提示：此零件的加工方法中，有几个加工方法在前面的零件加工中已经用过并详细讲述过，所以在此零件加工中只是大概说明，对于步骤和参数的定义将不再详细讲述，请读者自行参照前面的内容。

一、使用 φ10mm 平刀粗加工及精加工中间平面

1. 加工前的准备

1）使用"参照模型"的方法生成零件毛坯。

2）设置"起始点"为（0，0，50）。

3）使用"相关线" 中的"实体边界"命令将两平面的边线投影出来，上、下两线往上、下两边各相距 5mm，然后用直线连接，结果如图 5-26 所示。

提示：投影时，有个技巧可以快速完成边线的提取，具体操作步骤是：

① 运用"实体表面"命令 将实体的表面生成曲面（见图 5-27）。

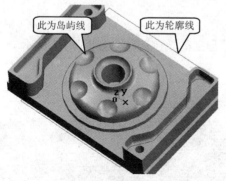

图 5-26 加工边界

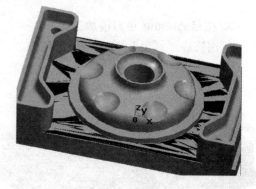

图 5-27 曲面生成

② 在"相关线"命令 里的立即菜单中选择"曲面边界线"、"全部"。

③ 单击刚生成的曲面的边界处，则边界全部生成。注意：单击时光标靠近哪边则生成

相应的边,此零件要单击两次。

④ 将原曲面删除即可,结果如图 5-28 所示。

2. 使用 φ10mm 平刀粗加工平面

1)由于以前的零件加工中使用过此方法,所以这里不再详述。其中"加工参数"栏的设置如图 5-29 所示,刀具参数设置如图 5-30 所示。

2)单击"确定"按钮后,单击图 5-28 所示的外边线为"轮廓线",里边的圆为"岛屿线",单击右键生成刀具轨迹,结果如图 5-31 所示。

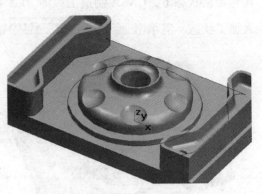

图 5-28 投影结果

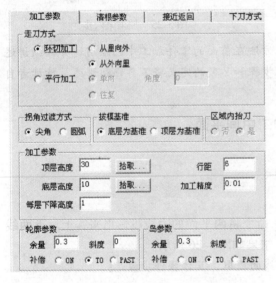

图 5-29 参数设置

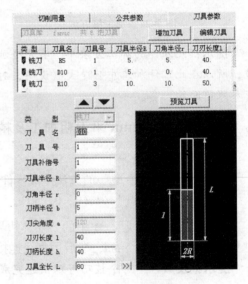

图 5-30 刀具参数

3. 使用 φ10mm 平刀精加工平面

运用轨迹"拷贝"与"粘贴"的方法,生成精加工的轨迹,结果如图 5-32 所示。

图 5-31 粗加工轨迹

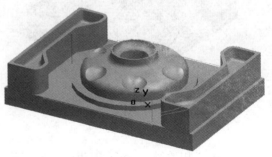

图 5-32 精加工轨迹

二、使用 φ10mm 平刀精加工 3mm 圆台、粗加工中间特征及精加工 φ16mm 孔

1. 使用 φ10mm 平刀粗、精加工 3mm 圆台

1）轮廓的准备。使用"相关线"  中的"实体边界"命令将 3mm 圆台与旋转体根部的边线投影出来，结果如图 5-33 所示。

2）运用"平面轮廓精加工"的方法。此方法在之前的零件加工中也详细介绍过，在此不再详述。其中，"加工参数"、"接近返回"的设置如图 5-34、图 5-35 所示。

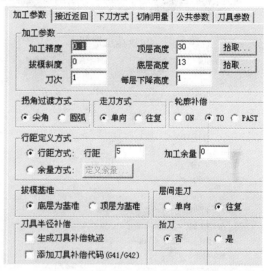

图 5-33　加工边界拾取

图 5-34　加工参数

3）参数均设置好后，单击"确定"按钮，以图 5-33 所示的圆为"轮廓线"，单击右键跳过"岛屿线，即生成"平面轮廓精加工"轨迹，结果如图 5-36 所示。

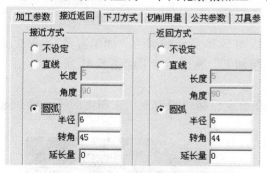

图 5-35　接近返回

图 5-36　"平面轮廓精加工"轨迹

4）运用轨迹"拷贝"和"粘贴"的方法，生成精加工的轨迹，结果如图 5-37 所示。

2. 使用 φ10mm 平刀粗加工中间特征

1）轮廓的准备。使用"相关线"  中的"实体边界"命令将 3mm 圆台的底部边线投影出来，结果如图 5-38 所示。

2）运用"等高线粗加工"的方法。此方法在之前的零件加工中也详细介绍过，在此不再详述。其中，"加工参数"、"接近返回"的设置如图 5-39、图 5-40 所示。

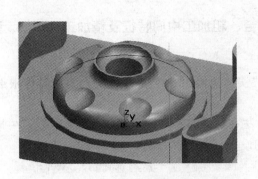

图 5-37 3mm 凸台精加工

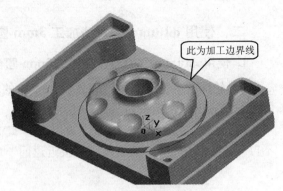

图 5-38 投影轮廓线

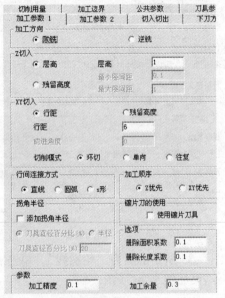

图 5-39 加工参数

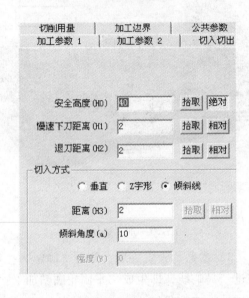

图 5-40 接近返回

3）参数均设置好后，单击"确定"按钮，以图 5-38 所示的圆为"加工边界"，再次提示时单击右键跳过"岛屿线"，即生成"等高线粗加工"轨迹，结果如图 5-41 所示。

3. 使用 φ10mm 平刀精加工 φ16 孔

此步骤与加工 3mm 圆台的步骤一样，只是在给定轮廓线和设置加工深度时不一样，这里不再详述。最终结果如图 5-42 所示。

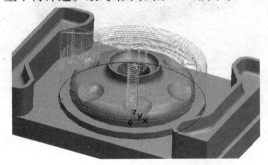

图 5-41 等高线粗加工轨迹

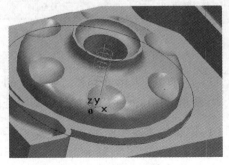

图 5-42 φ16 孔精加工

三、使用 φ6mm 平刀粗加工两边凸台的凹槽

1）加工边界的准备。使用"相关线"  中的"实体边界"命令将两凸台外边的轮廓边线投影出来，结果如图 5-43 所示。

此为加工边界线

图 5-43 投影轮廓线

2）运用"等高线粗加工"的方法。与前面方法一样，在此不再详述。其中，"加工参数"、"切入切出"的设置如图 5-44、图 5-45 所示。

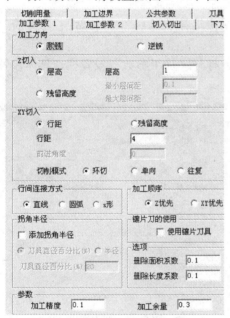

图 5-44 加工参数

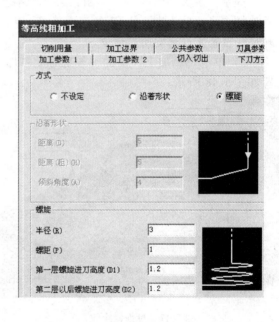

图 5-45 切入切出

3）参数均设置好后，单击"确定"按钮，提示拾取"加工边界"时，拾取图 5-43 所示的两凸台顶面边界线为"加工边界"，单击右键，即生成"等高线粗加工"轨迹，结果如图 5-46 所示。

四、使用 φ6mm 球刀精加工中间特征

1. 使用"轮廓导动精加工"方法加工旋转体

1）加工边界的准备。使用"相关线"  中的"实体边界"命令，将图 5-47 中提示

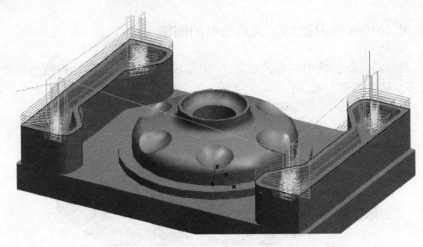

图 5-46 两凸台粗加工

的轮廓线投影出来，再从原来的旋转体草图中将图 5-47 所示的"截面线"复制出来，结果如图 5-43 所示。

提示：单击"旋转体"草图，按 F2 键进入草图。从主菜单中选择"编辑"、"拷贝"，再选择需拷贝的曲线，按 F2 键退出草图，从主菜单中选择"编辑"、"粘贴"，即可将草图环境的图素复制到空间环境中。

2）单击"精加工"中的"轮廓导动精加工"，打开"加工参数"设置栏，具体参数设置如图 5-48 所示。

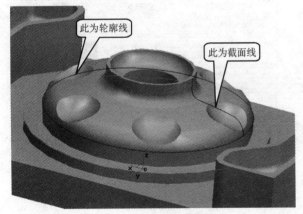

图 5-47 投影轮廓线

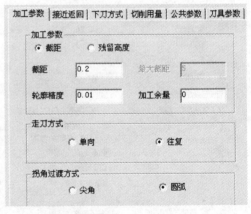

图 5-48 切入切出

① 截距：表示截面线上每一行刀具轨迹间的距离，按等弧长来分布。

② 轮廓精度：表示拾取的轮廓有样条时的离散精度。

③ 加工余量：相对模型表面的残留高度，可以为负值，但不要超过刀角半径。

④ 拐角过渡方式：选择尖角，刀具从轮廓的一边到另一边的过程中，以两条边延长后相交的方式连接。

⑤ 圆弧：刀具从轮廓的一边到另一边的过程中，以圆弧的方式过渡。过渡半径 = 刀具半径 + 余量。

3）其他如"接近返回"、"下刀方式"、"切削用量"、"公共参数"等的设置都与上个轨迹的加工参数一样，所以这里不再详述。

4）在"刀具参数"栏中选择 R3 的球刀。

5）各参数设定好后，单击"确定"按钮。

6）当系统提示"拾取轮廓和加工方向"时，单击图 5-47 所示的"轮廓线"。

7）当系统提示"确定链搜索方向"时，单击任意一个箭头。

8）当系统提示"拾取截面线"时，单击图 5-47 所示的"截面线"。

9）当系统提示"确定链搜索方向"时，单击向上的箭头，如图 5-49 所示。

10）当系统提示"拾取曲线"时，单击右键跳过。

11）当系统提示"选取加工侧边"时，单击向外的箭头，如图 5-50 所示，即可生成"参数线精加工"轨迹，结果如图 5-51 所示。

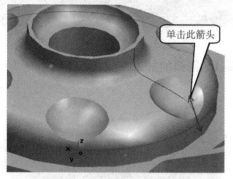

图 5-49　截面线拾取

图 5-50　加工侧边拾取

2. 使用"参数线精加工"方法加工六个旋转出料凹槽

1）前面已介绍过"参数线精加工"方法，所以在此不再详述。其中，"加工参数"的设置如图 5-52 所示。

2）参数均设置好后，单击"确定"按钮拾取凹槽里边的面为加工对象，给定进刀点，即可生成"参数线精加工"轨迹，结果如图 5-53 所示。

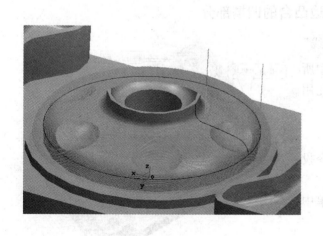

图 5-51　参数线精加工轨迹

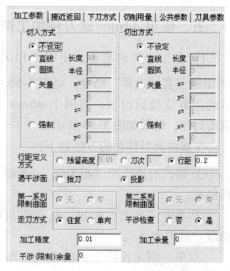

图 5-52　加工参数

3）单击"阵列"按钮 ，从立即菜单中选择"圆形"、"均布"，份数为 6。

4）提示"拾取元素"时，单击"参数线精加工"轨迹。

5）提示"输入中心点"时，单击坐标原点，即可生成六个相同的"参数线精加工"轨迹，结果如图 5-54 所示。

提示：在软件中，几个相同刀具生成的轨迹可以连接在一起，这样在加工的时候可以避免换刀。具体操作方法是：选择主菜单中的"加工/轨迹编辑/轨迹连接"，然后在绘图区中单击需要连接的轨迹，单击右键即可完成相同刀具轨迹的连接。

图 5-53　参数线精加工轨迹

3. 同样使用"参数线精加工"方法，完成中间 R5 圆弧的加工（见图 5-55）

图 5-54　阵列轨迹

图 5-55　R5 圆弧加工轨迹

五、使用 φ4mm 球刀精加工两边凸台的凹槽部分

1）加工边界的准备。使用"相关线" 中的"实体边界"命令，将图 5-56 中所示的边界线投影出来，将两个 φ6mm 孔用曲面封住，结果如图 5-56 所示。

生成曲面封住孔的方法如下：

① 将孔的边线用"相关线" 命令投影出来。

② 单击"平面"按钮，从立即菜单中拾取"裁剪曲面"。

③ 单击刚才投影出来的曲线，即可生成曲面。

图 5-56　投影轮廓线

　　生成曲面封住孔口的作用是：在加工凹槽的时候用 ϕ4mm 的平刀，如果不封住在加工凹槽底面时会加工到孔里。这样会出现很多的提刀，而且又达不到孔的要求，所以还需要用 ϕ4mm 的平刀再加工。将其封住可避免另外加工。

　　2）前面已讲过"等高线精加工"方法，所以在此不再详述。其中，"加工参数 1"、"加工参数 2"的设置如图 5-57、图 5-58 所示。

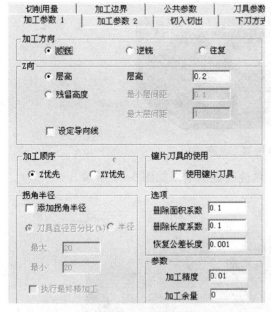
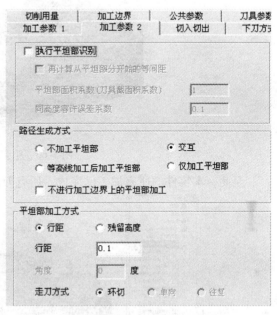

图 5-57　加工参数 1　　　　　　　　　　图 5-58　加工参数 2

　　3）在"刀具参数"栏中选择 R2 球刀。

　　4）各参数设定好后，单击"确定"按钮。

　　5）当系统提示"拾取加工对象"时，按 W 键（全选所有元素），然后单击右键。注意：一定要全选，如果只单击实体则选择不到曲面。

　　6）当系统提示"拾取加工边界"时，单击其中一边的"边界线"。

　　7）当系统再次提示"拾取加工边界"时，再单击另外一边的"边界线"。

　　8）当系统再次提示"拾取加工边界"时，单击右键跳过。即可生成"等高线精加工"轨迹，结果如图 5-59 所示。

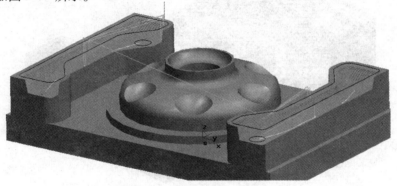

图 5-59　等高线精加工轨迹

六、使用 ϕ4mm 平刀精加工 2 × ϕ6mm 孔

此部位只需要运用"轮廓线精加工"方法即可完成，结果如图 5-60 所示。

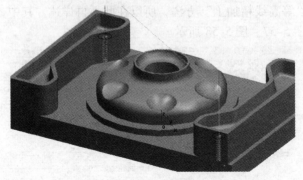

图 5-60 轮廓线精加工轨迹

至此，本零件的所有加工已完成，所有刀路轨迹的显示结果如图 5-61 所示。

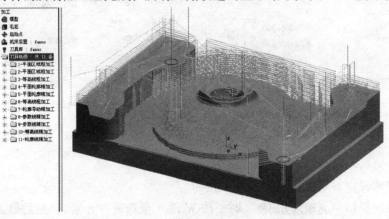

图 5-61 完整刀路轨迹

刀具轨迹仿真结果如图 5-62 所示。

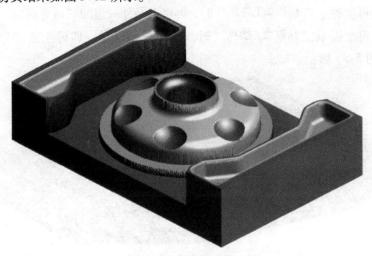

图 5-62 仿真加工

练习与拓展

1. 建立图5-63所示的零件模型。

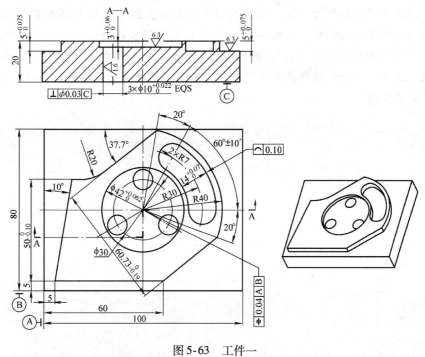

图5-63　工件一

2. 建立并加工图5-64所示的工件模型。

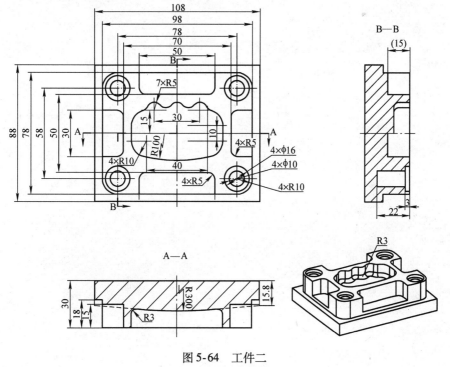

图5-64　工件二

模 块 总 结

　　本模块以零件设计和加工为例，在前面模块的基础上继续介绍 CAXA 制造工程师 2008 各工具栏按钮与快捷键的运用，详细介绍了对于旋转增料和旋转除料功能并介绍了"轮廓导动精加工"方法和环形阵列刀具轨迹等。在加工方面先采用加工示意图模式给读者予以提示。当然，在加工中并不能将产品设计和加工所使用的所有功能都进行介绍，必须通过后续模块的学习来掌握。

模块六　零件五的设计与加工

本模块将着重介绍设计中最常使用的"拉伸增料"、"拉伸除料"两个特征生成命令，以及用于 2~2.5 轴加工的"平面区域粗加工"、"平面轮廓精加工"和用于三维造型的"等高线粗加工"方法。

◎ 技能目标

- 巩固创建草图、曲线的方法。
- 巩固创建实体增料、除料的方法。
- 掌握创建空间圆弧的方法。
- 掌握生成旋转曲面的方法。
- 巩固创建实体过渡的方法。
- 了解加工前的准备工作。
- 了解各类加工方法的运用。
- 掌握"限制线精加工"与"参数精加工"方法的运用。

项目一　CAD 造型

项目描述

由工程图（图 6-1）可以看出，该零件主要由四部分组成：

1) 120mm × 100mm × 10mm 的底板。
2) 110mm × 90mm × 20mm 的凸台及凸台里面的两个方孔和倒圆角。
3) 68mm × 48mm × 20mm 方孔里的特征。
4) 2 × φ6mm × 5mm 的孔和 SR11 的球面。

操作步骤

双击桌面图标 ■，进入 CAXA 制造工程师 2008 操作界面。移动光标至特征树栏左下角，通过 ◀ ▶ 选择"零件特征"按钮，显示零件特征栏，进入造型界面。

一、创建 120mm × 100mm × 10mm 的底板

1. 单击"文件"下拉菜单中的"新建"，或单击工具条中的新建图标 □，创建一个新文件。

2. 创建 120mm × 100mm × 10mm 的长方体

1) 单击"绘制草图"按钮 ▱，进入草图。

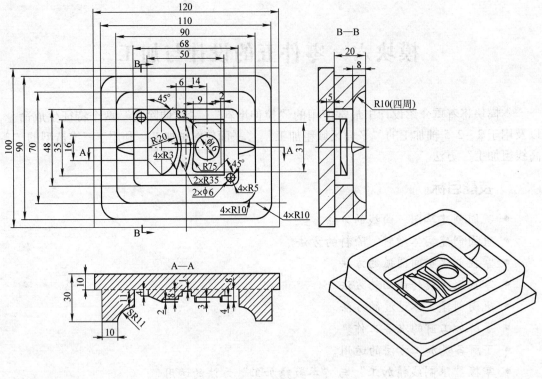

图 6-1　零件五

2）单击"矩形"按钮 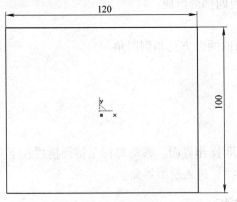，以坐标原点为矩形中心绘制出如图 6-2 所示的矩形。

3）单击"绘制草图"按钮，退出草图。

4）单击"拉伸增料"按钮，在弹出的对话框中设置参数，如图 6-3 所示。

5）单击"确定"按钮，即可完成 120mm × 100mm × 10mm 长方体的创建。

图 6-2　草图绘制 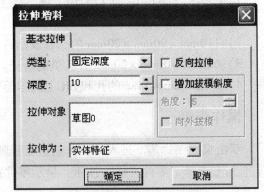 图 6-3　拉伸增料参数

二、创建 110mm × 90mm × 20mm 的凸台及凸台里面的两个方孔和倒圆角

1. 生成 110mm × 90mm × 20mm 的凸台

1）单击 120mm × 100mm × 10mm 长方体的上表面，以之为基准，单击"绘制草图"按

钮 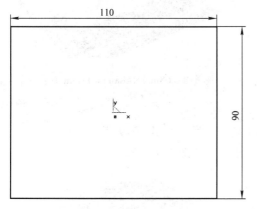，进入草图。

2) 单击"矩形"按钮□，绘制如图6-4所示的图形。

3) 单击"拉伸增料"按钮 ⬚，在弹出的对话框中设置如图6-5所示的参数。

4) 单击"确定"按钮，完成110mm×90mm×20mm长方体的制作。

图6-4 草图绘制

图6-5 拉伸增料参数

2. 生成90mm×70mm×9mm的长方孔

1) 单击110mm×90mm×20mm长方体的上表面，单击"绘制草图" 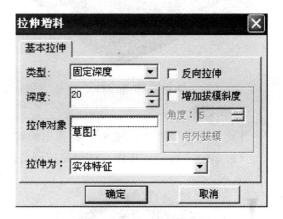 按钮，进入草图。

2) 运用"矩形" □ 、"过渡"按钮 ⌐，绘制如图6-6a所示的二维图。

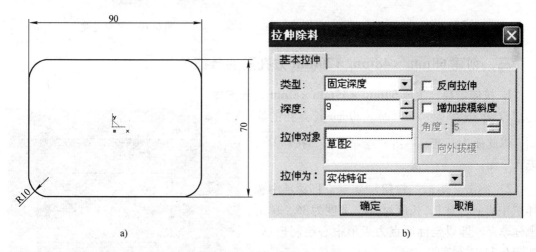

a)　　　　　　　　　　　　　　　　b)

图6-6 拉伸除料草图及参数

3) 单击"拉伸除料"按钮 ⬚，在弹出的对话框中设置如图6-6b所示的参数。

4) 单击"确定"按钮，即可完成90mm×70mm×9mm长方孔的制作，结果如图6-7所示。

3. 用同样的方法完成68mm×48mm×11mm方孔特征，这里不再详述，结果如图6-8所示

图 6-7   拉伸除料

图 6-8   68mm×48mm×11mm 方孔

4. 倒圆角

1）单击"过渡"按钮 ⬛，在弹出的对话框中进行设置，如图 6-9 所示。

2）单击"确定"按钮，即可完成圆角的"过渡"，如图 6-10 所示。

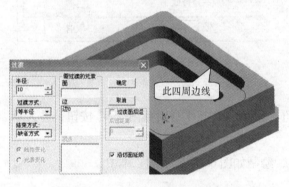

图 6-9   过渡参数设置

图 6-10   圆角过渡

三、创建 68mm×48mm×20mm 方孔里的特征

1. 拉伸增料，生成 50mm×35mm×8mm 的长方体

1）单击 68mm×48mm×20mm 长方孔的底面，以此面为基准，单击"绘制草图"按钮 ✏️，进入草图。

2）单击"矩形"按钮 ▢，从立即菜单中选择"中心_长_宽"，长度为 50，宽度为 35，单击坐标原点，即以坐标原点为矩形中心绘制矩形，如图 6-11 所示。

3）单击"拉伸增料"按钮 ▣，在弹出的对话框中设置如图 6-12 所示的参数。

4）单击"确定"按钮，即可完成 50mm×35mm×8mm 长方体的制作，结果如图 6-12 所示。

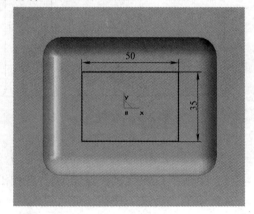

图 6-11   矩形绘制

2. 拉伸除料，由 50mm × 35mm × 8mm 长方体的上表面往下 4mm

1）单击 50mm × 35mm × 8mm 长
方体的上表面，以此面为基准，单击
"绘制草图"按钮 ，进入草图。

2）运用"直线" 、"圆" 、
"圆弧" 、"等距" 、"裁剪" 、
"删除" 等按钮绘制出如图 6-13 所
示的二维图型。

3）单击"拉伸除料" 按钮，
在弹出的对话框中设置如图 6-13 所示
的参数，深度为 4。

图 6-12   拉伸增料

4）单击"确定"按钮，完成除料特征的制作，结果如图 6-13 所示。

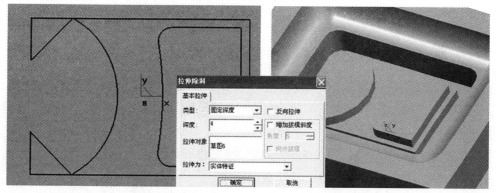

图 6-13   拉伸除料

3. 拉伸除料，生成 φ16mm × 3mm 孔

1）单击 50mm × 35mm × 8mm 长方孔的上表面，以此面为基准，单击"绘制草图"按钮
 ，进入草图。

2）单击"圆"按钮 ，绘制 φ16mm 圆，如图 6-14 所示。

3）单击"拉伸除料"按钮 ，在弹出的对话框中设置如图 6-15 所示的参数，深度为 3。

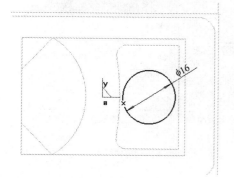

图 6-14   拉伸除料草图

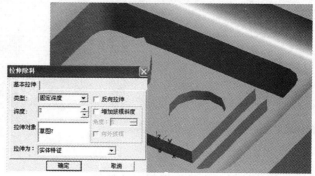

图 6-15   φ16mm × 3mm 孔

4）单击"确定"按钮，完成φ16mm×3mm孔的制作，结果如图6-15所示。

4. 拉伸除料，生成斜面旁边2mm深的特征

1）单击50mm×35mm×8mm长方孔的上表面，以此面为基准，单击"绘制草图"  按钮，进入草图。

2）运用"直线" ✏、"等距" ⏎ 按钮，绘制如图6-16所示的二维图。

3）单击"拉伸除料"按钮🔲，在弹出的对话框中设置如图6-17所示的参数。

4）单击"确定"按钮，完成φ16mm×3mm孔的制作。结果如图6-17所示。

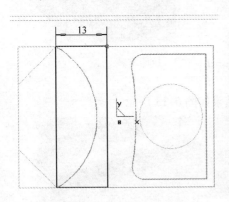

图6-16 拉伸除料草图

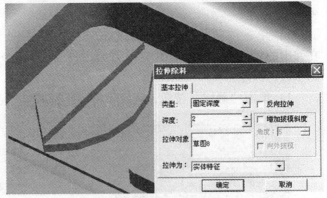

图6-17 拉伸除料参数与结果

5. 拉伸除料，生成斜面特征

1）单击"◆ 平面XZ"，即以XZ平面为绘图基准。

2）单击"绘制草图"按钮 ✏，进入草图状态。

3）运用"曲线投影" 🖌、"直线" ✏、"删除" ⌦ 按钮，绘制出如图6-18所示的二维图。

4）单击"拉伸除料"按钮🔲，在弹出的对话框中设置如图6-19所示的参数。

5）单击"确定"按钮，完成φ16mm×3mm孔的制作，结果如图6-19所示。

图6-18 拉伸除料草图

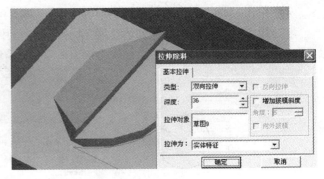

图6-19 拉伸除料参数及生成

6. 拉伸除料，生成中间部位的凹槽

1）单击50mm×35mm×8mm长方孔的上表面，以此面为基准，单击"绘制草图"按钮

，进入草图。

2）运用"直线" 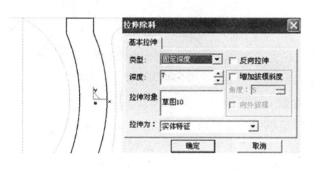、"圆" ⊕、"过渡" ┌、"裁剪" ✂、"删除" ⌀、"平面镜像" ◭ 按钮，绘制出如图6-20所示的二维图。

3）单击"拉伸除料"按钮 ⬚，在弹出的对话框中设置如图6-20所示的参数。

4）单击"确定"按钮，完成φ16mm×3mm孔的制作，结果如图6-21所示。

图6-20　拉伸除料草图及参数

图6-21　中间凹槽特征生成

四、2×φ6mm×5mm的孔和SR11球面

1. 拉伸除料，生成对角的两个φ6mm×5mm孔

1）单击68mm×48mm×20mm长方孔的底面，以该面为基准创建草图。

2）单击"绘制草图"按钮 ，进入草图状态。

3）单击"圆"按钮 ⊕，绘制出如图6-22所示的草图。

4）单击"拉伸除料"按钮 ⬚，在弹出的对话框中设置如图6-23所示的参数。

5）单击"确定"按钮，即可完成φ16mm×5mm孔的制作，结果如图6-23所示。

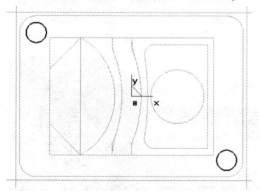

图6-22　拉伸除料草图

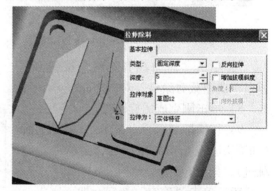

图6-23　φ6mm×5mm孔的参数与生成

2. 旋转曲面，裁剪除料生成SR11球面特征

1）运用"直线"按钮 ✎，在零件左端中间的位置绘制一条10mm的水平线和一条11mm的垂直线（见图6-24）。

2）运用"圆弧"按钮 ⌒，以靠近圆弧的两个端点为圆弧的两点做一圆弧（两点 - 半径），如图6-25所示。

图 6-24　绘制两直线

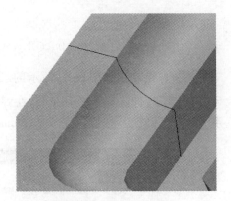

图 6-25　绘制 R11 圆弧

3）运用"直线"按钮 ✎，在圆心位置做一水平线（见图 6-26）。

4）单击"旋转面"按钮 ⬤，设置立即菜单中的起始角为 0°，终止角为 360°。

5）当系统提示"拾取旋转轴(直线):"时，单击"水平线"为"旋转轴"。

6）当系统提示"拾取母线:"时，单击"R11 的圆弧线"为"母线"，即可生成旋转面（见图 6-27）。

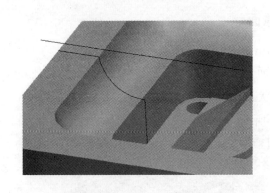

图 6-26　绘制圆弧中心线

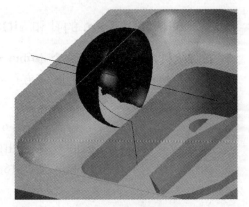

图 6-27　生成旋转面

7）单击"曲面裁剪除料"按钮 ⬤，弹出"曲面裁剪除料"对话框。

8）单击刚生成的旋转面。

9）切换除料箭头，指向曲面的里面（如箭头已经是指向里面的，则单击右键跳过），见图 6-28。

10）单击"确定"按钮，即可完成一边的"曲面裁剪"特征（见图 6-29）。

11）运用"平面镜像"按钮 ⬗，将曲面镜像到另外一边。

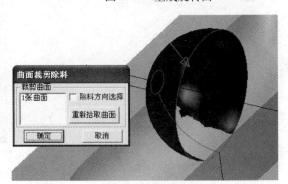

图 6-28　裁剪曲面方向

12）同上述方法，用"曲面裁剪除料"按钮 ⬤ 裁剪另一边的实体，即可完成裁剪除料的特征，隐藏其他曲线和曲面后的结果如图 6-30 所示。

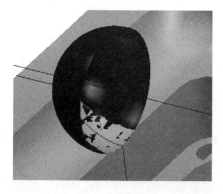

图 6-29 裁剪实体

图 6-30 零件

项目二 CAM 加工

项目描述

从造型看，本零件除四周 R10 圆角、SR11 球面和中间位置的斜面外，其他部位均是平面，所以除上述三个部位外的其他特征均可使用 CAXA 制造工程师的二轴刀路方法完成加工，而这三个部位再使用三轴刀路进行加工即可完成零件的加工。

1）使用 φ20mm 平刀加工 110mm×90mm×20mm 的凸台及粗加工中间凹槽，如图 6-31 所示。

2）使用 φ6mm 平刀粗加工 10～18mm 高的位置，精加工其他平面，如图 6-32 所示。

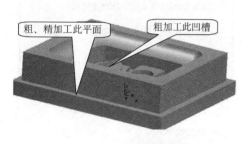

图 6-31 第 1 步加工示意

图 6-32 第 2 步加工示意

3）使用 φ4mm 平刀精加工凹槽部位及精加工 2×φ6mm 孔，如图 6-33 所示。

4）使用 φ6mm 的球刀精加工四周 R10 圆角、SR11 球面和中间位置的斜面，如图 6-34 所示。

图 6-33 第 3 步加工示意

图 6-34 第 4 步加工示意

操作步骤

一、使用 φ20mm 平刀加工 110mm×90mm×20mm 的凸台平面及粗加工中间凹槽

1. 轨迹生成前的准备。

1）单击"⚙加工管理"，然后双击"📦毛坯"，在弹出的"定义毛坯"对话框中单击"⊙参照模型"，单击"参照模型"按钮，即可生成零件毛坯，结果如图 6-35 所示。

2）双击"⊕起始点"，在弹出的对话框中设置全局起始点坐标为（0，0，50），结果如图 6-36 所示。

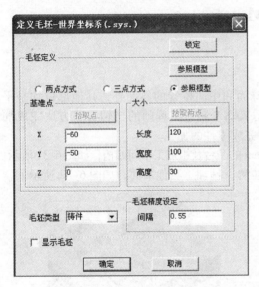

图 6-35 毛坯定义

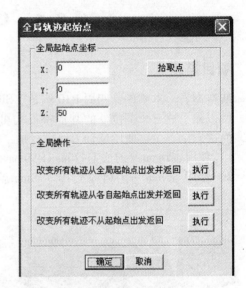

图 6-36 起始点定义

3）单击"相关线"按钮🖌，从立即菜单中选择"实体边界"，将加工平面的边线投影出来，作为加工的轮廓线，结果如图 6-37 所示。

2. 轨迹生成

使用 φ20mm 平刀加工 110mm×90mm×20mm 的凸台平面。

1）单击"加工工具栏"中的"平面区域粗加工"按钮▣，单击打开"加工参数"设置栏，具体参数设置如图 6-38 所示。

图 6-37 加工轮廓

2）单击打开"接近返回"设置栏，具体参数设置如图 6-39 所示。图 6-40 为直线接近和返回的轨迹。

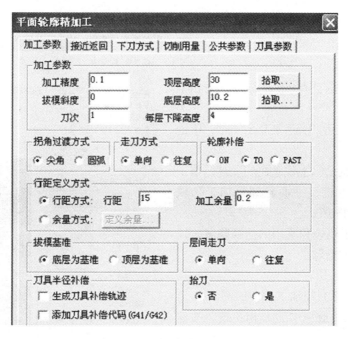

图 6-38　加工参数

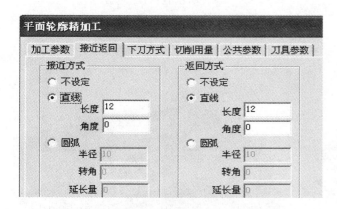

图 6-39　接近返回

图 6-40　直线接近和返回的轨迹

3）单击打开"下刀方式"设置栏，具体参数设置如图 6-41 所示。

4）"下刀方式"、"切削用量"、"公共参数"设置栏的具体参数可依照以前的方法进行设置，这里不再详述。

5）单击打开"刀具参数"设置栏，具体参数设置如图 6-42 所示。刀具可以从刀具库中调取，也可以到本栏后再填写。

6）各参数设定好后，单击"确定"按钮。

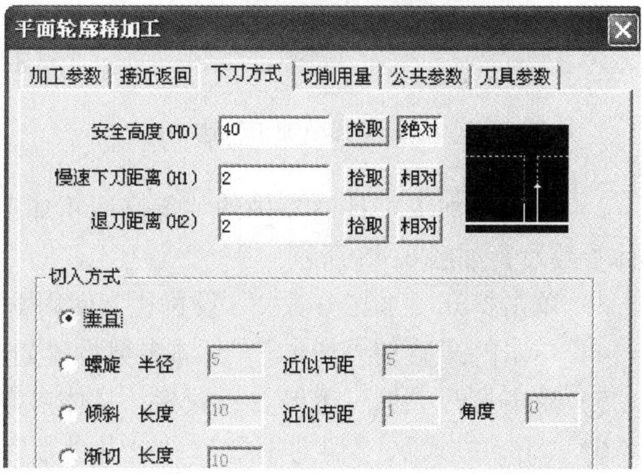

图 6-41　下刀方式

7）当系统提示"拾取轮廓和加工方向"时，单击零件根部四条边线。

8）当系统提示"确定链搜索方向"时，单击向左的一个箭头。

9）当系统提示"拾取箭头方向"时，单击向外的箭头。

10）当系统提示"拾取进刀点"时，单击右键跳过。

11）当系统提示"拾取退刀点"时，单击右键跳过，即可生成"平面轮廓精加工"轨迹，结果如图 6-43 所示。

12）将本加工轨迹和所用的曲线隐藏，以便后面加工轨迹的拾取。

3. 轨迹生成

使用 φ20mm 平刀粗加工中间凹槽。

1）单击曲线生成栏中的"相关线"按钮 ，从立即菜单中选择"实体边界"，将加工平面的边线投影出来，作为加工的边界线，结果如图 6-44 所示。

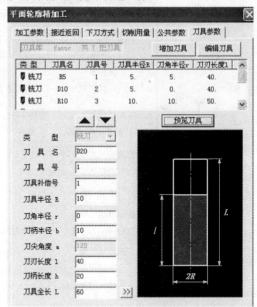

图 6-42　刀具参数

图 6-43　平面轮廓精加工轨迹

图 6-44　加工边界提取

2）单击"加工工具栏"中的"等高线粗加工"按钮 ，打开"加工参数 1"设置栏，具体参数设置如图 6-45 所示。

3）单击打开"加工参数 2"设置栏，使用默认的加工参数，如图 6-46 所示。

4）单击打开"切入切出"，具体参数设置如图 6-47 所示。

5）单击打开"加工边界"设置栏，具体参数设置如图 6-48 所示。

6）"下刀方式"、"切削用量"、"公共参数"设置栏的具体参数可依照以前的方法进行设置，这里不再详述。

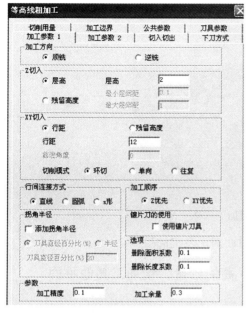

图 6-45　加工参数 1

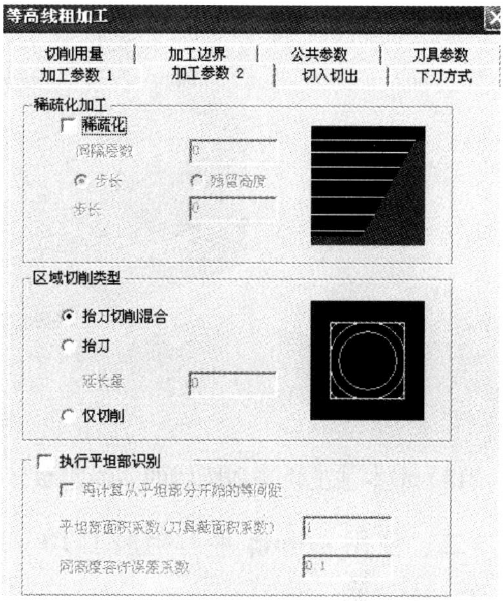

图 6-46　加工参数 2

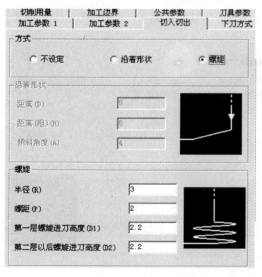

图 6-47　切入切出

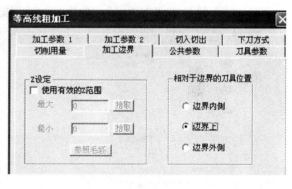

图 6-48　加工边界

7) 在"刀具参数"设置栏选择 φ20mm 平刀。

8) 各参数设定好后，单击"确定"按钮。

9) 当系统提示"拾取加工对象…"时，按 W 键（拾取全部），单击右键。

10) 当系统提示"拾取加工边界…"时，单击凸台顶部凹槽四周的边线。

11) 当系统提示"确定链搜索方向"时，单击向左的箭头。

12) 当系统再次提示"拾取加工边界…"时，单击右键跳过，即可生成"等高线粗加工"轨迹，结果如图 6-49 所示。

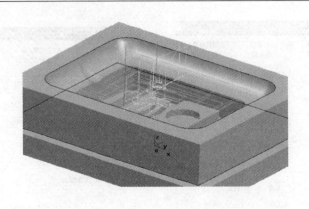

图 6-49　等高线粗加工轨迹

13）将本加工轨迹和所用的曲线隐藏，以便后面加工轨迹的拾取。

二、使用 φ6mm 平刀粗加工 10～18mm 高的位置，精加工其他平面

1. 轨迹生成

使用 φ6mm 平刀粗加工 10～18mm 高的位置。

使用不同的刀具和层，设置 Z 的有效范围，即可生成此轨迹。修改参数具体如下：

1）单击"粗加工"中的"等高线粗加工"，打开"加工参数 1"设置栏，具体参数设置如图 6-50 所示。其他的参数与之前的一样。

2）单击打开"切入切出"，具体参数设置如图 6-51 所示。

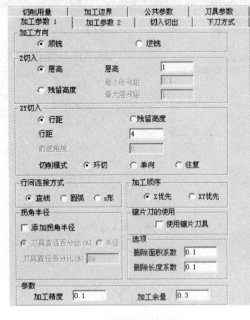

图 6-50　加工参数 1

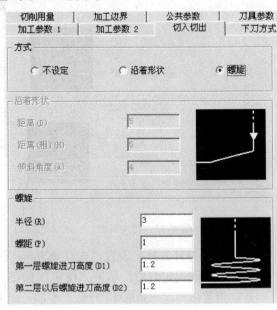

图 6-51　切入切出

3）单击打开"加工边界"设置栏，具体参数设置如图 6-52 所示。

4）"加工参数 2"、"下刀方式"、"切削用量"、"公共参数"设置栏的具体参数设置与

之前刀具轨迹的一样。

5）单击打开"刀具参数"设置栏，具体参数设置如图6-53所示。

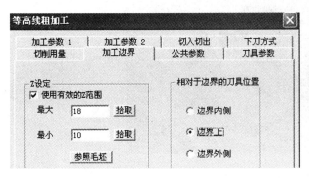

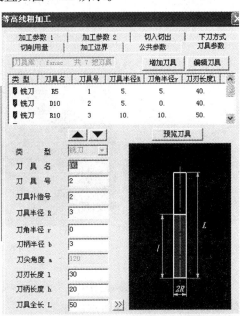

图6-52 加工边界 　　　　　　　　　　图6-53 刀具参数

6）各参数设定好后，单击"确定"按钮。

7）当系统提示"拾取加工对象…"时，按W键（拾取全部），单击右键。

8）当系统提示"拾取加工边界…"时，单击凸台顶部凹槽四周的边线。

9）当系统提示"确定链搜索方向"时，单击向左的箭头。

10）当系统再次提示"拾取加工边界…"时，单击右键跳过，即可生成"等高线粗加工"轨迹，结果如图6-54所示。

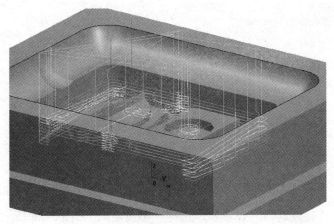

图6-54 等高线粗加工轨迹

2. 轨迹生成

14～18mm高度范围的粗精加工。

1）单击曲线生成栏中的"相关线"按钮 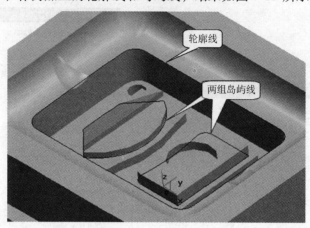，从立即菜单中选择"实体边界"，将加工平面的边线投影出来，作为加工的轮廓线和岛屿线，结果如图 6-55 所示。

轮廓线

两组岛屿线

图 6-55　加工边界提取

2）单击加工工具栏中的"平面区域粗加工"按钮 ，打开"加工参数"设置栏，具体参数设置如图 6-56 所示。

3）单击打开"清根参数"设置栏，具体参数设置与上一轨迹的一样，如图 6-57 所示。

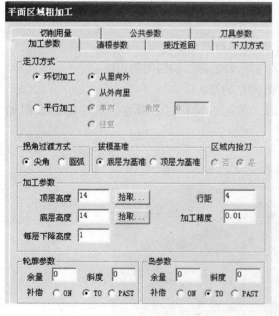

图 6-56　加工参数

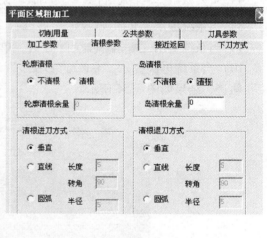

图 6-57　清根参数

4）单击打开"接近返回"设置栏，选择"不设定"，如图 6-58 所示。

5）"下刀方式"、"切削用量"、"公共参数"设置栏的具体参数设置都与上个轨迹的一样，所以这里不再详述。

6）单击打开"刀具参数"设置栏，具体参数设置如图 6-59 所示。

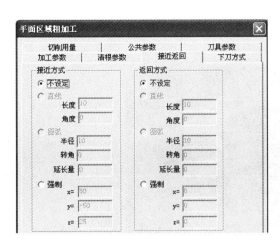

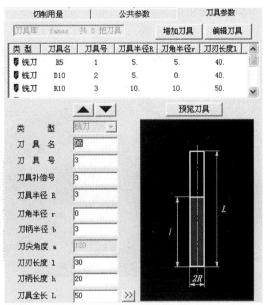

图 6-58 接近返回   图 6-59 刀具参数

7）各参数设定好后，单击"确定"按钮。

8）当系统提示"拾取轮廓"时，单击图 6-55 所示的轮廓线。

9）当系统提示"确定链搜索方向"时，单击向左的箭头。

10）当系统提示"拾取岛屿"时，单击图 6-55 所示的岛屿线。

11）当系统提示"确定链搜索方向"时，单击向左的箭头。

12）当系统提示"继续拾取岛屿，按右键进行下一步，按ESC取消"时，再次拾取另一个岛屿线。

13）当系统提示"确定链搜索方向"时，单击向左的箭头。

14）当系统再次提示"继续拾取岛屿，按右键进行下一步，按ESC取消"时，单击右键跳过，即可生成"平面区域粗加工"轨迹，结果如图 6-60 所示。

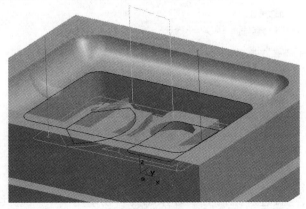

图 6-60 "平面区域粗加工"轨迹

15）隐藏曲线和轨迹，以便后面的轨迹生成。

3. 轨迹生成

精加工 φ16mm 圆。

1）单击"相关线"按钮 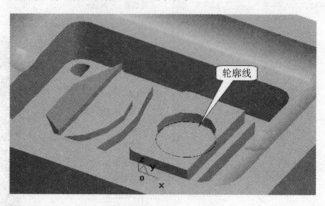，从立即菜单中选择"实体边界"，将 φ16mm 圆的边线投影出来，作为加工的轮廓线，结果如图 6-61 所示。

轮廓线

图 6-61　加工边界

2）单击"精加工"中的"平面区域粗加工"，打开"加工参数"设置栏，具体参数设置如图 6-62 所示。其他参数的设置与以前轨迹的设置相同，这里就不再详述。

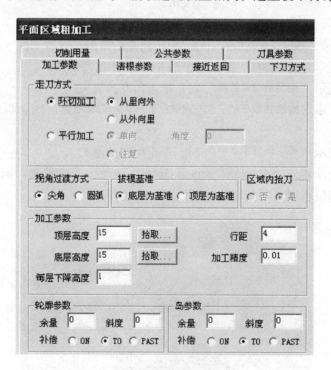

图 6-62　加工参数

3）"清根参数"、"接近返回"、"下刀方式"、"切削用量"、"公共参数""刀具参数"设置栏的具体参数都与上个轨迹一样，所以这里不再详述。

4）各参数设定好后，单击"确定"按钮。

5）当系统提示"拾取轮廓"时，单击图6-63所示的轮廓线。

6）当系统提示"确定链搜索方向"时，单击向左的箭头。

7）当系统提示"拾取岛屿"时，单击右键跳过，即可生成"平面区域粗加工"轨迹，结果如图6-63所示。

8）隐藏曲线和轨迹，以便后面的轨迹生成。

4. 轨迹生成

精加工R20顶面位置。

1）单击"相关线"按钮 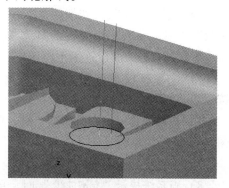，从立即菜单中选择"实体边界"，将根部边线投影出来，作为加工的轮廓线，结果如图6-64所示。

图6-63 "平面区域粗加工"轨迹

轮廓线

图6-64 加工边界

2）单击"精加工"中的"平面轮廓精加工"，打开"加工参数"设置栏，具体参数设置如图6-65所示。

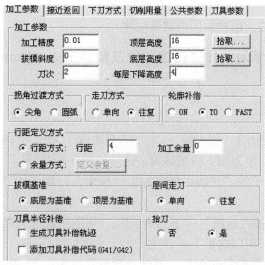

图6-65 加工参数

3）单击打开"接近返回"设置栏，具体参数设置如图 6-66 所示。

4）"下刀方式"、"切削用量"、"公共参数""刀具参数"设置栏的具体参数都与上个轨迹一样，所以这里不再详述。

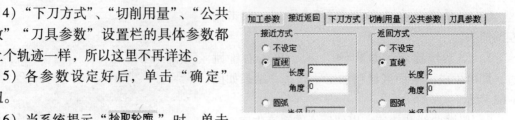

图 6-66　接近返回

5）各参数设定好后，单击"确定"按钮。

6）当系统提示"拾取轮廓"时，单击图 6-64 所示的轮廓线。

7）当系统提示"确定链搜索方向"时，单击其中的一个箭头。

8）当系统提示"拾取曲线"时，单击右键跳过。

9）当系统提示"拾取箭头方向"时，单击向右的箭头。

10）当系统提示"拾取进刀点"时，单击右键跳过。

11）当系统提示"拾取退刀点"时，单击右键跳过，即可生成"平面轮廓精加工"轨迹，结果如图 6-67 所示。

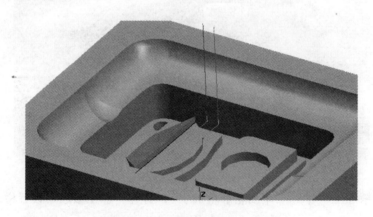

图 6-67　"平面轮廓精加工"轨迹

12）隐藏曲线和轨迹，以便后面的轨迹生成。

三、使用 φ4mm 平刀精加工凹槽部位及精加工 2×φ6mm 孔

1. 轨迹生成

粗、精加工凹槽部位

1）运用曲线生成栏中的"相关线"　、"等距线"　、"曲线过渡"　按钮，将边线通过投影绘制出来，作为加工的轮廓线，结果如图 6-68 所示。

2）单击加工工具栏中的"平面区域粗加工"按钮，打开"加工参数"设置栏，具体参数设置如图 6-69 所示。

3）"清根参数"、"接近返回"、"下刀方式"、"切削用量"、"公共参数"设置栏的具体参数都与上个轨迹一样，所以这里不再详述。

4）单击打开"刀具参数"设置栏，具体参数设置如图 6-70 所示。

5）各参数设定好后，单击"确定"按钮。

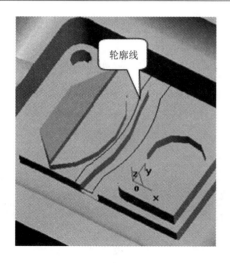 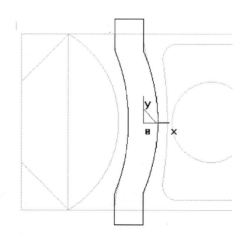

图 6-68 加工边界

图 6-69 加工参数

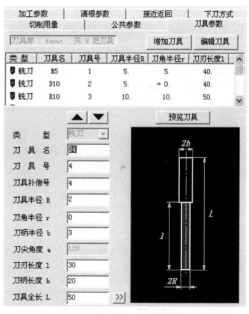

图 6-70 刀具参数

6）当系统提示"拾取轮廓"时，单击图 6-68 所示的轮廓线。

7）当系统提示"确定链搜索方向"时，单击向左的箭头。

8）当系统提示"拾取岛屿"时，单击右键跳过，即可生成"平面区域粗加工"轨迹。结果如图 6-71 所示。

9）隐藏曲线和轨迹，以便后面的轨迹生成。

2. 轨迹生成

加工四周槽及 $2 \times \phi 6mm \times 5mm$ 孔

用上述同样的加工方法和刀具，只要给定不同的深度、不同的轮廓线和岛屿线即可完成

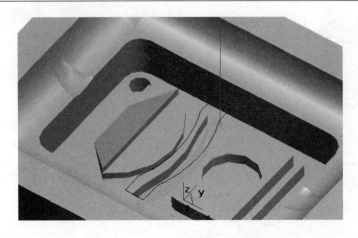

图 6-71 "平面区域粗加工"轨迹

加工轨迹，具体参数不再详述。

加工四周槽的加工参数如图 6-72 所示，刀具轨迹如图 6-73 所示。

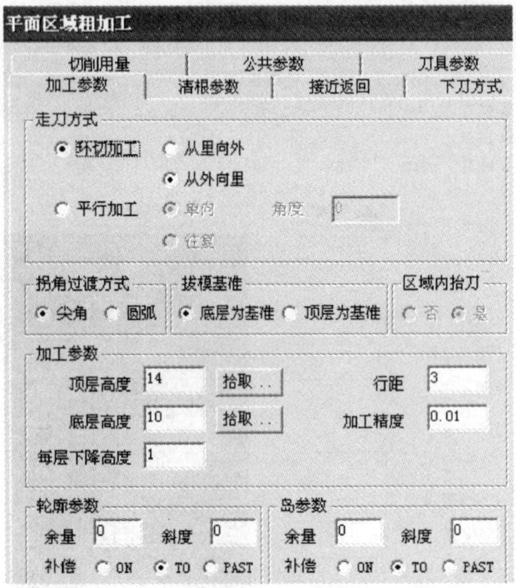

图 6-72 加工参数

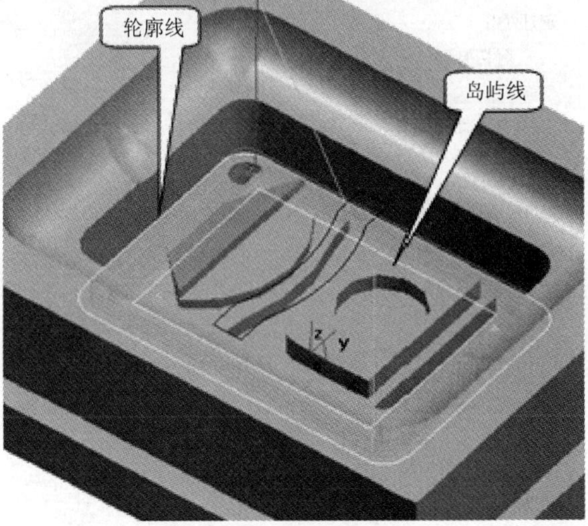

图 6-73 槽加工轨迹

3. 精加工 2×φ6mm×5mm 孔

加工参数如图 6-74 所示，刀具轨迹如图 6-75 所示。

四、使用 φ6mm 球刀精加工四周 R10 圆角、SR11 球面和中间位置的斜面

1. 轨迹生成

加工四周 R10 圆角、SR11 球面。

1）运用曲线生成栏中的"相关线" 、"直线" 命令将图 6-44 所示的边线投影出来，作为加工的轮廓线，结果如图 6-76 所示。注意：SR11 球面的缺口位置要直接连接。

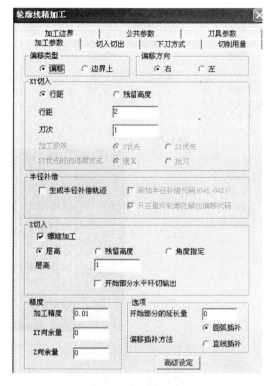

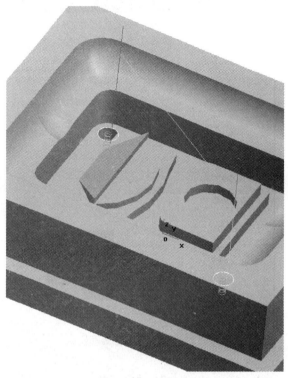

图 6-74　加工参数 　　　　　图 6-75　2×φ6mm×5mm 孔精加工轨迹

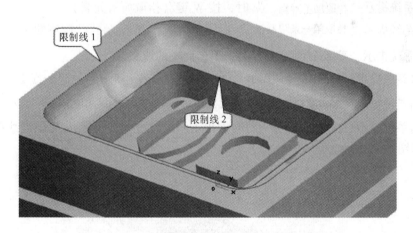

图 6-76　加工边界

2）单击加工工具栏中的"限制线精加工"按钮，打开"加工参数"设置栏，具体参数设置如图 6-77 所示。

3）"下刀方式"、"切削用量"、"公共参数"设置栏的具体参数都与上个轨迹一样，所以这里不再详述。

4）单击打开"刀具参数"设置栏，具体参数设置如图 6-78 所示。

5）单击打开"加工边界"设置栏，设置"相对于边界的刀具位置"为"边界上"。

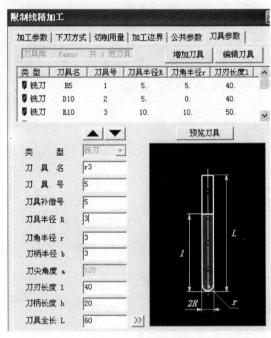

图 6-77 加工参数   图 6-78 刀具参数

6）各参数设定好后，单击"确定"按钮。

7）当系统提示"拾取加工对象..."时，按 W 键（拾取所有元素）。

8）当系统提示"拾取第一条限制线"时，单击图 6-76 所示的"限制线 1"。

9）当系统提示"确定链搜索方向"时，单击向左的箭头。

10）当系统提示"拾取第二条限制线"时，单击图 6-76 所示的"限制线 2"。

11）当系统提示"确定链搜索方向"时，单击向左的箭头。

12）当系统提示"拾取加工边界..."时，单击右键跳过，即可生成"限制线精加工"轨迹，结果如图 6-79 所示。

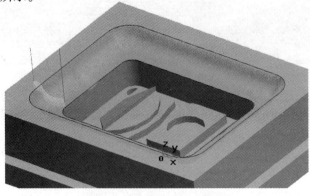

图 6-79　限制线精加工轨迹

13）隐藏曲线和轨迹，以便后面的轨迹生成。

2. 轨迹生成

精加工中间位置的斜面。

1）单击加工工具栏中的"参数线精加工"按钮，打开"加工参数"设置栏，具体参数设置如图6-80所示。

2）单击打开"接近返回"设置栏，具体参数设置如图6-81所示。

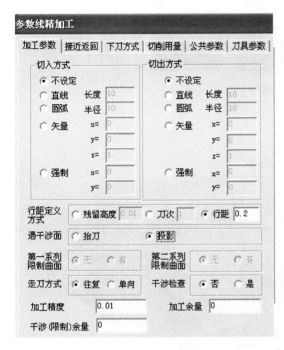 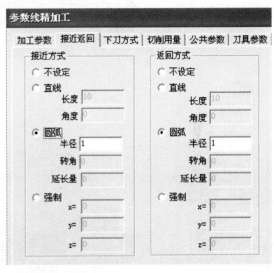

图6-80　加工参数　　　　　　　　　　图6-81　接近返回

3）"下刀方式"、"切削用量"、"公共参数"、"刀具参数"设置栏的具体参数都与上个轨迹一样，所以这里不再详述。"接近方式"、"返回方式"中均选择"圆弧"，半径为1。

4）各参数设定好后，单击"确定"按钮。

5）当系统提示"拾取加工对象…"（立即菜单中为"单个拾取"）时，单击被加工的斜面，单击右键。

6）当系统提示"拾取进刀点"时，单击斜面的一个角点。

7）当系统提示"切换加工方向（左键切换，右键确定）"时，单击右键跳过。

8）当系统提示"改变曲面方向（在选定曲面上点取）："时，单击右键跳过。

9）当系统提示"拾取干涉曲面"时，单击右键跳过，即可生成"参数线精加工"轨迹，结果如图6-82所示。

至此，该零件的所有加工已完成，所有刀路轨迹的显示结果如图6-83所示。

刀具轨迹仿真结果如图6-84所示。

图 6-82　参数线精加工轨迹

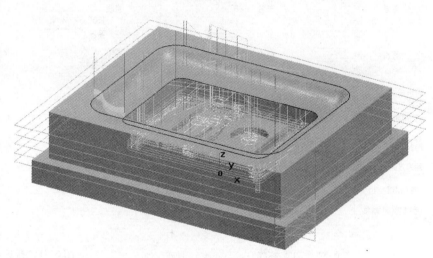

图 6-83　完整刀路轨迹

图 6-84　仿真加工

练习与拓展

1. 建立图 6-85 所示的零件模型，采用二维加工完成零件加工。

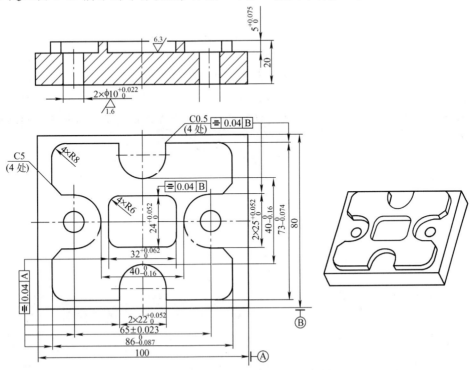

图 6-85 工件一

2. 建立并加工图 6-86 所示的零件模型（注意 2 × SR10 的上部并非球面，否则导致倒扣，造成无法加工）。

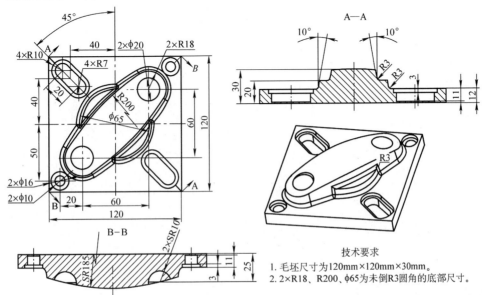

技术要求
1. 毛坯尺寸为120mm×120mm×30mm。
2. 2×R18、R200、φ65为未倒R3圆角的底部尺寸。

图 6-86 工件二

模 块 总 结

　　本模块以零件设计和加工为例，介绍了 CAXA 制造工程师 2008 各工具栏按钮与快捷键的运用等，巩固了 CAXA 制造工程师 2008 在草图绘制和空间曲线绘制方面的操作过程，着重讲述了日常设计中最常使用的"拉伸增料"、"拉伸除料"两个特征生成命令，以及创建旋转曲面、裁剪除料等操作。分步讲述了加工过程中所需提取的加工边界设置和加工方法中一些参数的对比等，重点介绍了"限制线精加工"与"参数精加工"加工方法的运用。当然，在加工中并不能将产品设计和加工所使用的所有功能都进行介绍，必须通过后续模块的学习来掌握。

模块七　旋钮的设计与加工

本模块主要由产品设计、模具型芯设计和前后模芯加工等组成，完整介绍了该零件设计、模芯设计和加工的步骤及基本概念。产品设计较简单，利用前面所讲内容可以完成。本模块将详细介绍如何利用 CAXA 制造工程师提供的布尔运算和分模等功能完成模芯的设计。加工中将前后模设计在一块毛坯上，此处采用加工坐标系控制型芯和型腔的加工。

◎ 技能目标

- 巩固创建曲线、草图的方法。
- 巩固创建实体增料和除料的方法。
- 掌握生成"打孔"特征的方法。
- 掌握抽壳功能的运用方法。
- 掌握模具模芯设计、布尔运算的使用方法。
- 了解加工前辅助线的提取等准备工作。
- 了解各类加工方法的运用。
- 掌握加工坐标系的运用方法。

项目一　CAD　造型

项目描述

根据图 7-1 所示旋钮的实体视图及二维尺寸，绘制旋钮的实体模型。该结构底部由均布的三个椭圆组成，顶部由一个半椭圆组成。

操作步骤

双击桌面图标▨，进入 CAXA 制造工程师 2008 操作界面。移动光标至特征树栏左下角（见图 7-2），通过◀▶选择"零件特征"按钮，显示零件特征栏，进入造型界面。

一、创建旋钮下部拉伸增料

1）在零件特征栏里选择"平面 XY"为基准面，单击状态控制栏中的"绘制草图"按钮▨（或按 F2 键），进入草图绘制状态。

2）单击曲线生成栏中的"椭圆"按钮▨，绘制椭圆。在椭圆立即菜单中填写相应的椭圆参数，如图 7-3 所示。移动光标至坐标原点，当光标右边出现原点符号时，单击左键将椭圆圆心定在坐标原点处，如图 7-4 所示。

3）单击几何变换栏中的"阵列"按钮▨，圆形阵列 2 个椭圆。

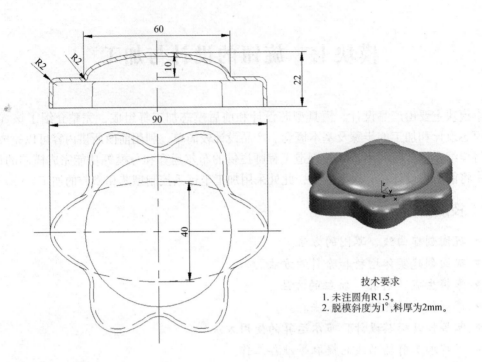

图 7-1 旋钮

技术要求

1. 未注圆角R1.5。
2. 脱模斜度为1°,料厚为2mm。

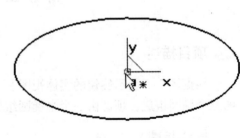

图 7-2 特征选择　　　图 7-3 椭圆立即菜单　　　图 7-4 绘制椭圆

移动光标至阵列立即菜单,选择 矩形 ▼ 切换至如图 7-5 所示的菜单,填写相应圆形阵列的参数。

移动光标至所绘椭圆处,单击左键拾取椭圆,单击右键结束拾取。移动光标至坐标原点,当光标右边出现原点符号时,单击左键将圆形阵列中心点定在坐标原点处,如图 7-6 所示。

图 7-5 圆形阵列立即菜单

4) 单击线面编辑栏中的"曲线过渡"按钮 ⌒,在圆弧过渡立即菜单中,填写圆弧过渡半径,单击 不裁剪曲线1 ▼ 修改修剪模式等参数,如图 7-7 所示。

单击左键拾取，选择需圆弧过渡的相应边界，结果如图 7-8 所示。

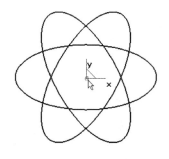

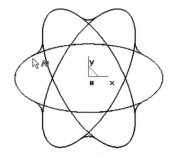

图 7-6　圆形阵列结果　　　　图 7-7　圆弧过渡立即菜单　　　图 7-8　圆弧过渡结果

5）单击线面编辑栏中的"曲线裁剪"按钮 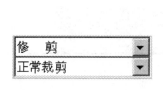，在修剪立即菜单中，单击 快速裁剪 设置相关修剪参数，如图 7-9 所示。单击左键拾取六条圆弧过渡边界作为剪刀线，单击右键确认，单击左键拾取被裁剪线，修剪结果如图 7-10 所示。

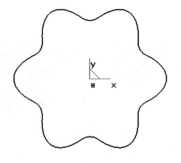
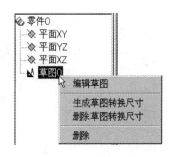

图 7-9　曲线修剪立即菜单　　　图 7-10　曲线修剪结果　　　　图 7-11　编辑草图

提示： 对于无法修剪的独立线条可以使用删除命令 。

6）再次单击状态控制栏中的"绘制草图"按钮 ，退出草图绘制。

当对绘制的草图需要修改时，将光标移动到零件特征栏中，放在"草图 0"标题上，单击右键，弹出的快捷菜单如图 7-11 所示，单击左键选择"编辑草图"，即可进行草图编辑，编辑完毕后，进行第 6 步操作。

7）按 F8 键切换到轴测图状态。

8）单击特征生成栏中的"拉伸增料"按钮，弹出图 7-12 所示的"拉伸增料"对话框，并填写拉伸增料的相关参数（如：深度、拔模斜度等）。在选择拉伸对象时，移动光标至所绘制草图，单击左键拾取如图 7-12 所示的轮廓线，单击"确定"按钮，完成拉伸增料。

二、创建旋钮上部的旋转增料

1）按 F7 键切换到 XOZ 平面。

2）在"零件特征"栏里选择"平面 XZ"为基准面，单击状态控制栏中的"绘制草

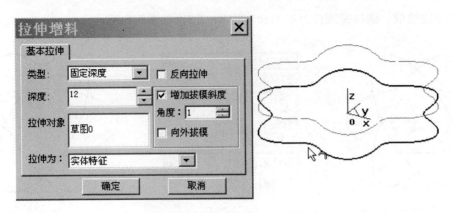

图 7-12   "拉伸增料"对话框

图"按钮 (或按 F2 键)，进入草图绘制状态。

3）单击曲线生成栏中的"直线"按钮，弹出的立即菜单如图 7-13 所示。单击设置绘制直线的相关参数，移动光标至坐标原点，当光标右边出现原点符号时，单击左键，确定直线起点在坐标原点处，向右绘制一条长度适当的水平线，如图 7-14 所示。

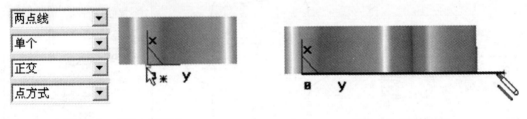

图 7-13   直线立即菜单   图 7-14   直线绘制

4）单击曲线生成栏中的"等距线"按钮，弹出图 7-15 所示的立即菜单，并设置等距线的相关参数，单击鼠标左键，拾取所绘制的水平直线，在出现绿色方向箭头（软件中显示为绿色）时，用鼠标左键选择等距方向，如图 7-16 所示。

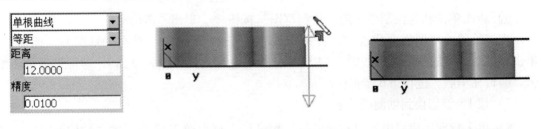

图 7-15   等距线立即菜单   图 7-16   等距线绘制

5）单击曲线生成栏中的"椭圆"按钮，在椭圆立即菜单中填写相应的椭圆参数，如图 7-17 所示。移动光标至等距线的端点。当光标右边出现端点符号时，单击左键，确定椭圆圆心在直线端点处，如图 7-18 所示。

6）单击曲线生成栏中的"直线"按钮，弹出图 7-19 所示的立即菜单，并设置绘制直线的相关参数，分别移动光标至等距线和椭圆弧的端点处。当光标右边出现端点符号时，单击左键，确定直线起点在直线端点处，向上绘制一条垂直线，如图 7-20 所示。

图 7-17　椭圆立即菜单

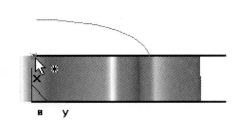

图 7-18　椭圆绘制

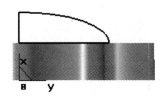

图 7-19　直线立即菜单

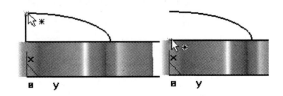

图 7-20　直线绘制

7）分别单击线面编辑栏中的"修剪"按钮 / 和"删除"按钮 ⬭，修剪、删除线条，如图 7-21 所示。

8）再次单击状态控制栏中的"绘制草图"按钮 ⬭，退出草图绘制。

9）绘制椭圆旋钮上部的旋转增料轴线。旋转增料轴线是空间曲线，需要在退出草图状态后绘制。

按 F9 键切换空间曲线绘制基准面至 XOZ 面。

单击曲线生成栏中的"直线"按钮 /，弹出图 7-22 所示的立即菜单，并设置绘制直线的相关参数。当状态行提示输入"第一点"时，移动光标至坐标原点，当光标右边出现端点符号时，单击鼠标左键，确定直线起点在坐标原点处，向上绘制一条长度适当的垂直线，如图 7-23 所示。

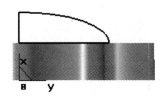

图 7-21　草图结果

图 7-22　直线立即菜单

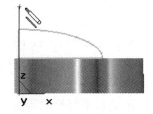

图 7-23　绘制轴线

10）旋转增料，生成椭圆旋钮上部分。通过围绕一条空间直线旋转一个或多个封闭轮廓，增加生成一个特征。单击特征生成栏中的"旋转增料"按钮 ⬭，弹出如图 7-24 所示的"旋转"对话框，选取旋转类型，填入角度，拾取草图和轴线，单击"确定"按钮完成操作。

11）按 F8 键切换到轴测图，移动光标至轴线，单击鼠标左键拾取，随后单击鼠标右键，即在屏幕上弹出如图 7-25 所示的工具菜单，单击隐藏命令，来隐藏轴线。

12）单击特征生成栏中的"过渡"按钮 ⬭，弹出如图 7-26 所示的"过渡"对话框，

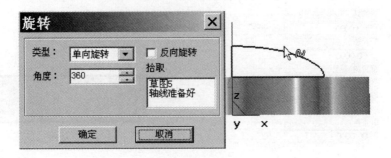

图 7-24　旋转增料

填入半径，确定过渡方式和结束方式，选择变化方式，用鼠标左键拾取需要过渡的元素，单击"确定"按钮完成操作，如图 7-27 所示。

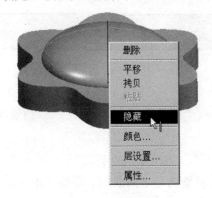

图 7-25　隐藏轴线

图 7-26　"过渡"对话框

在拾取过程中应注意以下几点。

①在拾取过程中，注意当光标接近实体边缘的时候，光标右边显示边界符号，与此同时边界以绿色线显示。

②对于选中的边界则以红色显示。

③当拾取边界产生错误时，可以再次拾取所选边界。

④对于细小边界的拾取，可以选择显示窗口 🔍 图标，显示放大窗口。按 F3 键恢复显示全部。

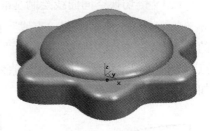

图 7-27　圆角过渡

⑤当因视角问题影响拾取时，在绘图区按下鼠标中键，旋转至适当视角。按 F8 键切换到轴测图。

⑥建议最好拾取所需过渡边界，此处可拾取部分椭圆的边界。

三、抽壳与圆角过渡

1）单击特征生成栏中的"抽壳"按钮 ⬚，弹出如图 7-28 所示的"抽壳"对话框，填入抽壳厚度，选取需抽去的面（椭圆旋钮底面），单击"确定"按钮完成操作，结果如图 7-29 所示。

2）单击特征生成栏中的"过渡"按钮 ⬚，弹出如图 7-30 所示的"过渡"对话框，填入半径，确定过渡方式和结束方式，选择变化方式，用鼠标左键拾取需要过渡的元素，单击

图 7-28 "抽壳"对话框图

图 7-29 抽壳

"确定"按钮完成操作,如图 7-31 所示。

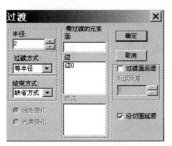

图 7-30 "过渡"对话框

图 7-31 圆角过渡

四、保存文件

1)按 F8 键切换到轴测图,完成造型,保存文件。

2)同时将造型文件保存为"*.x_t"文件,便于以后进行并入文件的操作。从下拉菜单中选择"文件/另存为",选择保存类型"Parasolid x_t 文件(*.x_t)",输入文件名,单击保存,如图 7-32 所示。

图 7-32 文件另存

项目二　椭圆旋钮的模芯设计

项目描述

椭圆旋钮的视图及三维模型如图 7-33 所示。利用 CAXA 制造工程师 2008 中已有的实体布尔运算和分模等功能，在 160mm×120mm×40mm 的毛坯上进行模芯处理。

操作步骤

一、毛坯设计

图 7-33 所示的椭圆旋钮模为前、后模芯，基于 CAXA 制造工程师 2008 的加工特点，需将前期的造型文件处理成图 7-33 所示的加工模型，分别对前、后模芯进行加工前的处理。

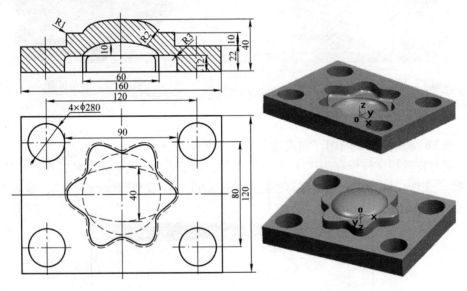

图 7-33　椭圆旋钮模

双击桌面图标，进入 CAXA 制造工程师 2008 操作界面。创建椭圆旋钮毛坯。

1）在"零件特征栏"里选择"平面 XY"为基准面，单击状态控制栏中的"草图绘制"按钮（或按 F2 键），进入草图绘制状态。

2）单击曲线生成栏中的"矩形" 按钮。在矩形立即菜单中选择相应矩形的绘制方法，如图 7-34 所示。本例中采用"两点矩形"绘制方法，在绘图区移动光标至适当位置，单击鼠标左键，确定矩形的第一点。移动鼠标至另一点位置，单击鼠标左键，确定矩形的第二点，如图 7-35 所示。

3）单击曲线生成栏中的"尺寸标注"按钮，标注矩形的定位、定形尺寸。在标注过程中，对于长、宽尺寸标注，建议拾取尺寸标注元素时拾取两条相关线条，不要拾取单一线条定尺寸。标注结果如图 7-36 所示。

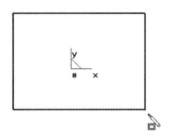

图 7-34 矩形立即菜单   图 7-35 绘制矩形

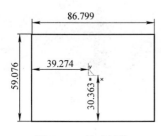

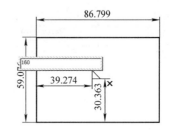

图 7-36 尺寸标注   图 7-37 尺寸修改

4）单击曲线生成栏中的"尺寸驱动"按钮 ，对矩形的定位、定形尺寸进行修改至图样要求。修改时只需移动光标到相应尺寸上，单击左键，即可出现"尺寸修改"对话框，输入相关尺寸，如图 7-37 所示，同时被选中的尺寸显示为红色，修改结果如图 7-38 所示。

如果对于尺寸位置不是很满意，还可以调整，一般情况下对草图来说要求不高，但是如果要出二维工程图，建议适当调整位置。单击曲线生成栏中的"尺寸编辑"按钮 ，选择相关尺寸，移动光标至适当位置，单击左键定位，如图 7-39 所示。

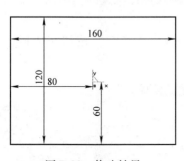

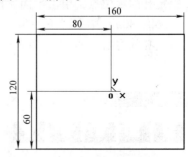

图 7-38 修改结果   图 7-39 调整结果

对于复杂的草图，由于初学者的大意，可能会使草图在绘制过程中产生不封闭或重合等现象，从而导致实体建模失败。建议初学者选择检查草图环是否闭合图标 ，单击鼠标左键。如果草图有问题，则出现如图 7-40 所示的提示，并在草图的相关位置用红色标点显示。当草图没有问题时则出现如图 7-41 所示的提示。

图 7-40 草图检查（一）   图 7-41 草图检查（二）

5）按 F8 键切换到等轴测图，当视图不能满屏显示时，则按 F3 键切换到满屏显示。

6）再次单击状态控制栏中的"草图绘制"按钮 ，退出草图绘制。

7）单击特征生成栏的"拉伸增料"按钮 ，弹出"拉伸增料"对话框，并填写拉伸增料的相关参数（如拉伸类型、拉伸深度等），填写结果如图 7-42 所示。在选择拉伸对象时，移动光标至所绘制草图，单击左键拾取后，单击"确定"按钮，完成拉伸增料，如图 7-43 所示。

图 7-42 拉伸增料对话框

图 7-43 拉伸结果

二、创建 φ28mm 通孔

1）单击特征生成栏中的"打孔"按钮 ，弹出"孔的类型"对话框，如图 7-44 所示。同时在状态行提示"拾取打孔平面"，将光标移动到毛坯的上表面，注意光标右边的变化，单击左键确定。

2）状态行提示"选择孔型"，在"孔的类型"对话框中选择第一行的第一个。

3）指定孔的定位点，单击平面后按回车键，可以输入打孔位置的坐标值，根据模型要求，输入（60，40），单击"下一步"。

4）填入孔的参数，直径为 28mm，深度为通孔，单击"确定"按钮完成操作，如图 7-45 所示。

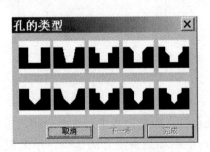

图 7-44 孔的类型

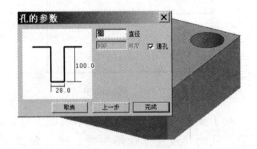

图 7-45 创建孔

5）由于孔的数量不是很多，可以采用同样的方法操作。对于多个有规律的孔，可以采用线性阵列的方式完成。本例采用后者。

6）单击特征生成栏中的"线性阵列"按钮 ，弹出"线性阵列"对话框，如图 7-46 所示。阵列模式采用"组合阵列"。选取"阵列对象"时，要先点选"拾取阵列对象"栏，使之变为蓝底白字状态，方可选择所需的阵列对象。"边/基准轴"用来定义线性阵列的方向。同样也必须先点选"选择方向1"栏，才可以选择相关边或基准轴，注意切换线性阵列的方向，如图7-47所示。使用同样的方法，确定线性阵列的"第二方向"，并填写相关数据，如图7-48所示。

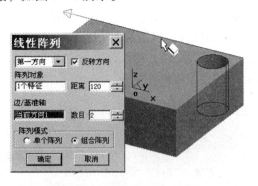

图7-46 "线性阵列"对话框

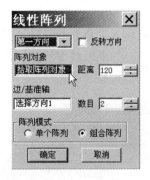

图7-47 线性阵列第一方向

单击"确定"按钮，线性阵列的结果如图7-49所示。

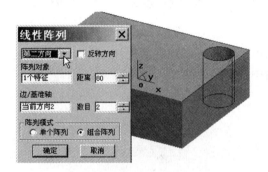

图7-48 线性阵列第二方向

图7-49 线性阵列结果

三、创建型芯

1）单击特征生成栏中的"实体布尔运算"按钮，弹出"打开"对话框，如图7-50所示。选择上次保存的"模块七 – 旋钮 . X_T"文件。

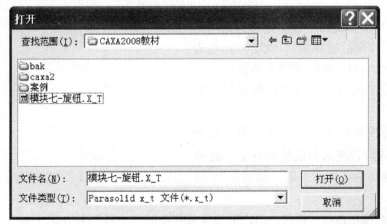

图7-50 "打开"对话框

2）单击"打开"后，弹出"输入特征"对话框，如图7-51所示。

3）选择"当前零件－输入零件"的布尔运算方式。定位点无法通过键盘输入，只能通过实体边界点或坐标原点给出，本例中选择坐标原点。

4）选择"拾取定位的X轴"的定位方式。状态行提示拾取轴线，注意X轴＋的箭头方向要与毛坯X＋的方向一致，同时考虑原模型的坐标位置。可以通过"反向"调整X轴的箭头方向。如果原模型的坐标位置与毛坯的坐标位置在Z轴上相反，则可以通过"旋转角度"栏加以调整，如图7-52所示。单击"确定"按钮完成操作。

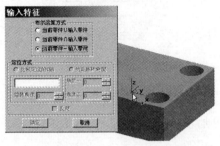

图7-51 "输入特征"对话框

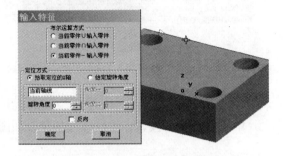

图7-52 X轴定位

5）单击显示工具栏中的"线架显示"按钮 ，便可以观察到毛坯中有椭圆旋钮的框架，如图7-53所示。注意观察零件特征导航器中也有所改变。

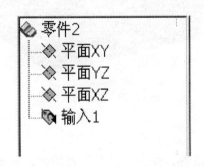

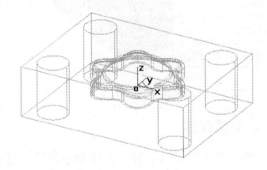

图7-53 布尔减运算结果

6）创建草图分模线。移动光标到毛坯的前表面（作为草图绘制表面），此时光标右边出现面的符号，同时前表面的边界显示为绿色，单击鼠标左键后，边界以红色显示，如图7-54所示。

单击状态控制栏中的"草图绘制"按钮 （或按F2键），进入草图绘制状态。此时的坐标已变换到毛坯的前表面，如图7-55所示。

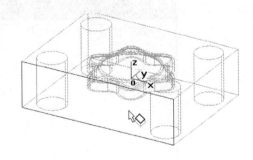

图7-54 草图绘制面

按F5键切换视角到前视图。单击曲线生成栏中的"直线"按钮 ，过坐标原点向右绘制一条长度适当的水平线。单击线面编辑栏中的"曲线拉伸"按钮 ，用鼠标左键选择水平线的左端，将水平线的左端向左拉伸适当位置，再次单击鼠标左键确认，使水平线左右两端超过毛坯边界，如图 7-56 所示。

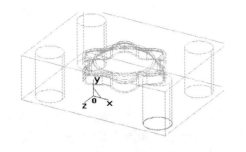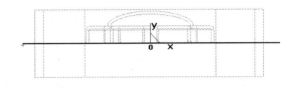

图 7-55　坐标变换　　　　　　　　　　　　　图 7-56　草图绘制面

再次单击状态生成栏中的"草图绘制"按钮 （或按 F2 键），退出草图绘制。

7）创建分模。按 F8 键切换到轴测图。单击特征生成栏中的"分模"按钮 ，弹出"分模"对话框，如图 7-57 所示。

操作中的分模形式选择"草图分模"，移动光标选择所绘制的水平线，绿色箭头为除料方向。单击"确定"，如图 7-58 所示。

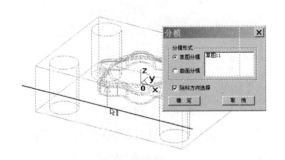

图 7-57　分模操作　　　　　　　　　　　　　图 7-58　分模结果

四、创建新坐标系

1）单击坐标系工具栏中的"创建坐标系" 图标，弹出 单点 对话框，选择"三点"创建模式。

2）在状态行提示"输入坐标原点"时，按回车键，通过键盘输入原点（0，0，-22）。选择"输入 X+方向上一点"，按回车键，由键盘输入（1，0，-22）。选择"输入一点（确定 XOY 面及 Y+轴方位）"，按回车键，由键盘输入（0，-1，-22）。

3）在状态行提示"请输入用户坐标系名称"时，给新坐标系输入一个名称，暂定为"bootom"，同时系统激活新坐标系统。注意新坐标系的 Z 轴+方向与原坐标系是相反的。

原先的坐标系以灰色显示，由于该坐标系为系统内定坐标系统，也就是所谓的世界坐标系，无法通过删除坐标系 命令来清除。对于用户创建的任何没有被激活的坐标系是可以通过删除坐标系命令来清除的。当然，对于没有被激活的坐标系是可以通过隐藏坐标系 命令来隐藏的。

五、创建型腔

1) 单击特征生成栏中的"实体布尔运算"按钮，弹出"打开"对话框。再次选择上次保存的"模块七－旋钮 . X＿ T"文件。

2) 单击"打开"后，弹出"输入特征"对话框。

3) 选择"当前零件－输入零件"的布尔运算方式，选择新建坐标系原点。

4) 选择"拾取定位的 X 轴"的定位方式。注意原模型的坐标位置仍与原来创建模型时的坐标系保持一致。状态行提示拾取轴线时，选取的边界不同，会导致输入模型产生旋转，仔细观察坐标系，其中有一灰色坐标系，这就是原模型坐标系，如图 7-59 所示。一定要注意 X 轴＋的箭头方向要与毛坯原坐标系的 X＋方向一致，否则可以通过"反向"调整 X 轴的箭头方向。此处就必须使用"反向"参数来调整。单击"确定"按钮完成操作。

5) 单击显示工具栏中的"线架显示"按钮，便可以观察到毛坯中有椭圆旋钮的线架，如图 7-60 所示。注意观察零件特征导航器中也有所改变。

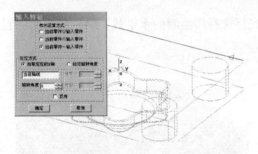

图 7-59　输入特征

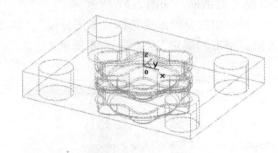

图 7-60　操作结果

6) 创建草图分模线。移动光标到毛坯的前表面（作为草图绘制表面）。单击状态控制栏中的"草图绘制"按钮（或按 F2 键），进入草图绘制状态。此时的坐标已变换到毛坯的前表面，注意坐标系仍以世界坐标系来建立，如图 7-61 所示。

按 F5 键切换视角到前视图。

单击特征生成栏中的"直线"按钮，过输入模型边界的某一端点向右绘制一条适当长度的水平线。在线面编辑栏中单击"曲线拉伸"按钮，用左键选择水平线的左端，将水平线的左端向左拉伸至适当位置，再次单击鼠标左键确认，使水平线左右两端超过毛坯边界，如图 7-62 所示。

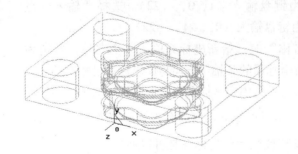

图 7-61　坐标变换

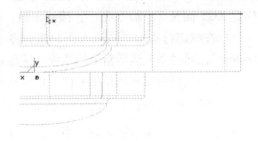

图 7-62　草图绘制

再次单击状态控制栏中的"草图绘制"按钮 ，退出草图绘制。

7）创建分模。按 F8 键切换到轴测图。单击特征生成栏中的"分模"按钮 ，弹出"分模"对话框，如图 7-63 所示。

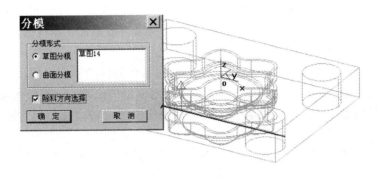

图 7-63　分模操作

单击"确定"按钮后，弹出"处理结果模糊情况"对话框，如图 7-64 所示。此次操作产生了两个实体，要求用户选择保留实体，从图中判断应单击下一个按钮。得到本次操作所需的结果后，单击"确定"按钮，结果如图 7-65 所示，保存文件。

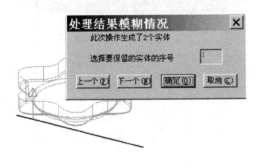

图 7-64　情况处理

图 7-65　分模结果

项目三　旋钮前模的 CAM 加工

项目描述

根据前后模的设计结果，利用 CAXA 制造工程师 2008 的加工功能完成前后模的加工。

操作步骤

双击桌面图标 ，进入 CAXA 制造工程师 2008 操作界面。单击"文件"下拉菜单中的"打开"，或者直接单击"打开"按钮 ，弹出"打开"对话框，选择需加工的文件。在初始化状态下，CAXA 制造工程师 2008 首先进入加工管理导航栏。如果建模后就进入加工状态，需单击 导航栏中的加工管理按钮。

一、加工前参数设置

1. 模型参数设置

在加工管理导航栏中，选择"模型"栏，双击左键，弹出"模型参数"对话框，如图 7-66 所示。几何精度栏可控制加工模型与几何模型之间的误差。该值的大小将直接影响加工件的形状精度，同时也影响加工程序的长短。建议用户依据加工精度要求合理设置该值，本例中采用默认值 0.01。

由于系统中所有曲面及实体（隐藏或显示）的总和为模型，所以用户在增删面时，一定要小心，因为删除曲面或增加实体元素都意味着对模型的修改，这样已生成的轨迹可能会不再适用于新的模型了，严重的话会导致过切，操作中建议将"模型包含不可见曲面"和"模型包含隐藏层中的曲面"前的勾去除。

在使用加工模块的过程中不要增删曲面，如果一定要这样做，最好重置（重新）计算所有的轨迹。如果仅仅用于 CAD 造型中的增删曲面可以另当别论。

2. 定义毛坯

在加工管理导航栏中，选择"毛坯"栏双击左键，弹出"定义毛坯－世界坐标系（.sys.）"对话框，如图 7-67 所示。

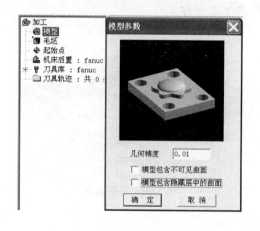

图 7-66   模型参数

图 7-67   定义毛坯

系统提供了三种定义毛坯的方式。为简化操作，本例采用参照模型的方式，先单击 ，接着激活"参照模型"按钮，单击鼠标左键，系统依据模型自动获取毛坯的基准点、长、宽和高的数据。单击"确定"按钮。

在编程过程中，毛坯的显示可能会影响操作的进行。在加工管理导航器中，选择"毛坯"栏单击右键，即弹出立即菜单，如图 7-68 所示，选择"隐藏毛坯"一项。当然也可以在定义毛坯时，将"显示毛坯"的开关关闭，这样就无法观察毛坯的具体形状。

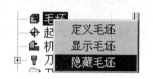

图 7-68   隐藏毛坯

3. 起始点设置

在加工管理导航栏中，双击"起始点"，弹出"全局轨迹起始点"对话框，如图 7-69

所示。取系统给定的默认值，用户可以根据自己的经验设定。注意目前加工的是工件反面型

腔位置，设置起始点前单击坐标系工具栏中的"激活坐标系"按钮 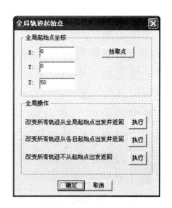，在弹出的激活坐标系对话框中选择"BOOTOM"，单击激活按钮，最后单击激活结束按钮退出对话框。此时，系统将以"BOOTOM"新坐标系来加工型腔。

计算轨迹时缺省的状态是以全局刀具起始点作为刀具起始点，计算完毕后，用户可以对该轨迹的刀具起始点进行修改。

图 7-69　刀具起始点

4. 刀具库设置

在加工管理导航栏中，选择"刀具库"栏双击左键，弹出"刀具库管理"对话框，如图 7-70 所示。

图 7-70　刀具库管理

选择"增加刀具"按钮，弹出"刀具定义"对话框，如图 7-71 所示。

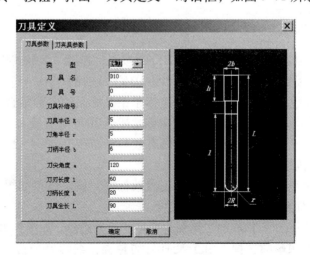

图 7-71　刀具定义

系统提供了两种刀具（铣刀、钻头），对于实际生产的需要，用户可以根据实际模型去定义刀具的主要参数。如本例中就设定了一把 1°的斜度刀（D8 – 1D），实际加工中可依据刀具名选择。

刀具主要参数有刀具半径、刀角半径，它们直接影响加工精度。

对于使用加工中心的用户需设置刀具号和刀具补偿号。其他参数用户可以根据中文提示自行设置。

注意当设定好刀具参数，按确认按钮后，在加工管理导航栏中的刀具库的变化如图 7-72 所示。对于刀具库的管理也可边加工边设置。

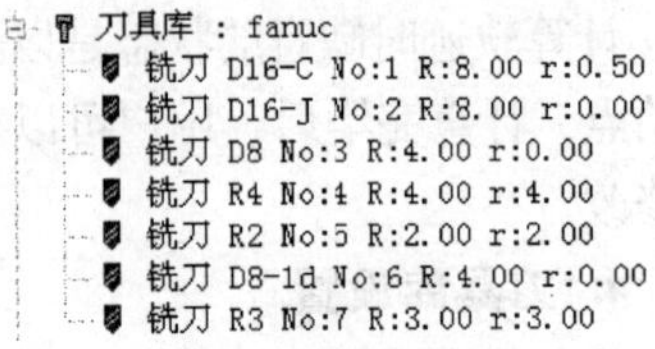

```
刀具库 : fanuc
  铣刀 D16-C No:1 R:8.00 r:0.50
  铣刀 D16-J No:2 R:8.00 r:0.00
  铣刀 D8 No:3 R:4.00 r:0.00
  铣刀 R4 No:4 R:4.00 r:4.00
  铣刀 R2 No:5 R:2.00 r:2.00
  铣刀 D8-1d No:6 R:4.00 r:0.00
  铣刀 R3 No:7 R:3.00 r:3.00
```

图 7-72　刀具清单

5. 加工边界设定

单击标准工具栏中的"层设置"按钮 ，弹出"图层管理"对话框，单击"新建图层"按钮，图层名设为"底部加工边界"，并单击"当前图层"按钮，将新建图层设为当前图层，单击确定退出。

单击曲线生成栏中的"相关线"按钮 ，从立即菜单中选择"实体边界"。拾取加工中必要的边界线，如图 7-73 所示。

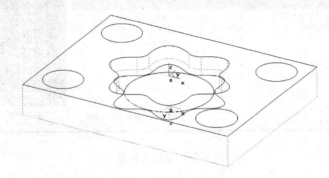

图 7-73　加工边界

二、毛坯表面加工

1）单击加工工具栏中的"区域式粗加工" 按钮，弹出"区域式粗加工"对话框。

2）单击"刀具参数"标签：双击刀具名为 D16 – C 的铣刀。

3）单击"公共参数"标签：核实加工坐标系中坐标系的名称是否为"BOOTOM"，如图 7-74 所示。在 CAXA 制造工程师 2008 版中该功能较 2006 版有较大提高。

4）单击"加工边界"标签：勾选"使用有效的 Z 范围"，最大设为 0.5，最小设为 0。现对于边界的刀具位置选"边界上"。

5）分别单击切入切出、下刀方式、加工参数标签，设定结果如图 7-75、图 7-76、图 7-77 所示。其余为系统默认。

6）单击"确定"按钮。拾取加工轮廓为毛坯的最大边界，如图 7-78 所示。

7）单击右键，结束轮廓选择。由于没有岛屿轮廓，继续单击右键，系统进行刀路运算，结果如图 7-79 所示。

图 7-74 核实坐标系名称

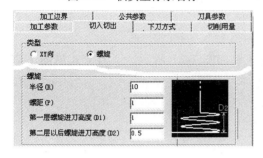

图 7-75 切入切出

图 7-76 下刀方式

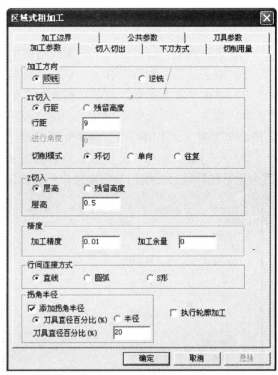

图 7-77 加工参数

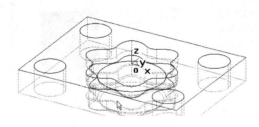

图 7-78 加工轮廓

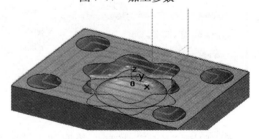

图 7-79 区域式粗加工刀路

为不影响程序的继续编写，可以将刀路作隐藏处理。在加工管理导航栏中，选择如图 7-80 所示的区域式粗加工栏，单击右键，弹出立即菜单，选择隐藏即可。或在绘图区域用鼠标左键选中刀路，单击右键，弹出立即菜单，选择隐藏。也可以在图层管理中建立"刀路"图层，并将该图层设为"当前图层"，利用图层来管理刀路。

提示：此处平面在加工前如果是经磨削的表面，装夹工件时只需校好平面即可，无

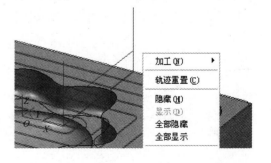

图 7-80 刀路隐藏

需加工。此外也可采用平面区域粗加工来完成该平面的加工，效果可能会更好。

三、毛坯周边精加工

1）单击加工工具栏中的"轮廓线精加工"按钮 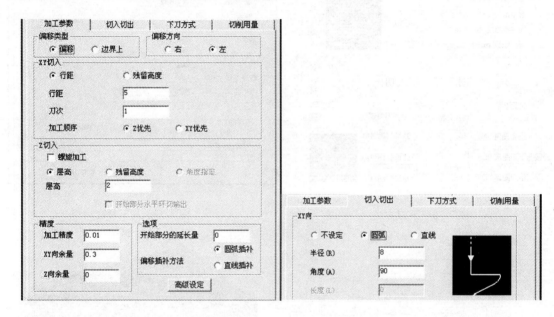，弹出"轮廓线精加工"对话框。

2）单击"刀具参数"标签：双击刀具名为 D16 – C 的铣刀。

3）单击"公共参数"标签：核实加工坐标系中坐标系的名称是否为"BOOTOM"。

4）单击"加工边界"标签：勾选"使用有效的 Z 范围"，最大设为 0，最小设为 – 25。Z 值的最大值、最小值可以依据实际情况设定。

5）分别单击切入切出、加工参数标签设定结果如图 7-81 所示。下刀方式见图 7-76，其余为系统默认。切削用量依据用户经验设定。

图 7-81　加工参数、切入切出设置

6）单击"确定"按钮。拾取加工轮廓为毛坯的最大边界。注意加工轮廓的箭头方向与加工参数中的偏移方向有关，它们将决定刀路的偏移方向。当选中加工轮廓的一条边界后，系统提示"链搜索方向"，如图 7-82 所示，单击左键，完成加工轮廓的选择。

7）单击右键，结束轮廓选择。系统进行刀路运算，结果如图 7-83 所示。隐藏刀路。

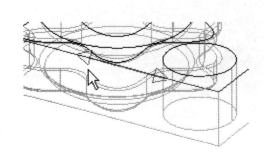

图 7-82　加工轮廓

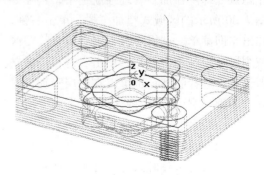

图 7-83　轮廓线精加工刀路

四、φ28mm 通孔粗加工

1）单击加工工具栏中的"轮廓线精加工"按钮 ⬬。弹出"轮廓线精加工"对话框。
2）单击"刀具参数"标签：双击刀具名为 D16 – C 的铣刀。
3）单击"公共参数"标签：核实加工坐标系中坐标系的名称是否为"BOOTOM"。
4）单击"加工边界"标签：如图 7-84 所示。
5）单击"下刀方式"标签：如图 7-76 所示。
6）切入切出：XY 向不设定。
7）加工参数：如图 7-85 所示。其余为系统默认。切削用量依据用户经验设定。

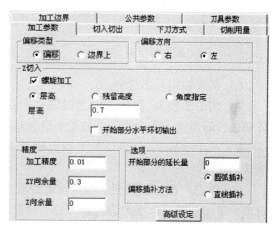

图 7-84 加工边界　　　　　　　　　　　图 7-85 加工参数

8）单击"确定"按钮。拾取加工轮廓为 φ28mm 通孔的边界，如图 7-86 所示，注意箭头方向为逆时针。

9）单击右键，结束轮廓选择；由于没有岛屿轮廓，继续单击右键；系统进行刀路运算，结果如图 7-87 所示。

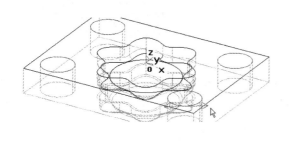

图 7-86 加工轮廓　　　　　　　　　　　图 7-87 轮廓线精加工刀路

建议： 加工前最好能用钻头预钻孔。

五、型腔粗加工

1）单击加工工具栏中的"等高线粗加工"按钮 ⬛。弹出"等高线粗加工"对话框。

2）单击"刀具参数"标签：双击刀具名为 D16 – C 的铣刀。

3）单击"公共参数"标签：核实加工坐标系中坐标系的名称是否为"BOOTOM"。

4）单击"加工边界"标签：如图 7-88 所示。

5）单击"下刀方式"标签：如图 7-76 所示。其切入方式见图 7-89。

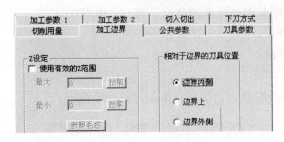

图 7-88　加工边界

图 7-89　下刀方式

6）切入切出：不设定。

7）加工参数 1：加工方向为顺铣；Z 切入层高为 0.5；XY 切入行距为 7，切削模式为环切；行间连接方式为圆弧；加工余量为 0.3。

8）加工参数 2：区域切削类型为抬刀切削混合；稀疏化加工不设定；其余参数为系统默认。

9）单击"确定"按钮。单击左键拾取加工对象为实体模型。单击右键，结束拾取加工对象。单击左键拾取型腔的边界为加工边界，并单击左键指定加工边界的链搜索方向，如图 7-90 所示。继续单击右键，系统进行刀路运算，结果如图 7-91 所示。

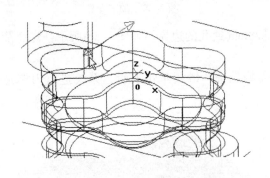

图 7-90　加工轮廓

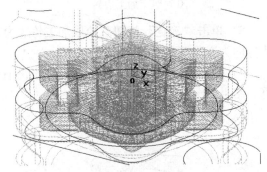

图 7-91　等高线粗加工刀路

六、毛坯周边精加工

1）在加工管理导航栏中选择"3 – 轮廓线精加工刀路"，单击右键拷贝，或在绘图区域进行相关操作。

2）再次单击鼠标右键粘贴"3 – 轮廓线精加工刀路"为"6 – 轮廓线精加工刀路"。

3）在加工管理导航栏中选择"6 – 轮廓线精加工刀路"，双击左键。选择"加工参数"，双击左键，进入"轮廓线精加工参数"对话框。

4）刀具参数：双击左键选择铣刀 D16 – J。

5）加工边界：如图 7-92 所示，Z 值的最大值、最小值可以依据实际情况设定。本例中实现分层精加工。

6）加工参数：XY 切入行距为 0.1，刀次为 2，加工顺序为 XY 优先；Z 切入层高为 13；XY 向余量为 0。因刀路为拷贝产生，其余参数保持不变。

7）单击"确定"按钮，弹出"刀路重新生成"对话框，如图 7-93 所示。单击"是"，系统进行刀路运算，结果如图 7-94 所示。

图 7-92 加工边界

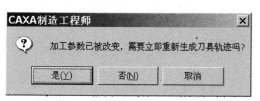

图 7-93 "刀路重新生成"对话框

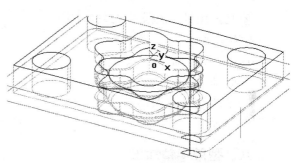

图 7-94 轮廓线精加工刀路

七、φ28mm 通孔精加工

1）在加工管理导航栏中，选择"6－轮廓线精加工刀路"，单击右键拷贝。

2）再次单击右键，粘贴"6－轮廓线精加工刀路"为"7－轮廓线精加工刀路"。

3）在加工管理导航栏中，选择"7－轮廓线精加工刀路"，双击左键。选择"几何元素"，双击左键，弹出"轨迹几何编辑器"对话框，如图 7-95 所示。

选择"轮廓曲线"，单击"删除"按钮。单击"轮廓曲线"按钮，进入绘图区域，分别重新拾取 φ28mm 通孔的轮廓线四次，如图 7-96 所示。

注意：控制轮廓线的搜索方向为逆时针。

4）单击"确定"按钮，弹出"刀路重新生成"对话框，单击"是"，系统进行刀路运算，结果如图 7-97 所示。注意刀路的"切入切出"圆弧过大，会造成过切。

图 7-95 轨迹几何编辑器

5）在加工管理导航栏中，选择"7－轮廓线精加工刀路"，双击左键，选择"加工参数"，双击左键，进入"轮廓线精加工参数"对话框。

① 切入切出：方式为圆弧，修改圆弧半径为 4 即可。

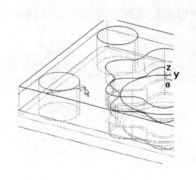

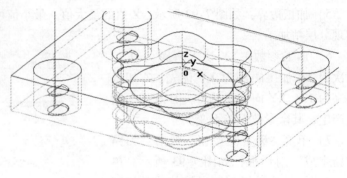

图 7-96　拾取 φ28 通孔边界　　　　　　　图 7-97　刀路运算结果

② 切削用量：依据用户经验设定。

检查其他各项，一般无需修改。

6）单击"确定"按钮。弹出"刀路重新生成"对话框，单击"是"，系统进行刀路运算，结果如图 7-98 所示。

八、型腔半精加工

1）单击加工工具栏中的"扫描线精加工"按钮，弹出"扫描线精加工"对话框。

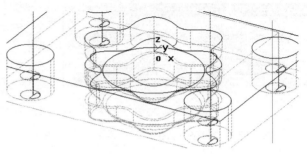

图 7-98　轮廓线精加工刀路

2）单击"刀具参数"标签：双击刀具名为 R4 的铣刀。

3）单击"公共参数"标签：核实加工坐标系中坐标系的名称是否为"BOOTOM"。

4）单击"加工边界"标签：Z 值不设定，由系统自行判定；相对于边界的刀具位置为"边界内侧"。

5）单击"下刀方式"标签：如图 7-76 所示，切入方式为"垂直"，距离（H3）为 1。

6）切入切出：不设定。

7）加工参数：见图 7-99。

8）单击"确定"按钮，单击左键拾取加工对象为实体模型。单击右键，结束拾取加工对象。单击右键确认无需添加干涉检查面，单击左键拾取型腔的边界为加工边界，并单击左键指定链搜索方向，如图 7-90 所示。继续单击右键，系统进行刀路运算，结果如图 7-100 所示。

九、型腔底部精加工

1）单击加工工具栏中的"参数线精加工"按钮，弹出"参数线精加工"对话框。

2）单击"刀具参数"标签：双击刀具名为 R3 的铣刀。

3）单击"公共参数"标签：核实加工坐标系中坐标系的名称是否为"BOOTOM"。

4）单击"下刀方式"标签：如图 7-76 所示。

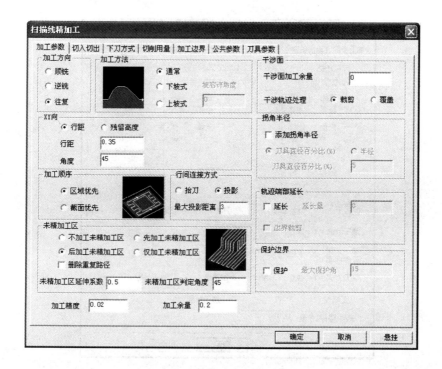

图 7-99　加工参数

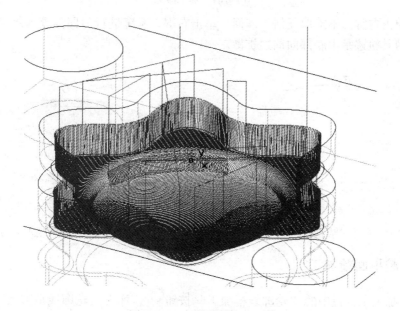

图 7-100　扫描线精加工刀路

5）接近返回：接近方式选用圆弧，半径为 3；返回方式选用不设定。

6）加工参数：见图 7-101，其余参数为系统默认。

7）单击"确定"按钮。单击左键拾取加工对象为实体表面，如图 7-102 所示，注意箭头方向。单击右键结束拾取加工对象，单击左键拾取型腔底部表面为加工进刀点。状态行提示切换加工方向时，单击右键；提示改变曲面方向时，由于在拾取加工对象时，已确定曲面

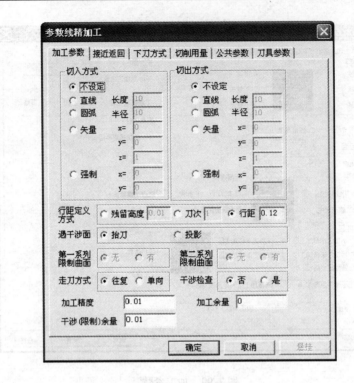

图 7-101　加工参数

方向，继续单击右键。不拾取任何干涉面，单击右键，系统进行刀路运算，结果如图 7-103 所示。注意刀具轨迹是由底部向周边扩散。

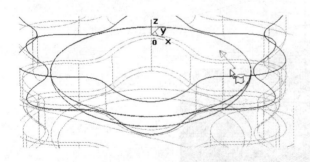

图 7-102　参数线精加工表面选择

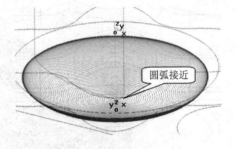

圆弧接近

图 7-103　参数线精加工刀路

十、型腔平面精加工

1）单击加工工具栏中的"轮廓线精加工"按钮 ，弹出"轮廓线精加工"对话框。

2）单击"刀具参数"标签：双击刀具名为 D8 的铣刀。

3）单击"公共参数"标签：核实加工坐标系中坐标系的名称是否为"BOOTOM"。

4）单击"加工边界"标签：如图 7-104 所示。

5）单击"下刀方式"标签：如图 7-76 所示。

6）切入切出：如图 7-104 所示。

7）加工参数：如图 7-104 所示，其余参数为系统默认。

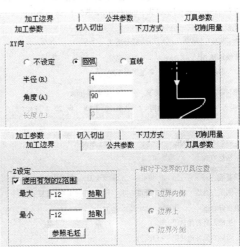

图 7-104　加工参数设定

8）单击"确定"按钮。拾取加工轮廓为型腔内平面边界。注意加工轮廓的箭头方向与加工参数中的偏移方向有关，它们将决定刀路偏移方向。当选中加工轮廓的一条边界后，系统提示"链搜索方向"，见图 7-105。单击左键，完成加工轮廓方向的选择。单击右键，结束轮廓选择，系统进行刀路运算，结果如图 7-106 所示。

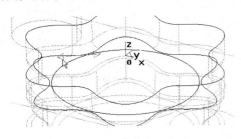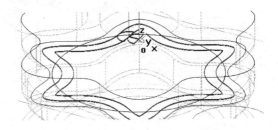

图 7-105　加工轮廓选择　　　　　　　　　图 7-106　加工结果

提示：此处也可采用平面轮廓精加工来完成该平面的加工。

十一、型腔侧面精加工

1）单击加工工具栏中的"平面轮廓精加工"按钮 ，弹出"平面轮廓精加工"对话框。

2）单击"刀具参数"标签：双击刀具名为 D8 - 1d 的铣刀。

3）单击"公共参数"标签：核实加工坐标系中坐系的名称是否为"BOOTOM"。

4）单击"下刀方式"标签：如图 7-76 所示，切入方式为垂直。

5）接近返回：如图 7-107 所示。

6）加工参数：如图 7-107 所示，拾取顶层高度和底层高度时，参考图 7-108 所示的"拾取高度点"，其余参数为系统默认。

7）单击"确定"按钮。拾取加工轮廓为型腔顶面边界。注意加工轮廓的箭头方向与加工参数中的偏移方向有关，它们将决定刀路偏移方向。当选中加工轮廓的一条边界后，系统

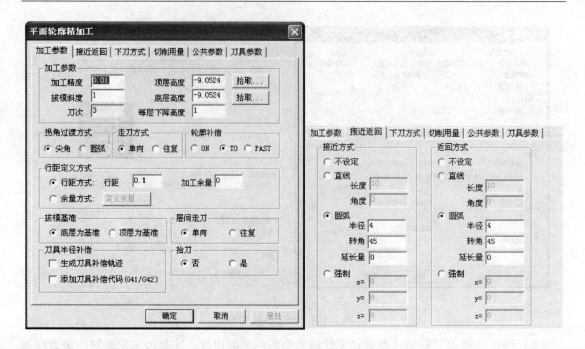

图 7-107　加工参数设定

提示"链搜索方向",见图 7-108,单击鼠标左键,完成加工轮廓的选择。单击右键,结束轮廓选择,系统进行刀路运算,结果如图 7-109 所示。

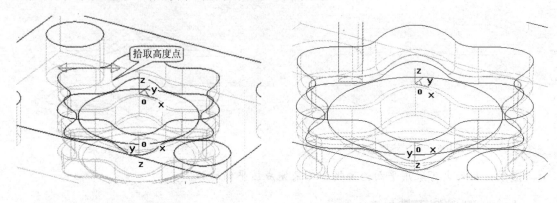

图 7-108　加工轮廓　　　　　　　　　图 7-109　加工结果

十二、型腔周边圆角精加工

1）单击加工工具栏中的"参数线精加工"按钮 ，弹出"参数线精加工"对话框。

2）单击"刀具参数"标签:双击刀具名为 R2.5 的铣刀。

3）单击"公共参数"标签:核实加工坐标系中坐标系的名称是否为"BOOTOM"。

4）单击"下刀方式"标签:如图 7-76 所示。

5）接近返回:均选用不设定。

6）加工参数:如图 7-110 所示,其余参数为系统默认。

7）单击"确定"按钮。单击鼠标左键拾取加工对象为实体表面,选择时注意沿一个方向（顺时针或逆时针）选择，建议在俯视图状态下进行，如图 7-111 所示，注意箭头方向。单击右键，结束拾取加工对象。单击左键拾取型腔底部表面为加工进刀点，状态行提示切换加工方向时，单击鼠标左键切换到如图 7-112 所示的状态，单击右键，提示改变曲面方向时，由于在拾取加工对象时，已确定曲面方向，继续单击右键。不拾取任何干涉面，单击右键，系统进行刀路运算，结果如图 7-113 所示。

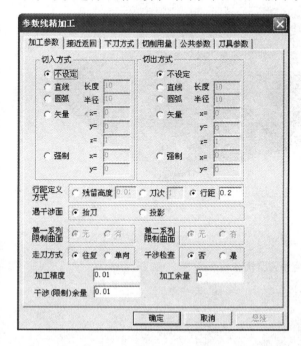

图 7-110　加工参数

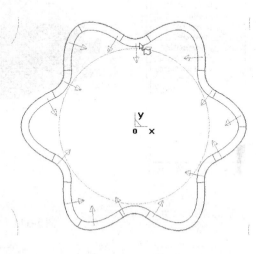

图 7-111　扫描线精加工刀路

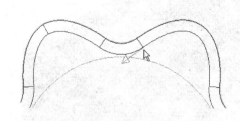

图 7-112　切削方向选择

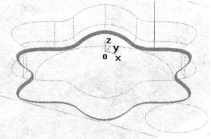

图 7-113　参数线精加工刀路

　　提示：为提高实体表面拾取能力，建议将相关曲面通过曲面生成栏中的"实体表面"功能提取出来后拾取。

　　由于此处的圆角半径为 R3，可以采用"平面轮廓精加工"模式加工。

　　至此，该旋钮前模的所有加工已完成，所有刀路轨迹的显示结果如图 7-114 所示。

十三、刀具轨迹仿真

　　刀具轨迹仿真如图 7-115 所示。

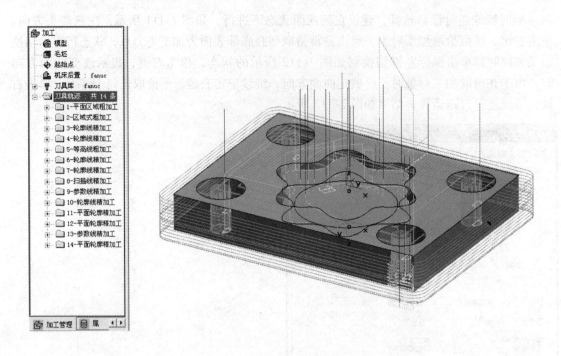

图 7-114　完整刀路轨迹

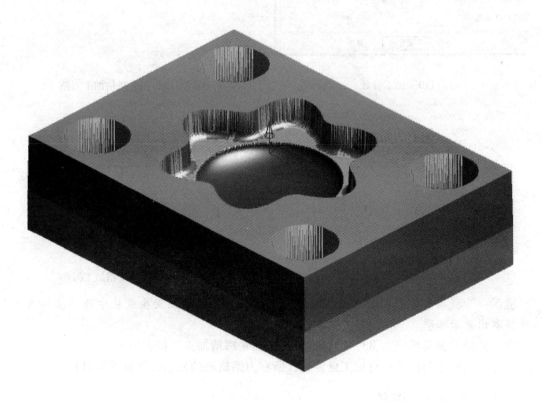

图 7-115　刀具轨迹仿真

项目四　旋钮后模的 CAM 加工

项目描述

前模加工完毕，由于前后模设计在一块毛坯上，此时可利用 CAXA 制造工程师 2008 的加工坐标系的切换来完成后模的加工。

操作步骤

因图形文件较大，建议将文件另存，并删除所有刀路。

一、坐标系转换与加工边界设定

1）单击坐标系工具栏中的"显示所有坐标系"按钮⊥，将先前隐藏的系统坐标系显示出来。

2）单击"激活坐标系"按钮⊠，弹出"激活坐标系"对话框，如图 7-116 所示。选择". sys."，然后单击"激活"按钮，则 sys 坐标系被激活成当前坐标系。

为了便于操作，建议将"BOOTOM"坐标系隐藏。

3）加工边界设定。单击标准工具栏中"层设置"按钮ℤ，弹出"图层管理"对话框，单击"新建图层"按钮，图层名设为"顶部加工边界"，并单击"当前图层"按钮。将新建的"顶部加工边界"图层设为当前图层，单击"确定"按钮退出。

建立如图 7-117 所示的加工中必要的边界线。

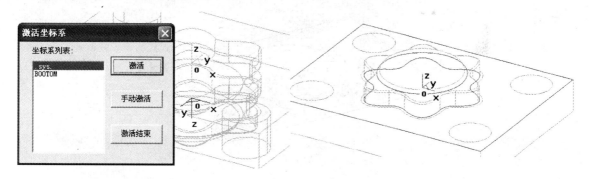

图 7-116　激活坐标系　　　　　　　　　　　　图 7-117　加工边界

二、型芯粗加工

1）单击加工工具栏中的"等高线粗加工"按钮⊜，弹出"等高线粗加工"对话框。

2）单击"刀具参数"标签：双击刀具名为 D16 – C 的铣刀。

3）单击"公共参数"标签：核实加工坐标系中坐标系的名称是否为"sys"。

4）单击"加工边界"标签：如图 7-118 所示。

5）单击"下刀方式"标签：如图 7-118 所示。

6）加工参数 1：见图 7-118，其余参数为系统默认。

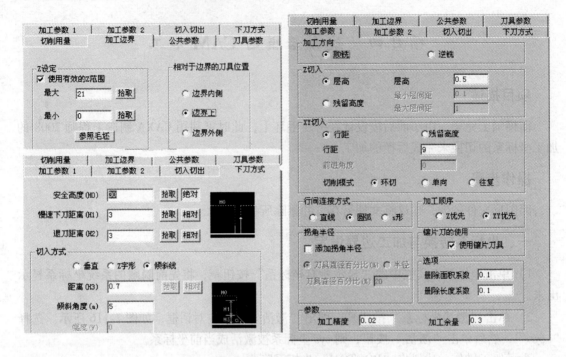

图 7-118　加工参数设定

7）加工参数 2：区域切削类型为抬刀切削混合。

8）单击"确定"按钮。单击左键拾取加工对象为实体模型。单击右键，结束拾取加工对象。加工边界不选择，继续单击鼠标右键，系统进行刀路运算，结果如图 7-119 所示。

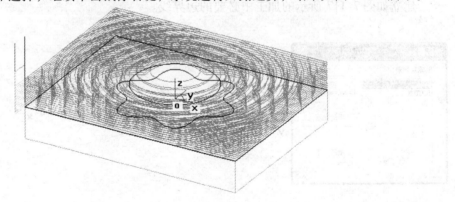

图 7-119　等高线粗加工刀路

三、型芯底平面精加工

1）单击加工工具栏中的"平面区域粗加工"按钮，弹出"平面区域粗加工"对话框。

2）单击"刀具参数"标签：双击刀具名为 D16 - C 的铣刀。

3）单击"公共参数"标签：核实加工坐标系中坐标系的名称是否为"sys"。

4）单击"下刀方式"标签：安全高度为 30；慢速下刀距离为 2；退刀距离为 0；切入方式为垂直。

5）单击"清根参数"标签：相关参数见图 7-120。

6）加工参数：见图 7-120，其余参数为系统默认。

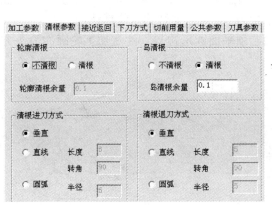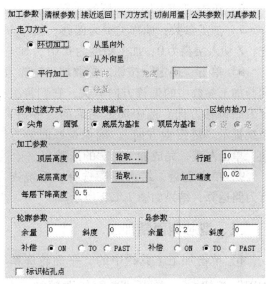

图 7-120　加工参数设定

7）单击"确定"按钮。

8）单击左键拾取如图 7-121 所示的轮廓边界和岛屿边界，单击右键，系统进行刀路运算，结果如图 7-121 所示。

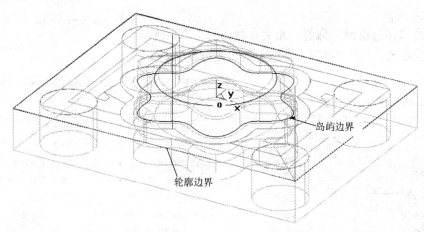

图 7-121　型芯底平面精加工刀路

四、型芯顶平面精加工

1）单击加工工具栏中的"轮廓线精加工"按钮，弹出"轮廓线精加工"对话框。

2）单击"刀具参数"标签：双击刀具名为 D16 – J 的铣刀。

3）单击"公共参数"标签：核实加工坐标系中坐标系的名称是否为"sys"。

4）单击"加工边界"标签：Z 设定勾选"☑ 使用有效的Z范围"；其最大与最小值设为

10。

5）单击"下刀方式"标签：安全高度为 30；慢速下刀距离为 3；退刀距离为 0。

6）单击"切入切出"标签：XY 向点选圆弧；设定半径为 5，角度为 90。

7）加工参数：偏移类型为偏移；偏移方向为左；XY 切入行距为 0，刀次为 1，XY 优先；Z 切入层高为 0；加工精度为 0.01，加工余量为 0；其余参数为系统默认。

8）单击"确定"按钮。拾取加工轮廓为型芯顶平面圆形边界。注意加工轮廓的箭头方向与加工参数中的偏移方向有关，它们将决定刀路偏移方向。选中加工轮廓的边界后，系统提示"链搜索方向"，确保是顺时针方向。单击左键，完成加工轮廓的选择。

9）单击右键，结束轮廓选择，系统进行刀路运算，结果如图 7-122 所示。

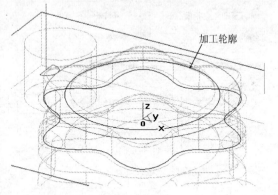

图 7-122 加工结果

五、型芯侧面精加工

1）单击加工工具栏中的"平面轮廓精加工"按钮 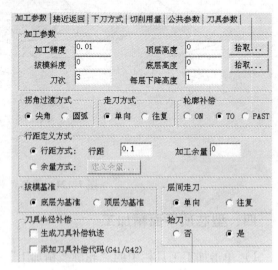，弹出"平面轮廓精加工"对话框。

2）单击"刀具参数"标签：双击刀具名为 D8 – 1d 的锥度铣刀。

3）单击"公共参数"标签：核实加工坐标系中坐标系的名称是否为"sys"。

4）单击"下刀方式"标签：安全高度为 30；慢速下刀距离为 3；退刀距离为 0；切入方式为垂直。

5）单击"接近返回"标签：相关参数如图 7-123 所示。

6）加工参数：见图 7-123，其余参数为系统默认。

图 7-123 加工参数设定

7）单击"确定"按钮。

8）系统提示拾取轮廓和加工方向。拾取图 7-121 所示的岛屿边界，确定链搜索方向为顺时针。拾取箭头方向为边界外部，它们将决定刀路偏移方向。拾取进刀点和退刀点时，单击右键不进行拾取。系统进行刀路运算，结果如图 7-124 所示。

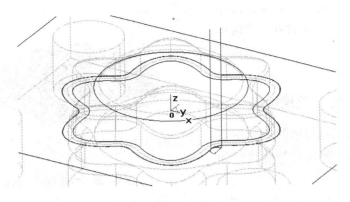

图 7-124　加工结果

六、型芯顶面半精加工

1）单击加工工具栏中的"扫描线精加工"按钮，弹出"扫描线精加工"对话框。
2）单击"刀具参数"标签：双击刀具名为 R3 的球铣刀。
3）单击"公共参数"标签：核实加工坐标系中坐标系的名称是否为"sys"。
4）单击"加工边界"标签：Z 值不设定，由系统自行判定；刀具位置为"边界外侧"。
5）单击"下刀方式"标签：安全高度为 30；慢速下刀距离为 3；退刀距离为 0。
6）单击"切入切出"标签：不设定。
7）加工参数：见图 7-125，其余参数为系统默认。

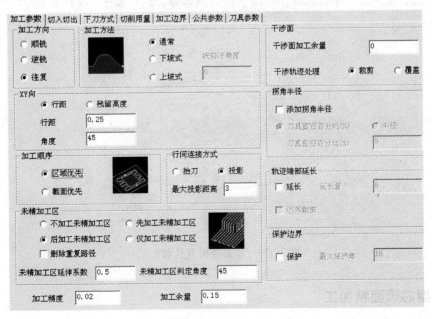

图 7-125　加工参数设定

8）单击"确定"按钮。

9）单击左键拾取加工对象为实体模型。单击右键，结束拾取加工对象。单击左键拾取图 7-122 所示的加工轮廓，并单击鼠标左键指定链搜索方向为顺时针，继续单击右键。系统进行刀路运算，结果如图 7-126 所示。

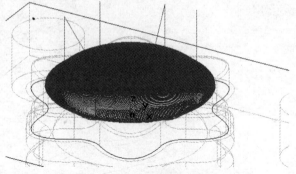

图 7-126　型芯顶面半精加工

七、型芯顶面 R 位精加工

1）单击加工工具栏中的"轮廓线精加工"按钮　，弹出"轮廓线精加工"对话框。

2）单击"刀具参数"标签：双击刀具名为 R2 的球铣刀。

3）单击"公共参数"标签：核实加工坐标系中坐标系的名称是否为"sys"。

4）单击"加工边界"标签：Z 设定勾选 ☑ 使用有效的Z范围，最大值为 10.3，最小 10。

5）单击"下刀方式"标签：安全高度为 30；慢速下刀距离为 3；退刀距离为 0。

6）单击"切入切出"标签：XY 向点选圆弧；设定半径为 2，角度为 45。

7）加工参数：偏移类型为边界上；偏移方向为左；XY 切入行距为 0，刀次为 1；Z 切入勾选 ☑ 螺旋加工 ，层高为 0.1；加工精度为 0.01，加工余量为 0；其余参数为系统默认。

8）单击"确定"按钮。拾取加工轮廓为型芯顶平面圆形边界。注意加工轮廓的箭头方向与加工参数中的偏移方向有关，它们将决定刀路偏移方向。当选中加工轮廓的边界后，系统提示"链搜索方向"，确保是顺时针方向。单击左键，完成加工轮廓的选择。

9）单击右键，结束轮廓选择，系统进行刀路运算，结果如图 7-127 所示。

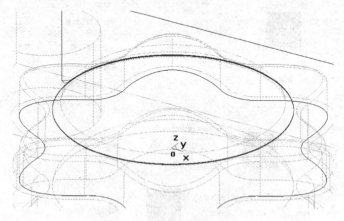

图 7-127　型芯顶面 R 位精加工

八、型芯顶面精加工

1）单击加工工具栏中的"参数线精加工"按钮　，弹出"参数线精加工"对话框。

2）单击"刀具参数"标签：双击刀具名为 R2 的球铣刀。

3）单击"公共参数"标签：核实加工坐标系中坐标系的名称是否为"sys"。

4）单击"下刀方式"标签：安全高度为30；慢速下刀距离为3；退刀距离为0。

5）单击"接近返回"标签：不设定。

6）单击"加工参数"标签：切入/切出方式不设定，行距为0.12；干涉检查为否；走刀方式为往复；加工余量为0；其余参数为系统默认。

7）单击"确定"按钮。单击左键拾取加工对象为顶面 R 位圆角和型芯顶面。单击右键，结束拾取加工对象。单击鼠标左键拾取顶面 R 位圆角外边缘为加工进刀点。状态行提示切换加工方向时，单击鼠标左键切换到理想状态，单击鼠标右键。提示改变曲面方向时，由于在拾取加工对象时，已确定曲面方向，继续单击鼠标右键。不拾取任何干涉面，单击鼠标右键。

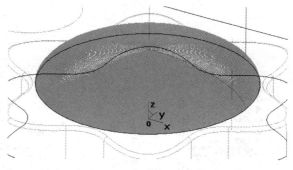

图 7-128　参数线精加工刀路

8）系统进行刀路运算，结果如图 7-128 所示。

九、型芯周边圆角精加工

1）单击加工工具栏中的"参数线精加工"按钮 ，弹出"参数线精加工"对话框。

2）单击"刀具参数"标签：双击刀具名为 R2 的球铣刀。

3）单击"公共参数"标签：核实加工坐标系中坐标系的名称是否为"sys"。

4）单击"下刀方式"标签：安全高度为30；慢速下刀距离为3；退刀距离为0。

5）单击"接近返回"标签：不设定。

6）单击"加工参数"标签：切入/切出方式不设定，行距为0.12；干涉检查为否；走刀方式为往复；加工余量为0；其余参数为系统默认。

7）单击"确定"按钮。单击左键拾取加工对象为实体表面，选择时注意沿一个方向（顺时针或逆时针）选择，如图 7-129 所示，注意箭头方向。单击鼠标右键，结束拾取加工对象。单击左键拾取圆角处靠下的表面边缘为加工进刀点（控制刀路由下向上进给）。状态行提示切换加工方向时，单击左键切换到顺时针状态，单击鼠标右键。提示改变曲面方向时，由于在拾取加工对象时，已确定曲面方向，继续单击鼠标右键。不拾取任何干涉面，单击鼠标右键。

8）系统进行刀路运算，结果如图 7-130 所示。

提示：此处在选择实体表面时有一定困难，建议在此操作前采用曲面生成栏中的"实体表面"按钮 ，将圆角处的曲面提取出来，这样选择时会方便很多。

至此，该旋钮后模的所有加工已完成，所有刀路轨迹的显示结果如图 7-131 所示。

十、刀具轨迹仿真

刀具轨迹仿真如图 7-132 所示。

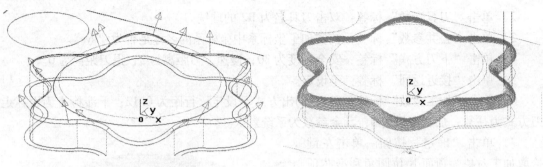

图 7-129　拾取加工对象　　　　　　　　图 7-130　加工结果

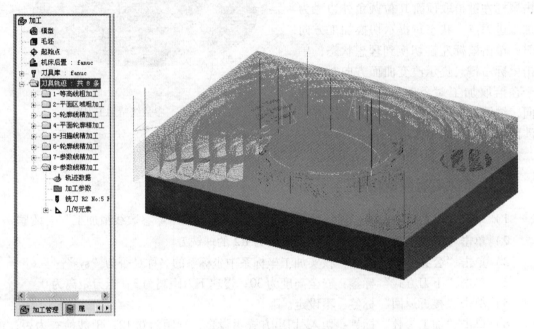

图 7-131　完整刀具轨迹

图 7-132　刀具轨迹仿真

练习与拓展

1. 建立图 7-133 所示的零件模型，先进行产品设计，再进行产品模芯设计，最后完成该零件的加工。

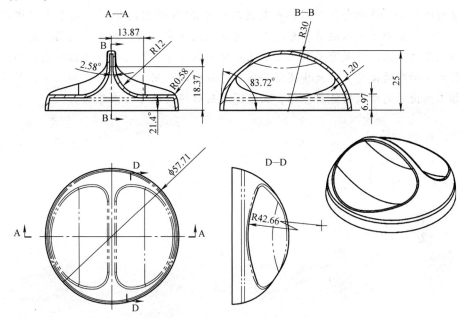

图 7-133 工件一

2. 建立图 7-134 所示的零件模型，先进行产品设计，再进行产品模芯设计，最后完成该零件的加工。

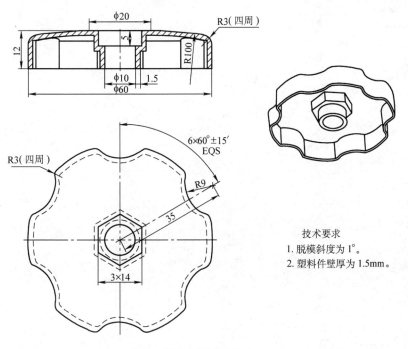

技术要求
1. 脱模斜度为 1°。
2. 塑料件壁厚为 1.5mm。

图 7-134 工件二

模 块 总 结

本模块以零件产品设计、分模和加工为例，介绍 CAXA 制造工程师 2008 各工具栏按钮与快捷键的运用等，详细介绍了 CAXA 制造工程师 2008 的椭圆绘制和抽壳等操作过程。在模芯设计中详细介绍了布尔运算和分模功能的应用及注意事项，加工中利用坐标系的切换来完成前后模芯的加工，以及有关加工方法及参数的设置等。重点介绍了扫描线精加工功能和参数线精加工功能的使用，以及讲述程序拷贝与粘贴的运用。当然，在加工中并不能将产品设计和加工所使用的所有功能都介绍，必须通过后续模块的学习来掌握。

模块八　数码相机前模电极的设计与加工

本模块主要介绍数码相机前模电极的设计与加工。相关命令的使用在前几个模块均有详细介绍，鉴于篇幅，本模块只介绍建模和加工的一般过程。

本模块将对加工中如何补面、设置加工区域等，进行详细介绍，并对电极的细微、无法加工的部位提出解决加工的办法。

◎ 技能目标

- 巩固绘制曲线的方法。
- 巩固绘制草图的方法。
- 巩固实体增料和除料的方法。
- 掌握实体过渡的技巧。
- 了解加工前加工边界的提取和补面等准备工作。
- 了解各类加工方法的运用。

项目一　CAD 造型

项目描述

根据图 8-1 所示的尺寸，绘制相机前模电极的实体模型。

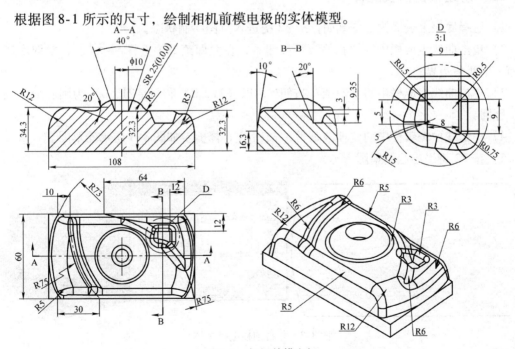

图 8-1　相机前模电极

造型分析：根据特征造型的概念，相机前模电极由拉伸增料、拉伸除料、旋转增料、倒圆角等特征功能完成，在草图绘制过程中用到阵列等绘图功能。

操作步骤

双击桌面图标 ![icon]，进入 CAXA 制造工程师 2008 操作界面。移动光标至特征树栏左下角，通过 ◀▶ 选择"零件特征"按钮，显示零件特征栏，进入造型界面。

一、创建电极底座

在 XY 基面上创建 108mm×60mm 矩形草图，采用拉伸增料方式生成图 8-2 所示的电极底座。注意采用反向拉伸方式。

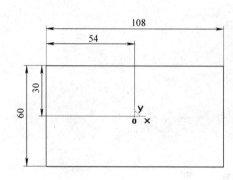

图 8-2　电极底座

二、创建相机前模主体

1）选择底座上表面为绘图基面，按 F2 键进入草图绘制状态。

2）单击曲线生成栏中的"相关线"按钮 ![icon]，在立即菜单中选择 实体边界 ▼，拾取底座上表面上下两条边界。

3）单击曲线生成栏中的"整圆"按钮 ⊙，以（21，0）和（-21，0）为圆心分别绘制两个整圆。

4）单击线面编辑栏中的"曲线裁剪"按钮 ![icon]，修剪至如图 8-3 所示的草图。

5）按 F2 键退出绘制草图。

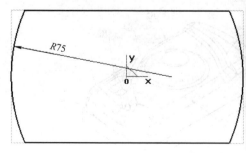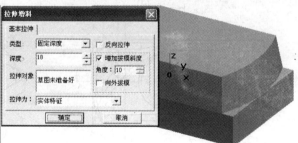

图 8-3　相机前模电极主体

6）单击特征生成栏中的"拉伸增料"按钮![icon]，在"拉伸增料"对话框中填入相关参数，生成如图 8-3 所示的主体。

三、创建左侧把手位圆角

单击特征生成栏中的"过渡"按钮![icon]，在"过渡"对话框中填入图 8-4 所示的参数。选择实体左侧把手边界，单击"确定"按钮。

图 8-4　左侧把手位圆角

四、切出镜头位

1）选择主体上表面为绘图基面，按 F2 键进入草图绘制状态。

2）单击曲线生成栏中的"曲线投影"按钮![icon]，拾取底座上表面上下两条边界和右侧 R75 边界。

3）单击曲线生成栏中的"圆弧"按钮![icon]，在立即菜单中选择 两点_半径 ▼，绘制如图 8-5 所示的 R75 圆弧。

4）单击线面编辑栏中的"曲线裁剪"按钮![icon]，修剪至如图 8-5 所示的草图。

5）按 F2 键退出绘制草图，

6）单击特征生成栏中的"拉伸除料"按钮![icon]，在"拉伸除料"对话框中填入相关参数。生成如图 8-5 所示的主体。

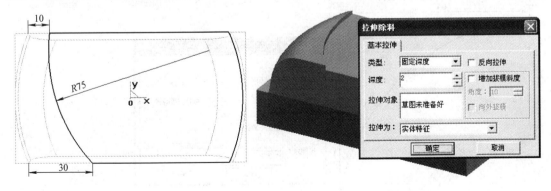

图 8-5　镜头位

五、左侧把手位倒角 20°

单击特征生成栏中的"拔模"按钮 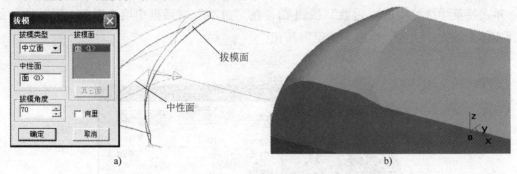，在弹出的"拔模"对话框中，选择如图 8-6a 所示的对应表面和角度，结果如图 8-6b 所示。

图 8-6　左侧把手位倒角

六、创建右侧把手位圆角

单击特征生成栏中的"过渡"按钮 ⬡，在"过渡"对话框中填入如图 8-4 所示的参数。选择实体右侧把手位边界，单击"确定"按钮。

七、切出闪光灯位

1）选择主体右侧上表面为绘图基面，按 F2 键进入草图绘制状态。

2）单击曲线生成栏中的"曲线投影"按钮 ⬍，拾取底座上边界和右侧边界。

3）单击曲线生成栏中的"圆弧"按钮 ⌒，在立即菜单中选择 两点_半径 ▾，绘制如图 8-7 所示的 R75 圆弧。

4）单击线面编辑栏中的"曲线裁剪"按钮 ✂，修剪至如图 8-7 所示的草图。

5）按 F2 键退出绘制草图，

6）单击特征生成栏中的"拉伸除料"按钮 ⬚，在"拉伸除料"对话框中填入相关参数。生成如图 8-7 所示的主体。

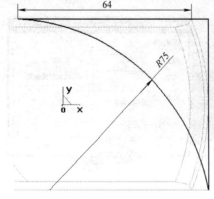
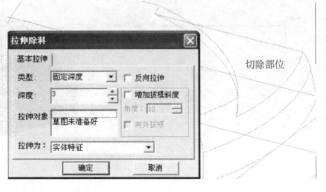

图 8-7　闪光灯位

八、创建镜头

1）单击特征导航栏中的 **◆ 平面XZ** 为绘图面，按 F2 键进入草图绘制状态。

2）单击曲线生成栏中的"直线"按钮 ∕，在立即菜单中设置"两点线"、"单个"、"正交"、"点方式"，过原点绘制一条水平线和一条垂直线。

3）单击曲线生成栏中的"整圆"按钮 ⊕，在立即菜单中选择 圆心_半径 ▼，绘制 R25 圆。

4）单击线面编辑栏中的"曲线裁剪"按钮 ∰，修剪至如图 8-8 所示的草图。

5）按 F2 键退出绘制草图。

6）按 F9 键切换到 XZ 基面，过原点绘制旋转轴线。

7）单击特征生成栏中的"旋转增料"按钮 ⊡，在"旋转增料"对话框中填入相关参数，生成如图 8-8 所示的主体。

图 8-8　镜头位

九、完成 R6 圆角

单击特征生成栏中的"过渡"按钮 ⬡，在"过渡"对话框半径栏中输入 6。单击如图 8-9 所示的四条边界，单击"确定"按钮。

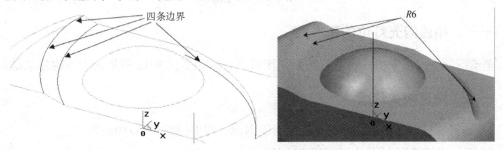

图 8-9　R6 圆角（一）

注意在倒圆角时，不要一次选完所有的 R6 边界，否则会无法完成。再次单击特征生成栏中的"过渡"按钮 ⬡，在"过渡"对话框半径栏中输入 6，单击如图 8-10 所示的三条边界，单击"确定"按钮。

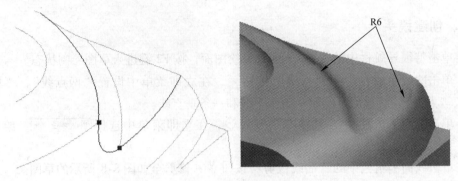

图 8-10　R6 圆角（二）

十、完成 R5 圆角

单击特征生成栏中的"过渡"按钮🖸，在"过渡"对话框半径栏中输入图 8-11 所示的参数。由于两侧边缘线为相切过渡，在选择需要生成圆角的边界时，只要选择相关的一些边界即可，同时要将"沿切面延顺"参数打开。

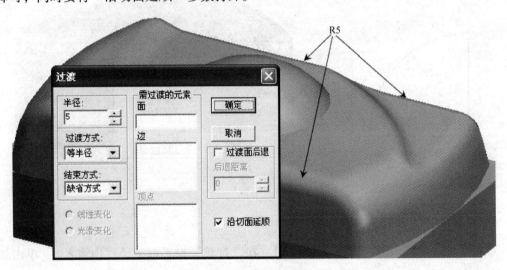

图 8-11　R5 圆角

十一、构建闪光灯位的基准面

单击特征生成栏中的"构造基准面"按钮◈，采用如图 8-12 所示的参数构建基准面。

十二、构建闪光灯槽

1）选择特征导航栏中创建的基准面为绘图面，按 F2 键进入草图绘制状态。

2）单击曲线生成栏中的"相关线"按钮🖲，在立即菜单中选择 实体边界 ▼，单击实体右上角的上边界和 R75 的边界。

3）单击线面编辑栏中的"曲线过渡"按钮┌，在立即菜单中设置 尖角 ▼ 模式，修剪上边界和 R75 的边界。注：此尖角为尺寸 12 的定位基准点。

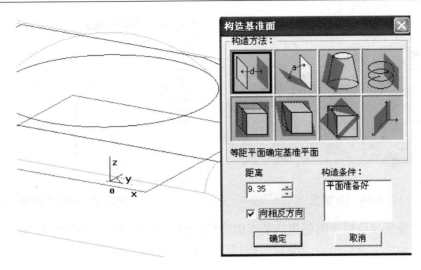

图 8-12 构造基准面

4）单击曲线生成栏中的"直线" <img />、"整圆" <img />、"尺寸标注" <img />、"尺寸驱动" <img /> 和线面编辑栏中的"曲线过渡" <img /> 等按钮，绘制如图 8-13 所示的草图。

5）按 F2 键退出绘制草图。注：退出草图前需要将先前提取的边界删除。

6）单击特征生成栏中的"拉伸除料"按钮 <img />，在"拉伸除料"对话框中填入相关参数，生成如图 8-13 所示的主体。

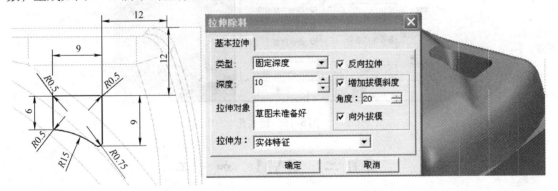

图 8-13 构造闪光灯槽

十三、完成 R3 圆角

单击特征生成栏中的"过渡"按钮 <img />，在"过渡"对话框半径栏中输入 3。由于此处边缘线为相切过渡，在选择需要生成圆角的边界时，只要选择相关的一些边界即可，同时要将"沿切面延顺"参数打开，完成的 R3 圆角如图 8-14 所示。

十四、构建镜头孔位的基准面及切出孔

1）单击特征生成栏中的"构造基准面"按钮 <img />，构造条件为"拾取底座底面"。采用如图 8-15 所示的参数构建基准面。

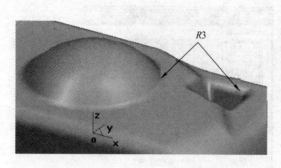

图 8-14　R3 圆角

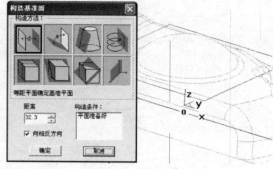

图 8-15　构建基准面

2）选择特征导航栏中刚创建的基准面为绘图面，按 F2 键进入草图绘制状态。

3）单击曲线生成栏中的"整圆"按钮⊕，在立即菜单中选择 圆心_半径 ▾，绘制 φ10mm 圆。

4）按 F2 键退出绘制草图。

5）单击特征生成栏中的"拉伸除料"按钮回，在"拉伸除料"对话框中填入相关参数，生成如图 8-16 所示的主体。

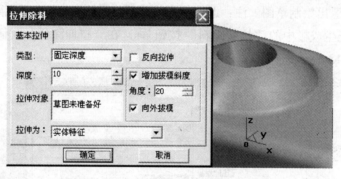

图 8-16　镜头孔

项目二　CAM 加工

项目描述

前模电极在加工时需要进行适当的处理，比如加工边界的设置和细微、无法加工部位的屏蔽等；相关加工命令的使用及参数的设置等。

操作步骤

双击桌面图标■，进入 CAXA 制造工程师 2008 操作界面。单击"文件"下拉菜单中的"打开"，或者直接单击"打开"按钮☞，弹出"打开"对话框，选择需加工的文件。在初始化状态下，CAXA 制造工程师 2008 首先进入加工管理导航栏。如果建模后就进入加工状态，需单击 ◎ 零件特征 ◎ 加工化 ◂▸ 导航栏中的加工管理按钮。

一、加工前的参数设置

相关参数请参照模块七。进行适当设置；并根据加工要求提取、设置相关加工边界、辅助面等，如图 8-17 所示，以备使用。刀具起始点为 X0、Y0、Z50。

本例所需刀具为：D16、D12R0.2、D5、R4、R2。

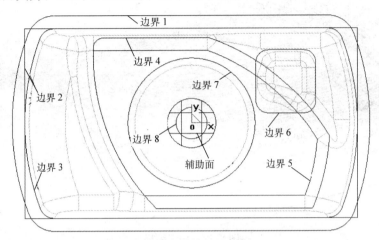

图 8-17　加工边界、辅助面

二、主体粗加工

1. 等高线粗加工

1）单击加工工具栏中的"等高线粗加工"按钮 ⚙，弹出"等高线粗加工"对话框。

2）单击"刀具参数"标签：双击刀具名为 D16 的铣刀。

3）单击"公共参数"标签：核实加工坐标系中坐标系的名称是否为"sys"。

4）单击"加工边界"标签：参数如图 8-18 所示。

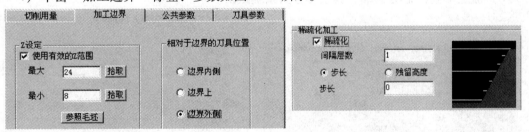

图 8-18　加工边界

5）单击"下刀方式"标签：安全高度为 30；慢速下刀距离为 2；退刀距离为 0；切入方式为垂直。

6）切入切出：不设定。

7）加工参数 1：加工方向为顺铣；Z 切入层高为 0.5；XY 切入行距为 10，切削模式为环切；行间连接方式为圆弧；加工余量为 0.3。

8）加工参数 2：区域切削类型为仅切削；稀疏化加工如图 8-19 所示；其余参数为系统默认。

9）单击"确定"按钮。单击左键拾取加工对象为实体模型。单击右键，结束拾取加工对象。单击左键拾取加工边界"边界3"，并单击左键指定加工边界的链搜索方向。继续单击右键，系统进行刀路运算，结果如图 8-19 所示。

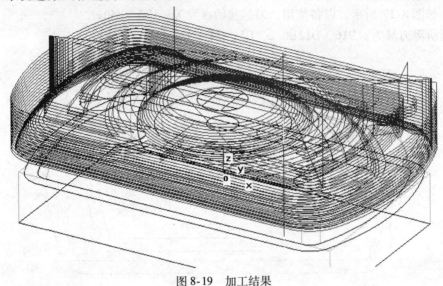

图 8-19　加工结果

2. 平面轮廓精加工

1）单击加工工具栏中的"平面轮廓精加工"按钮 ，弹出"平面轮廓精加工"对话框。

2）单击"刀具参数"标签：双击刀具名为 D16 的铣刀。

3）单击"公共参数"标签：核实加工坐标系中坐标系的名称是否为"sys"。

4）单击"下刀方式"标签：安全高度为 30；慢速下刀距离为 2；退刀距离为 0；切入方式为垂直。

5）单击"接近返回"标签：相关参数如图 8-20 所示。

6）加工参数：见图 8-20，其余参数为系统默认。

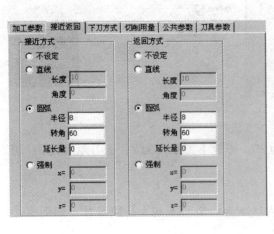

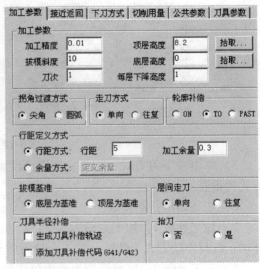

图 8-20　加工参数设定

7）单击"确定"按钮。

8）系统提示拾取轮廓和加工方向。拾取图 8-17 所示的"边界 3"为加工轮廓,确定链搜索方向为顺时针。拾取箭头方向为边界外部,它们将决定刀路偏移方向。拾取进刀点和退刀点时,单击右键不进行拾取。系统进行刀路运算,结果如图 8-21 所示。

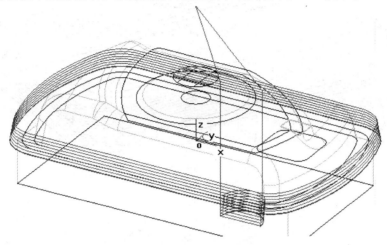

图 8-21　加工结果

三、底座粗、精加工

1）单击加工工具栏中的"轮廓线精加工"按钮 ⬭,弹出"轮廓线精加工"对话框。

2）单击"刀具参数"标签:双击刀具名为 D16 的铣刀。

3）单击"公共参数"标签:核实加工坐标系中坐标系的名称是否为"sys"。

4）单击"加工边界"标签:Z 设定勾选 ☑ 使用有效的Z范围;最大值为 0,最小值为−16.3。

5）单击"下刀方式"标签:安全高度为 30;慢速下刀距离为 2;退刀距离为 0。

6）单击"切入切出"标签:XY 向点选圆弧;设定半径为 6,角度为 45°。

7）单击"加工参数"标签:偏移类型为偏移;偏移方向为左;XY 切入行距为 0,刀次为 1;Z 切入层高为 1;加工精度为 0.01,加工余量为 0.2;其余参数为系统默认。

8）单击"确定"按钮。拾取图 8-17 所示的"边界 2"为加工轮廓,注意加工轮廓的箭头方向与加工参数中的偏移方向有关,它们将决定刀路偏移方向。当选中加工轮廓的边界后,系统提示"链搜索方向",确保是顺时针方向。单击左键,完成加工轮廓的选择。

9）单击右键,结束轮廓选择,系统进行刀路运算,结果如图 8-22 所示。

10）在加工管理导航栏中选择"3 − 轮廓线精加工",单击右键,复制并粘贴该程序,产生"4 − 轮廓线精加工"。单击该程序前的"＋"展开程序。双击"加工参数",进入参数设置。

11）单击"加工参数"标签:XY 切入行距为 0.1,刀次为 2;Z 切入层高为 0;XY 向余量为 0。

12）单击"加工边界"标签:Z 设定为去除勾选 ☐ 使用有效的Z范围。
单击"确定"按钮,重新计算精加工刀路,如图 8-23 所示。

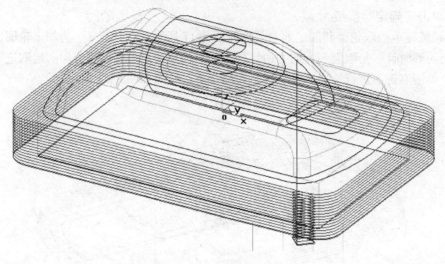

图 8-22 加工结果

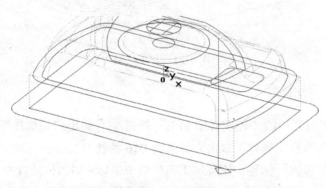

图 8-23 加工结果

四、主体侧面精加工

1）单击加工工具栏中的"等高线精加工"按钮 ，弹出"等高线精加工"对话框。

2）单击"刀具参数"标签：双击刀具名为 D12R0.2 的铣刀。

3）单击"公共参数"标签：核实加工坐标系中坐标系的名称是否为"sys"。

4）单击"加工边界"标签：Z 设定勾选 ☑ 使用有效的Z范围；最大值为 4.3，最小值为 0；相对于边界的刀具位置为边界外侧。

5）单击"下刀方式"标签：安全高度为 30；慢速下刀距离为 2；退刀距离为 0。

6）单击"切入切出"标签：XY 向点选圆弧；设定半径为 3，角度为 45°。

7）单击"加工参数 1"标签：加工方向为顺铣；Z 向层高为 0.1；加工精度为 0.01，加工余量为 -0.07（该工件为电极，要留有电火花加工时的放电间隙）；其余参数为系统默认。

8）单击"确定"按钮，拾取加工对象"整个实体"，拾取图 8-17 所示的加工边界"边界 1"，确定链搜索方向为"顺时针"，直接单击右键，计算精加工刀路，结果如图 8-24 所示。

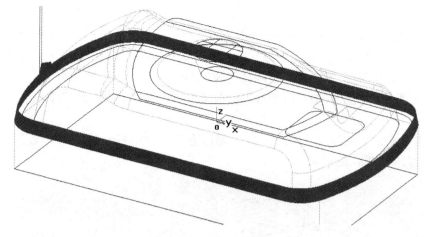

图8-24 加工结果

五、主体顶部残料步补加工

1）单击加工工具栏中的"等高线补加工"按钮，弹出"等高线补加工"对话框。

2）单击"刀具参数"标签：双击刀具名为 D5 的铣刀。

3）单击"公共参数"标签：核实加工坐标系中坐标系的名称是否为"sys"。

4）单击"加工边界"标签：Z 设定勾选 ☑ 使用有效的Z范围；最大值为 18，最小值为 16；相对于边界的刀具位置为边界上。

5）单击"下刀方式"标签：安全高度为 30；慢速下刀距离为 2；退刀距离为 0。

6）单击"切入切出"标签：沿着形状–距离为 0.3，倾斜角度为 6°。

7）单击"加工参数1"标签：Z 向层高为 0.4；XY 向行距为 4，封闭四周；加工顺序为 XY 向优先；加工精度为 0.01，XY 向余量为 0.2，前刀具半径为 10；其余参数为系统默认。

8）单击"确定"按钮，拾取加工对象为"整个实体和辅助面"，拾取图 8-17 所示的加工边界"边界 3"，计算补加工刀路，结果如图 8-25 所示。

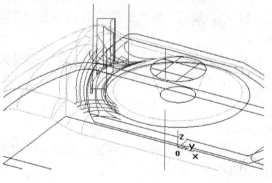

图8-25 加工结果

六、主体顶部精加工

1）单击加工工具栏中的"平面区域粗加工"按钮 回，弹出"平面区域粗加工"对话框。

2）单击"刀具参数"标签：双击刀具名为 D5 的铣刀。

3）单击"公共参数"标签：核实加工坐标系中坐标系的名称是否为"sys"。

4）单击"下刀方式"标签：安全高度为 30，慢速下刀距离为 2，退刀距离为 0；切入方式为渐切，长度为 10。

5）单击"清根参数"标签：轮廓清根为不清根；岛清根为清根，岛清根余量为 0.1。

6）单击"加工参数"标签：走刀方式为环切加工，从里向外；加工参数中的顶层高度为 15.93，底层高度为 15.93，每层下降高度为 0，行距为 3，加工精度为 0.01；轮廓参数中的余量、斜度为 0，补偿为 TO；岛参数中的余量、斜度为 0，补偿为 TO，其余参数为系统默认。

7）单击"确定"按钮。拾取图 8-17 所示的边界"边界 4"，拾取岛屿线"边界 7"，计算精加工刀路，如图 8-26 所示。

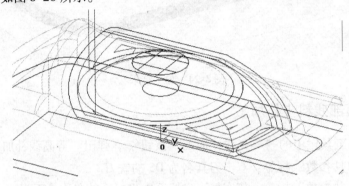

图 8-26　加工结果

七、闪光灯及镜头处局部粗加工

1. 镜头处粗加工

1）单击加工工具栏中的"等高线粗加工 2"按钮 ，弹出"等高线粗加工 2"对话框。

2）单击"刀具参数"标签：双击刀具名为 D5 的铣刀。

3）单击"公共参数"标签：核实加工坐标系中坐标系的名称是否为"sys"。

4）单击"加工边界"标签：Z 设定勾选 ☑ 使用有效的 Z 范围 ；最大值为 24，最小值为 16；相对于边界的刀具位置为边界上。

5）单击"下刀方式"标签：安全高度为 30；慢速下刀距离为 0.5；抬刀类型为"最佳抬刀高度"。

6）单击"切入切出"标签：最大切入角度为 7；切入高度偏移 0；螺旋 – 半径为 4；垂直切入、水平切入半径均为 0。

7）单击"加工参数"标签：加工方向为顺铣；Z 向切入层高为 0.5；XY 向切入最小行间距为 3，最大行间距为 5；切削方向为从里到外；精度中的加工精度为 0.01，加工余量为 0.2，Z 向加工余量为 0.2。

8）单击"确定"按钮，拾取加工对象为"整个实体"，拾取加工边界"边界 8"，计算粗加工刀路，如图 8-27 所示。

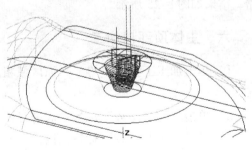

图 8-27　加工结果

2. 闪光灯处粗加工

1）在加工管理导航栏中选择"8 - 等高线粗加工 2"，单击右键，复制并粘贴该程序，产生"9 - 等高线粗加工 2"，单击该程序前的"＋"展开程序。双击"加工参数"，进入参数设置。

2）单击"加工边界"标签：Z 设定勾选 ☑ 使用有效的Z范围；最大值为 16，最小值为 6；相对于边界的刀具位置为边界内侧。

3）单击"加工参数"标签：XY 切入行距为 0.1，刀次为 2；Z 切入层高为 0；XY 向余量为 0。

4）单击"确定"按钮，计算粗加工刀路。此时的刀路并非所需刀路。

5）在展开的"9 - 等高线粗加工 2"中双击几何元素，在弹出的轨迹几何编辑器中，单击 ⌒ 加工边界，单击删除按钮去除原有的边界。单击加工边界按钮，拾取图 8-17 所示的加工边界"边界 6"。

6）单击"确定"按钮，重新计算精加工刀路，如图 8-28 所示。

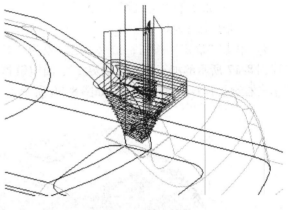

图 8-28　加工结果

上述两处因结构细小，对于铣削加工较困难，建议采用粗加工后，制作局部电极进行清角。

为了顺利完成余下的精加工程序，建议将闪光灯处的特征去除，切换到零件特征导航栏，选择相应的特征，单击右键删除即可，结果如图 8-29 所示。

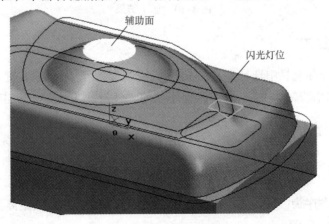

图 8-29　加工边界、辅助面

八、主体半精加工

1）单击加工工具栏中的"扫描线精加工"按钮 🕸，弹出"扫描线精加工"对话框。

2）单击"刀具参数"标签：双击刀具名为 R4 的球铣刀。

3）单击"公共参数"标签：核实加工坐标系中坐标系的名称是否为"sys"。

4) 单击"加工边界"标签：使用有效的 Z 范围，最大为 25、最小为 4；相对于边界的刀具位置为边界外侧。

5) 单击"下刀方式"标签：抬刀最优化中安全高度为 0；慢速下刀距离为 0；退刀距离为 0。

6) 单击"切入切出"标签：不设定。

7) 单击"加工参数"标签：加工方向为往复；加工方法为通常；XY 向间距为 0.5，角度为 135°；加工顺序为区域优先；行间连接方式为投影，投影最大距离为 20；加工精度为 0.01，加工余量为 0.1。

8) 单击"确定"按钮，拾取加工对象为"整个实体和辅助面"，干涉检查面为"无"，拾取图 8-17 所示的加工边界"边界 1"，确定链搜索方向为"顺时针"，继续拾取轮廓，直接单击右键，计算精加工刀路，如图 8-30 所示。

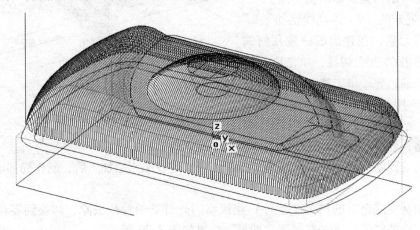

图 8-30　加工结果

九、主体精加工

1) 在加工管理导航栏中选择"10 - 扫描线精加工"，单击鼠标右键，复制并粘贴该程序，产生"11 - 扫描线精加工"，单击该程序前的" + "展开程序。双击"加工参数"，进入参数设置。

2) 单击"加工边界"标签：使用有效的 Z 范围，最大为 25、最小为 2；相对于边界的刀具位置为边界上。

3) 单击"加工参数"标签：加工方向为往复；加工方法为通常；XY 向间距为 0.2，角度为 45°；加工顺序为区域优先；行间连接方式为投影，投影最大距离为 20；加工精度为 0.01，加工余量为 - 0.07。

4) 单击"确定"按钮，计算粗加工刀路。此时的刀路并非所需刀路。

5) 在展开的"11 - 扫描线精加工"中双击几何元素，在弹出的轨迹几何编辑器中单击 ⌢ 加工边界，单击删除按钮去除原有的边界。单击加工边界按钮，拾取图 8-17 所示的加工边界"边界 1"，确定链搜索方向为"顺时针"，拾取加工边界"边界 4"，单击"确定"按钮，重新计算精加工刀路，如图 8-31 所示。

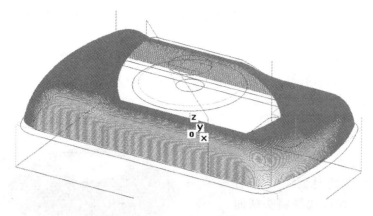

图 8-31 加工结果

十、镜头根部圆角精加工

1）单击加工工具栏中的"参数线精加工"按钮 🍌，弹出"参数线精加工"对话框。

2）单击"刀具参数"标签：双击刀具名为 R2 的球铣刀。

3）单击"公共参数"标签：核实加工坐标系中坐标系的名称是否为"sys"。

4）单击"下刀方式"标签：安全高度为 30；慢速下刀距离为 2；退刀距离为 0。

5）单击"接近返回"标签：不设定。

6）单击"加工参数"标签：：切入/切出方式为不设定，行距为 0.2；干涉检查为否；走刀方式为往复；加工余量为 -0.07；其余参数为系统默认。

7）单击"确定"按钮。单击左键拾取加工对象为镜头根部圆角。单击右键，结束拾取加工对象。单击左键拾取顶面 R 位圆角外边缘为加工进刀点。状态行提示切换加工方向时，单击左键切换到理想状态，单击右键。提示改变曲面方向时，由于在拾取加工对象时，已确定曲面方向，继续单击右键。不拾取任何干涉面，单击右键计算精加工刀路，如图 8-32 所示。

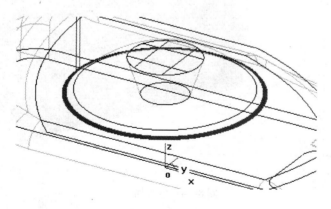

图 8-32 加工结果

十一、镜头位精加工

1）在加工管理导航栏中选择"12 - 参数线精加工"，单击鼠标右键，复制并粘贴该程序，产生"13 - 参数线精加工"，单击该程序前的"+"展开程序。双击"加工参数"，进入参数设置。

2）单击"加工参数"标签：切入/切出方式为不设定，行距为 0.14；干涉检查为否；走刀方式为往复；加工余量为 - 0.07；其余参数为系统默认。

3）单击"确定"按钮，计算粗加工刀路。此时的刀路并非所需刀路。

4）在展开的"13 - 参数线精加工"中双击几何元素，系统提出拾取加工对象为"镜头 R25 球面"，单击右键，拾取进刀点"建议选择镜头球面外侧边线"，切换加工方向"确保是外侧边线的切线方向"，改变曲面方向"确保箭头向上"，拾取干涉面"无"，直接单击右键，系统提示"几何元素已经被改变，需要立即重新生成刀具轨迹吗？"，单击"是"，计算精加工刀路，如图 8-33 所示。

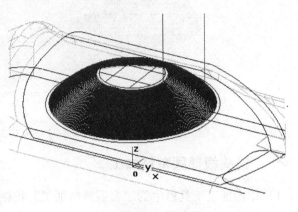

图 8-33　加工结果

至此，本电极的所有加工已完成，所有刀路轨迹的显示结果如图 8-34 所示。

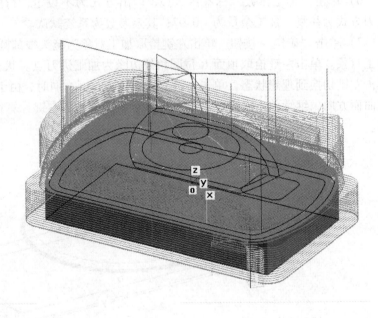

图 8-34　电极加工

十二、刀具轨迹仿真

1）在加工管理导航器中，选择"刀具轨迹"栏，单击右键，显示全部刀路。再次选择"刀具轨迹"栏，单击右键，选择"轨迹仿真"，切换到轨迹仿真界面，如图 8-35 所示。

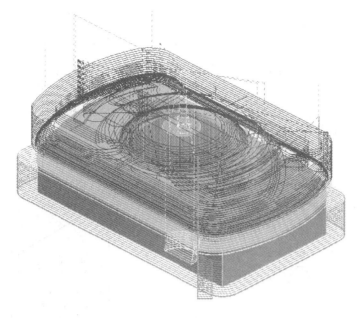

图 8-35　轨迹仿真操作

2）单击"仿真加工"按钮▉，打开"仿真加工"对话框。单击播放，即可进行仿真加工，如图 8-36 所示。

图 8-36　仿真加工

练习与拓展

1. 对图 8-37 所示的烟灰缸前模电极进行建模和粗、精加工。
2. 对图 8-38 所示的充电器前模电极进行建模和粗、精加工。

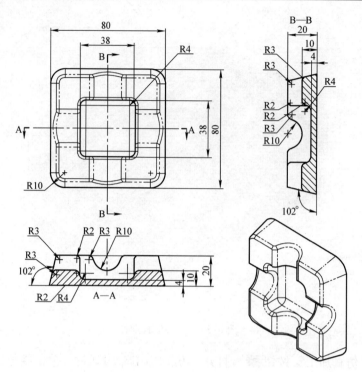

图 8-37　烟灰缸前模电极

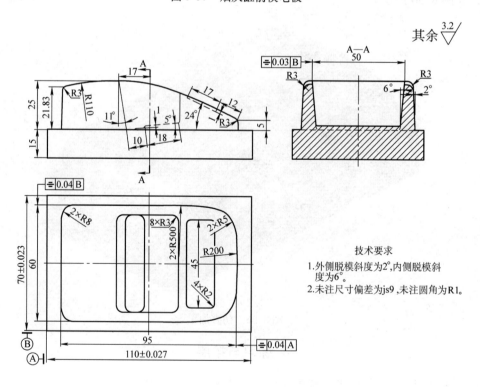

图 8-38　充电器前模电极

模 块 总 结

　　本模块以数码相机的前模电极设计和加工为例，介绍 CAXA 制造工程师 2008 各工具栏按钮与快捷键的运用等，详细介绍了 CAXA 制造工程师 2008 在电极设计和圆角过渡方面要注意的技巧以及加工前加工边界和辅助面的设置等操作，以及加工指令的应用等。当然，在加工中并不能将产品设计和加工所使用的所有功能都进行介绍，必须通过后续模块的学习来完成。

模块九 四轴零件的设计与加工

随着数控技术的发展，四轴零件也在实际生产中得到广泛的使用，第三届全国数控技能大赛的软件应用中也加入四轴零件，所以本模块将详细介绍四轴零件设计及加工的详细操作步骤和注意事项。

前面已详细介绍了三轴零件的设计和加工过程，四轴零件的设计和三轴零件设计中的二维图形类似，所以本模块也不会太过于详细地介绍基本概念，而将详细介绍操作步骤和与三轴零件加工方法不同的参数命令以及后置处理。

◎ 技能目标

- 创建适合于 A 轴加工的绘图基准面。
- 创建适合于 A 轴的实体。
- 创建适合于 A 轴的曲面。
- 了解四轴加工前的准备工作。
- 掌握四轴加工中所用到的辅助线的提取和生成方法。
- 掌握"四轴平切面加工"方法的运用。
- 掌握"四轴曲线加工"方法的运用。
- 掌握"等高线粗加工"方法的运用。
- 掌握四轴"轨迹仿真"方法的运用。
- 掌握生成 A 轴加工的后置处理。

项目一 CAD 造型

项目描述

从图 9-1 所示可以看出，定位卡轴由三部分组成。

1）φ50mm×10mm 圆柱体。

2）长度为 30mm 的方形（30mm×30mm）与圆（φ20mm）的放样体及放样体上的四个卡槽和 R3 圆角。

3）长度为 5mm 的椭圆柱及 R3 圆角。

操作步骤

一、创建 φ50mm×10mm 圆柱体

1. 单击"文件"下拉菜单中的"打开"，或单击工具条中的新建 ▢ 图标

2. 创建 φ50mm×10mm 圆柱体

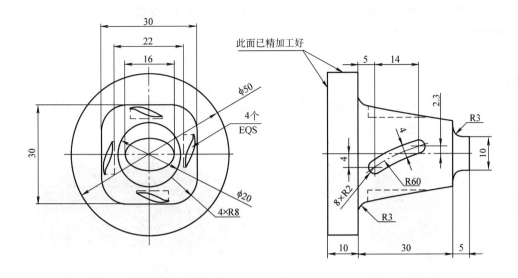

图9-1　定位卡轴二维零件图

1）在左边立即菜单中选择"零件特征"栏，单击右键拾取 YZ 平面" 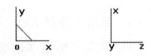 "，单击右键，单击"绘制草图"按钮<img>，进入草图状态。

注意：此基准平面的选择非常关键，如选择其他的平面则零件图形不是绕 X 轴旋转的，所以必须选择 YZ 平面作为第一基准平面。

2）按 F5 键，把绘图平面切换至 XY 平面（如不切换，则画出的无法看到），如图9-2所示。

图9-2　XY 平面　XZ 平面

3）单击"圆"按钮⊕，以平面坐标原点为圆心作 φ50mm 的圆，如图9-3所示。

4）单击右键（结束命令）。

5）单击"绘制草图"按钮<img>，退出草图状态。

6）单击"拉伸增料"按钮<img>，在弹出的对话栏里设置如图9-4所示的参数。

7）单击"确定"按钮，即可完成 φ50mm×10mm 圆柱体的创建，结果如图9-4所示。

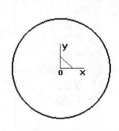

图9-3　φ50mm 圆

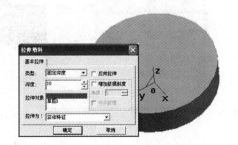

图9-4　拉伸增料参数与结果

二、创建长度为 **30mm** 的方形（**30mm×30mm**）与圆（**ϕ20mm**）的放样体及放样体上的四卡槽和 **R3** 圆角

1）单击 ϕ50mm×10mm 圆柱体的右端面，如图 9-5 所示，单击右键，在弹出的菜单中单击选择"创建草图"，进入草图状态。

2）按 F5 键，切换草图绘图平面至 XY 平面后，运用"矩形"□、"倒圆角" ┌ 按钮，绘制出图 9-6 所示的草图。

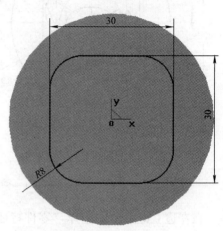

图 9-5　拾取圆柱体的右端面

图 9-6　绘制草图与尺寸

3）单击"绘制草图"按钮 ↙，退出草图。

4）单击"构造基准面"按钮 ◈，选择"等距平面确定基准平面"项，输入距离"30"，单击 ϕ50mm×10mm 圆柱体的右端面，单击"确定"按钮后，即可生成一基准面（见图 9-7）。

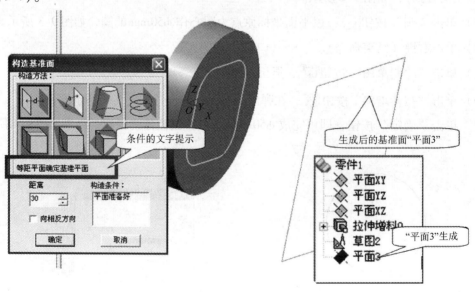

图 9-7　构造基准面

提示：距离是由被选中的面开始计算的，可以选择系统默认的 XY、YZ、XZ 三个平面，也可以选择实体特征的平面。如选择其他"构造方法"也可以选择曲面、曲线或实体的特殊点，具体条件见图9-7。

5）单击"平面3"，以"平面3"为基准面，单击"绘制草图"按钮 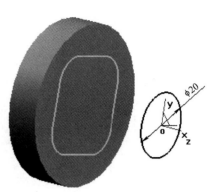，进入草图状态，绘制草图。

6）单击"圆"按钮⊕，以坐标原点为圆心绘制 φ20mm 圆（见图9-8）。

7）单击"绘制草图"按钮，退出草图。

8）单击"放样增料"按钮，弹出"放样增料"对话框后，依次拾取刚绘制好的两个草图，如图9-9所示。

提示：图9-9所示自动生成的线是由选择两草图的位置而自动生成的。单击选择两草图时，两草图的位置必须一致。如单击选择位置不正确，则会产生如图9-10所示的斜线，则生成扭曲的实体，如图9-11所示。

图 9-8 φ20mm 圆

9）单击"确定"按钮后，即可生成放样增料特征体，如图9-12所示。

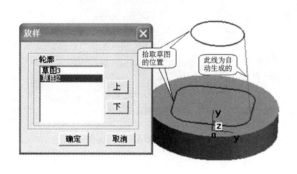

图 9-9 "放样增料"的草图选择

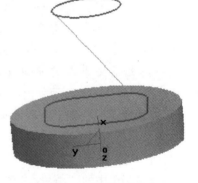

图 9-10 选择不正确的位置

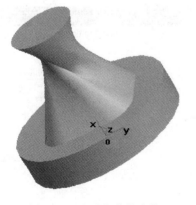

图 9-11 生成扭曲的实体

图 9-12 放样增料实体

10）倒圆角。单击"过渡"按钮 ，设置"过渡"的半径为 3，单击"φ50mm × 10mm 圆柱体"与"放样增料实体"相接的任一边线（见图 9-13），单击"确定"按钮即可完成 R3 圆角过渡（见图 9-14）。

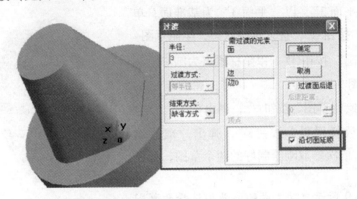

图 9-13　圆角参数设定及元素选择

技巧交流：进行圆角过渡时如果被倒角的边线已经有圆弧过渡，则不需拾取全部，只要把"沿切面延顺"勾选，再拾取其中的一根边线，就可以把相连的所有边线都倒角了。如果遇到尖角的边线，则延顺到尖角位置停止。如图 9-15 所示左边矩形是有圆角的，右边没倒圆角。在给定同样参数（见图 9-16）、拾取同一元素（见图 9-17）的情况下倒出来的角都是不一样的（见图 9-18）。读者可以自己体会一下。

11）把放样体及 R3 圆角生成曲面。单击"实体表面"按钮 ，单击放样体表面和 R3 圆角，单击右键，即可生成曲面（见图 9-19）。

图 9-14　R3 圆角过渡

12）选择主菜单中的"编辑/隐藏"，框选刚生成的曲面，单击右键，即可隐藏曲面。

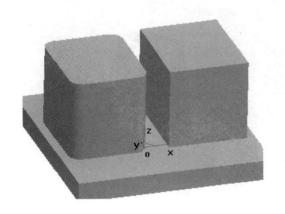

图 9-15　两矩形实体

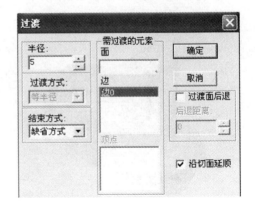

图 9-16　同样参数

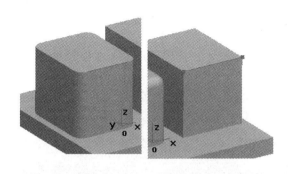

图9-17　拾取同一元素图

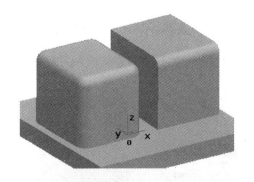

图9-18　不一样的结果图

提示：生成到曲面的颜色可以通过"当前颜色
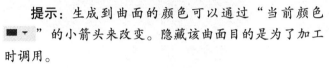"的小箭头来改变。隐藏该曲面目的是为了加工
时调用。

13）创建放样体上的四个卡槽。

① 结构分析：放样体上四个卡槽的造型是一样
的，所以只要生成一个，然后进行阵列即可。

② 生成平行于 XY 平面上的一个卡槽。

a. 生成一个基准面，与 XY 平面的距离为 11mm。

b. 选择生成后的基准平面为基准面作草图。

c. 运用"直线" ∕、"圆弧" ⌒ 等命令绘制图
9-20 所示的草图。

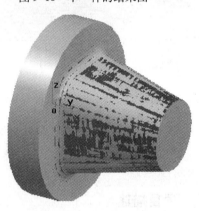

图9-19　生成曲面

d. 单击"绘制草图"按钮 ✍，退出草图后，单击"拉伸除料"按钮 ⊟，在弹出的对
话框中设置参数后，单击"确定"按钮，即可生成图 9-21 所示的草图。

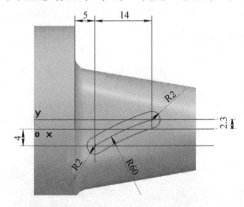

图9-20　草图形状及尺寸

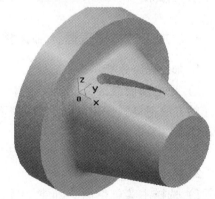

图9-21　生成拉伸除料

③ 阵列刚生成的卡槽。

a. 在图形中心创建一条直线，如图 9-22 所示。

b. 单击"环形阵列"按钮 ▦，在弹出的对话框中设置如图 9-22 所示的参数。其中，
阵列对象选择刚生成的卡槽，基准轴为旋转第一步的直线，角度为 90°，数目为 4。单击
"确定"按钮，结果如图 9-22 所示。

三、长度为 5mm 的椭圆柱及 R3 圆角

此步只用到"拉伸增料"和"圆弧过渡",故在此不再详述,结果如图 9-23 所示。

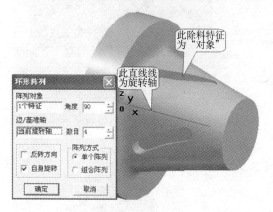

图 9-22　环形阵列参数设置与结果

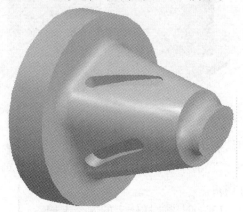

图 9-23　生成所有特征后结果图

项目二　CAM 加工

项目描述

1)加工放样体表面、椭圆柱表面和两个 R3 圆角。

2)加工放样体上的四个卡槽内部。

操作步骤

一、加工放样体表面、椭圆柱表面和两个 R3 圆角

1. 加工思路分析

1)把之前隐藏的曲面显示出来,再运用同样的方法把椭圆柱和 R3 倒角的表面生成曲面,结果如图 9-24 所示。

2)选择加工方法,设定加工参数。

2. 轨迹生成

1)选择主菜单中的"加工/多轴加工/四轴平切面加工",打开四轴平切面加工参数设置栏(见图 9-25)。

提示:用一组垂直于旋转轴的平面与被加工曲面的等距面求交而生成四轴加工轨迹的方法叫做四轴平切面加工,多用于加工旋转体及上面的复杂曲面。铣刀刀轴的方向始终垂直于第四轴的旋转轴。

图 9-24　显示所有加工曲面

2）具体的加工参数如图9-26所示。

① 旋转轴

a. X 轴：机床的第四轴绕 X 轴旋转，生成加工代码时角度地址为 A。

b. Y 轴：机床的第四轴绕 Y 轴旋转，生成加工代码时角度地址为 B。

② 行距定义方式

a. 平行加工：在平行于旋转轴的方向生成加工轨迹。

b. 角度增量：平行加工时用角度的增量来定义两平行轨迹之间的距离。

c. 环切加工：在环绕旋转轴的方向生成加工轨迹。

d. 行距：环切加工时用行距来定义两环切轨迹之间的距离。

③ 走刀方式中的单向、往复与三轴加工参数里的意思一样。

④ 边界保护

a. 保护：在边界处生成保护边界的轨迹，如图9-27 所示。

b. 不保护：在边界处停止，不生成保护边界的轨迹，如图9-28 所示。

⑤ 优化

a. 最小刀轴转角：刀轴转角是指相邻两个刀轴间的夹角。两个相邻刀位点之间的刀轴转角必须大于此数值。如果小了，就会被忽略掉。图9-29a 所示为没有添加此限制，图9-29b 所示为添加了此限制，且最小刀轴转角为10°。

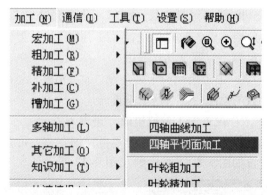

图 9-25 参数表调用

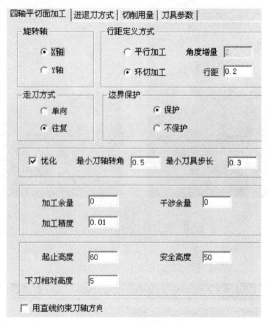

图 9-26 四轴平切面加工参数设置栏

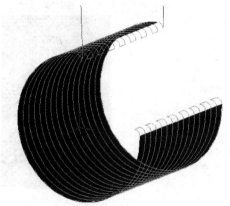

图 9-27 保护边界的轨迹图

图 9-28 不保护边界的轨迹图

　　b. 最小刀具步长：相邻两个刀位点之间的直线距离必须大于此数值，若小于此数值，可忽略不要，效果与设置了最小刀具步长类似。如果与最小刀轴转角同时设置，则两个条件满足哪个，哪个就起作用。

　　⑥ 加工余量、干涉余量、加工精度、起止高度、安全高度、下刀相对高度都跟三轴加工参数的意思一样，这里不再详述。

　　⑦ 设置加工参数里的"进退刀方式"、"切削用量"、"刀具参数"，三项参数与三轴加工参数的意思一样，这里不再详细介绍，可参考前面所讲内容。刀具使用 R3 球头刀。具体设置如图 9-30、图 9-31、图 9-32 所示。

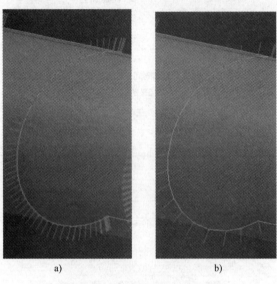

图 9-29　最小刀轴转角应用对比

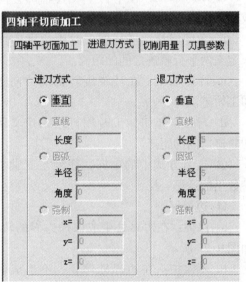

图 9-30　"进退刀方式"设置图

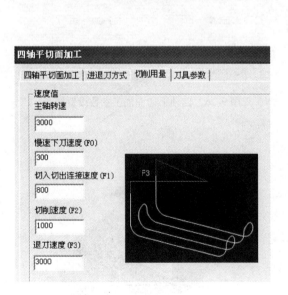

图 9-31　"切削用量"设置图

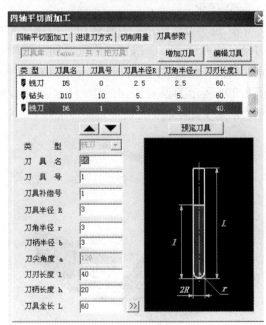

图 9-32　"刀具参数"设置图

3）参数都设置好后，单击"确定"按钮。

4）当系统提示"拾取加工对象…"时，依次单击拾取所有曲面。

5）当系统提示"拾取进刀点"时，单击椭圆柱最右端的一点（见图9-33）。

6）当系统提示"选择加工侧"时，再选择向上的箭头（见图9-34）。

7）当系统提示"选择走刀方向"时，单击往里的箭头。

8）当系统提示"选择需要改变加工侧的曲面"时，把每个方向往里的箭头都单击一下，使其往外（见图9-35），单击右键，即可完成轨迹生成，结果如图9-36所示。

9）完成后将轨迹隐藏，以便后面轨迹的生成。

图9-33　进刀点及选择方向图

图9-34　走刀方向及选择

图9-35　改变曲面方向

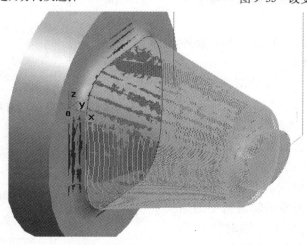

图9-36　"四轴平切面"加工后的结果

二、加工放样体上的四个卡槽内部

1. 加工前的准备

1）将之前所有曲面进行隐藏。

2）把卡槽内部中间 R63 的曲线画出来。

3）单击"移动"按钮 ，从立即菜单中选择"偏移量"、"移动"、"DX = 0、DY = 0、DZ = 4"，单击 R63 曲线，然后单击右键，即可将曲线向上移动 4mm。

4）单击"阵列"按钮 ，从立即菜单中选择"圆形"、"均布"、"份数 = 4"，单击 R63 曲线，然后单击右键，即可将曲线阵列 4 份，结果如图 9-37 所示。

2. 加工方法的选择及加工参数的设定

1）选择菜单中的"加工/多轴加工/四轴曲线加工"，打开曲轴平切面加工参数设置栏（见图 9-38）。

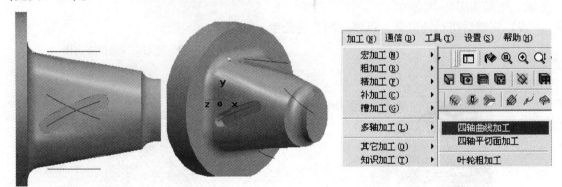

图 9-37　曲线生成结果　　　　　　　　图 9-38　"四轴曲线加工"位置

提示：四轴曲线加工是根据给定的曲线，生成四轴加工的轨迹。多用于回转体上槽的加工，铣刀刀轴的方向始终垂直于第四轴的旋转轴。

2）单击"四轴曲线加工"栏，具体加工参数如图 9-39 所示。

① 旋转轴：与"四轴平切面加工"里的旋转轴一样。

② 加工方向：生成四轴加工轨迹时，下刀点与拾取曲线的位置有关，在曲线的哪一端拾取，就会在曲线的相应端点下刀，生成轨迹后如想改变下刀点，可以不用重新生成轨迹，只需双击轨迹树中的加工参数，在加工方向中的"顺时针"和"逆时针"两项之间进行切换即可。

③ 偏置选项

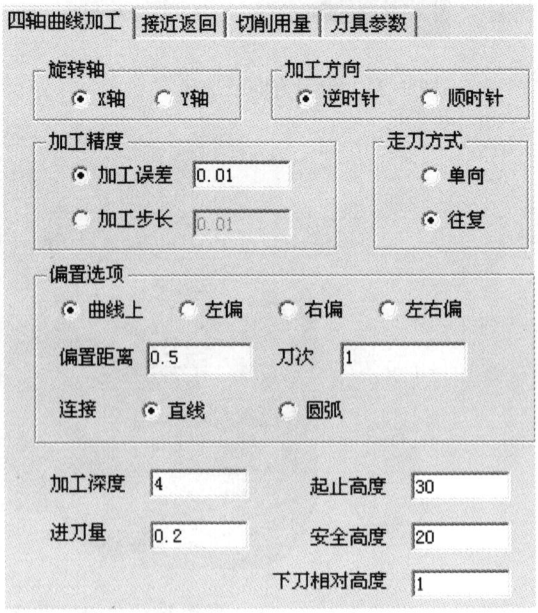

图 9-39　加工参数设置栏

a. 曲线上：铣刀的中心沿曲线加工，不进行偏置，见图9-40。

b. 左偏：向被加工曲线的左边进行偏置，左向的判断方法与G41相同，即刀具加工方向的左边，见图9-41。

c. 右偏：向被加工曲线的右边进行偏置，右向的判断方法与G42相同，即刀具加工方向的右边，见图9-42。

d. 左右偏：向被加工曲线的左边和右进行偏置，图9-43所示为当加工方式为"单向"且左右偏置时的加工轨迹。

④ 偏置距离：偏置的距离，即每次偏离一个数字的量。

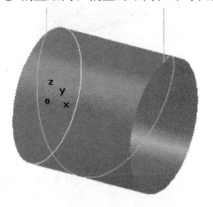

图9-40 "曲线上"图

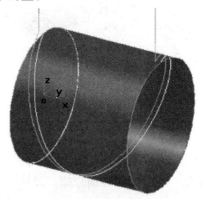

图9-41 "左偏"图

图9-42 "右偏"图

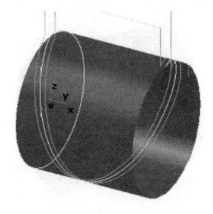

图9-43 "左右偏"图

⑤ 连接：当刀具轨迹进行左右偏置，而且用往复方式加工时，两加工轨迹之间的连接提供了两种方式——直线和圆弧。两种连接方式各有其用途，可根据加工的实际需要来选用，见图9-44。

⑥ 加工深度：从曲线当前所在的位置向下要加工的深度。

⑦ 进给量：为了达到给定的加工深度，需要在深度方向多次进刀时的每刀进给量。

⑧ 起止高度为30，安全高度为20，下刀相对高度为1，与"四轴平切面"加工的意思一样。

⑨ 刀次：当需要多刀加工时，在这里给定刀次。给定刀次后，总偏置距离 = 偏置距离

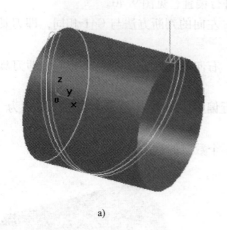 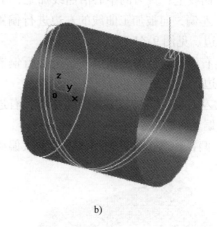

a)   b)

图 9-44   两种连接方式图

a) 直线连接   b) 圆弧连接

×刀次。图 9-45 所示为偏置距离为 1、刀次为 4 时的单向加工刀具轨迹。

3) 设置加工参数里的"接近返回"、"切削用量"、"刀具参数"，三项参数与三轴加工中的意思一样，不再详细介绍。刀具使用 R3 球头刀。具体设置如图 9-46、图 9-47、图 9-48所示。

图 9-45   "刀次"示例

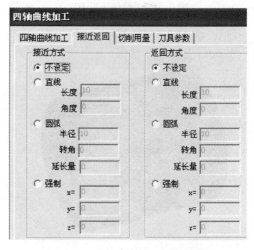

图 9-46   "接近返回"参数设定图

4) 参数都设置好后，单击"确定"按钮。

5) 当系统提示"拾取曲线"时，单击其中一条曲线。

6) 当系统提示"确定链搜索方向"时，单击其中的一个方向。

7) 当系统再次提示"拾取曲线"，单击右键跳过。

8) 当系统提示"选取加工侧边"时，单击向上的箭头（见图 9-49）。

9) 单击右键，即可完成此槽的加工，结果如图 9-50 所示。

10) 用同样方法完成其他三条曲线的加工，完成后的结果如图 9-51 所示。

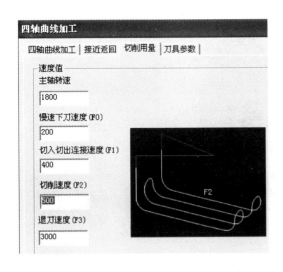

图 9-47 "切削用量"参数设定图

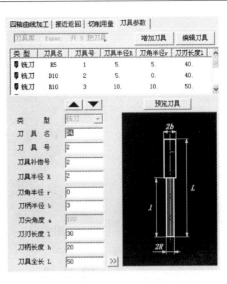

图 9-48 "刀具参数"参数设定图

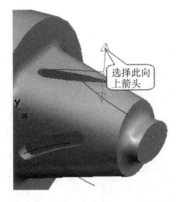

图 9-49 加工方向箭头选择图

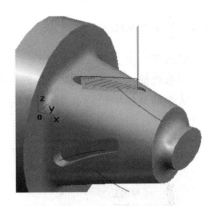

图 9-50 完成一槽加工结果图

提示：四个卡槽的加工只能用"四轴曲线加工"方法逐个完成，见图 9-52，不可以生成一个后，用阵列的方法完成。如用阵列的方法则出现如图 9-53 所示的情况，进退刀线都不平行于 Z 轴，则有可能进退刀时与零件发生干涉。

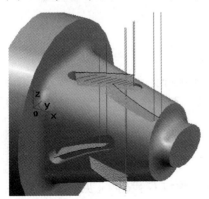

图 9-51 完成所有槽加工结果图

图 9-52 逐个完成结果图

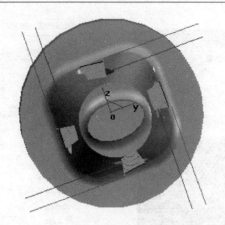

图 9-53　用阵列的方法完成结果图

项目三　四轴加工后置处理

一、加工轨迹的仿真

1）单击主菜单"加工"，单击"线框仿真"（见图 9-54）。

2）当系统提示"拾取刀具轨迹"时，在绘图区中依次单击需仿真的刀具轨迹。

3）从立即菜单中设置如图 9-55 所示的参数，单击右键即可出现如图 9-55 所示的仿真界面。

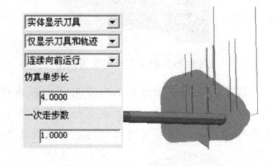

图 9-54　线框仿真　　　　　　　　　　　　　图 9-55　线框仿真轨迹

提示：四轴轨迹仿真只可以选择"线框仿真"方法进行仿真。"线框仿真"过程中如需停止只要按 ESC 键即可。图 9-55 所示的"仿真单步长"的数值越大则仿真的速度越快，数值越小则仿真的速度越慢。其他的参数选项右边的箭头均有其他选项，在此不再详述。

二、后置代码生成

1）单击主菜单"加工"，单击"后置处理 2"的"生成 G 代码"（见图 9-56）。

2）在弹出的"生成后置代码"栏中选择数控系统（本例为 fanuc_ 4axis_ A）。

3）给定生成代码的保存路径（见图 9-57）。

4）单击"确定"按钮。

5）当系统提示"拾取刀具轨迹"时，在绘图区中依次单击需仿真的刀具轨迹（本例拾取所有之前生成的轨迹）。

6）选完轨迹后单击右键，过后即可生成后置代码（见图9-58）。

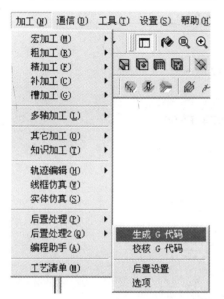

图9-56 代码生成菜单

图9-57 "生成后置代码"选择栏

提示：fanuc_ 4axis_ A：用于旋转轴为 X 轴的机床及编程方式。fanuc_ 4axis_ B：用于旋转轴为 Y 轴的机床及编程方式。

```
%
N100 G90 G55 G0 X45. Y13. A0. S3000 M03
(======Path Index: 1 ===============)
( path name: 1-四轴平切面加工   )
N102 T0 M6
N104 Z60.
N106 Y0. Z73. A-90.
N108 Z13.
N110 G1 Z8. F100
N112 Z7.999 A-90.486 F1000
N114 Z7.995 A-91.028
N116 Z7.994 A-91.712
N118 Z7.989 A-92.682
N120 Z7.978 A-93.687
    ... ...
(======Path Index: 2 ===============)
( path name: 2-四轴曲线加工   )
N7788 T2 M6
N7790 G90 G0 X29. Y-15.791
N7792 Z30.
N7794 Y-2.031 Z43.243 A-278.717
N7800 X27.171 Z14.896 A-276.474 F500
N7802 X25.362 Z14.837 A-274.
```

"四轴平切面加工"的代码

自动添加 A轴代码

图9-58 生成后置代码

```
N7804 X23.574 Z14.804 A-271.301
N7806 X21.807 Z14.806 A-268.389
N7808 X20.065 Z14.851 A-265.281
                    ……
(=======Path Index: 5 ===============)
( path name: 5-四轴曲线加工  )
N8910 T2 M6
N8912 G90 G0 X29. Y2.421
N8914 Z30.
N8916 Y0.028 Z30.004 A-8.717
N8918 Y0. Z15.975
N8920 G1 Z14.975 F200
N8922 X27.171 Z14.896 A-6.474 F500
N8924 X25.362 Z14.837 A-4.
N8926 X23.574 Z14.804 A-1.301
N8928 X21.807 Z14.806 A1.611
                    ……
N9276 X27.171 Z11.096 A-6.474
N9278 X29. Z11.175 A-8.717
N9280 Z12.175 F3000
N9282 Z30.
N9284 G0 A0.0
N9286 M30
%
```

自动添加A轴代码

“四轴曲线加工”的代码

代码结束

图 9-58　生成后置代码（续）

练习与拓展

1. 建立并加工图 9-59 所示的零件模型。

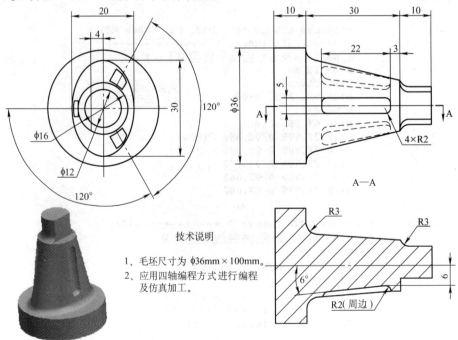

20
4
30
120°
ϕ16
ϕ12
120°
10
30
10
22
3
5
ϕ36
A
A
4×R2
A—A
R3
R3
6°
6
R2(周边)
技术说明
1、毛坯尺寸为 ϕ36mm × 100mm。
2、应用四轴编程方式进行编程及仿真加工。

图 9-59　工件一

2. 建立并加工图9-60所示的零件模型。

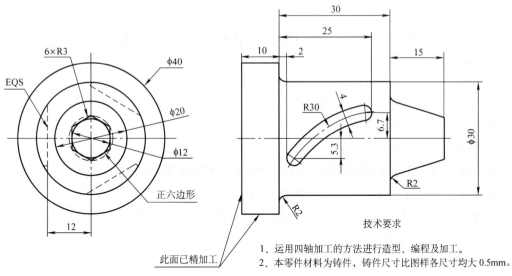

图9-60 工件二

模 块 总 结

本模块以第四轴为 A 轴的零件的设计和加工为例，介绍 CAXA 制造工程师 2008 在四轴（A 轴）产品设计和加工过程中所需要注意的事项，以及轨迹生成的方法、步骤和注意事项、后置处理的要求等。详细介绍了 CAXA 制造工程师 2008 在四轴（A 轴）设计的操作过程。第四轴为 B 轴的零件的设计和加工功能将在下一模块进行介绍。

模块十　空间凸轮的设计与加工

前面介绍了以 A 轴为旋转轴的零件的设计、加工和后置处理，但在工厂和学校的实际生产和教学中，常常都会用到以 B 轴为旋转轴的零件。所以本模块将详细介绍以 B 轴为旋转轴的零件的设计及加工。

本模块中的零件涉及特殊曲线的绘制，所以将会借助 CAXA 制造工程师的"零件设计"模块来介绍。如果有 CAXA 实体设计 2008 软件也可以直接使用。

本模块也会介绍 CAXA 制造工程师的"零件设计"模块（CAXA 实体设计 2008）与 CAXA 制造工程师之间的数据交流。加工部分中，由于很多参数的使用和意义跟前面所讲的一样，所以不再详细介绍。后置处理中，将详细介绍以 B 轴为旋转轴的后置处理的选择和代码产生的结果。

◎ 技能目标

- 掌握在 CAXA 制造工程师的"零件设计"模块里创建二维草图、实体和曲面的方法。
- 掌握 CAXA 制造工程师的"零件设计"模块与 CAXA 制造工程师数据交流的方法。
- 了解以 B 轴为旋转轴的四轴加工前的准备工作和加工中所用到的辅助线的提取和生成。
- 掌握"四轴平切面加工"和"四轴曲线加工"方法的运用。
- 掌握四轴轨迹仿真和以 B 轴为旋转轴的加工后置处理方法的运用。

项目一　凸轮设计

项目描述

从图 10-1 可以看出，空间凸轮由三部分组成。

1）φ120mm×92mm 圆柱体。

2）空间凸轮槽中间曲线。

3）凸轮槽实体（宽为 20mm，深为 15mm）。

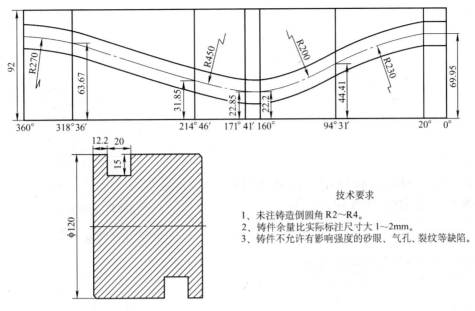

图 10-1　空间凸轮

操作步骤

一、新建文件

1）打开实体设计界面，选择"文件/新文件"，弹出如图 10-2 所示的对话框。

2）单击"设计"，然后单击"确定"按钮。

3）在弹出的"新的设计环境"对话框（见图 10-3）中单击"确定"按钮，即可创建一个新文件。

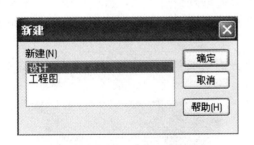

图 10-2　"新建"对话框

图 10-3　"新的设计环境"对话框

二、创建圆柱体

1）单击"设计元素库"，按住鼠标左键拖放出一个"圆柱体"。

2）双击"圆柱体"至"智能图素"状态。

提示： "智能图素"有六个红色操作手柄（软件中显示为红色）。

3）将光标移动至其中一个红色手柄上，单击右键，在弹出的对话框中单击"编辑包围盒"，如图10-4 所示。

4）在弹出的"编辑包围盒"对话框中输入 120 和 92，如图 10-5 所示。

提示：在圆柱的输入栏里也会出现"长度"和"宽度"两栏，但是只要填写其中一栏，另外一栏会自动改变。

5）单击"确定"按钮即可完成 φ120mm × 92mm 圆柱体的创建，如图 10-6 所示。

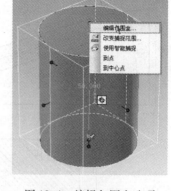

图 10-4　编辑包围盒选项

图 10-5　"编辑包围盒"对话框

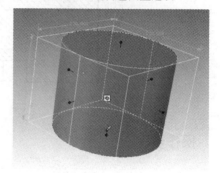

图 10-6　φ120mm×92mm 圆柱体

三、在圆柱体底部中心往前 70mm 的位置创建"二维草图"绘图面

1）单击"二维草图"按钮 ⬛，单击圆柱体底部的中心点，即生成"二维草图"绘图面，如图10-7 所示。

2）单击"三维球"按钮 ⬛，单击三维球 X 方向的外操作手柄，按住右键，向 – X 方向移动光标，松开右键，在弹出的对话框中"距离"栏里输入 70，单击"确定"按钮即可，如图 10-8 所示。

提示：在"三维球"的操作中，操作右键就会有选项弹出，左键则没有。也就是说，如果要给定指定的数据时，需要操作右键。

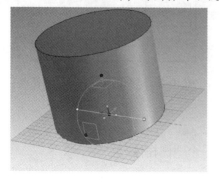

图 10-7　草图绘图面

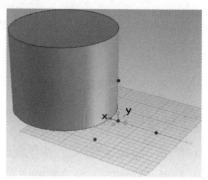

图 10-8　三维球操作

　　3）单击三维球 Y 方向的外操作手柄，将光标移至三维球圆圈内，按住右键，移动光标，松开右键，在弹出的对话框中"角度"栏里输入 90，单击"确定"按钮即可。

　　4）单击"完成造型"按钮，即可将"二维草图"绘图面定位，结果如图 10-9 所示。

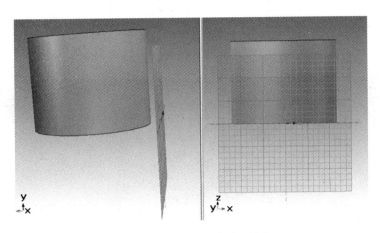

图 10-9　二维草图绘图面创建

四、绘制一条 376. 991mm 的水平直线和一条 92mm 的垂直直线，以之为基准线

　　1）单击"直线"按钮 ，在坐标原点的 X 轴位置做一条直线，长度任意，如图 10-10 所示。

　　2）取消"直线"命令。

　　提示：只要在原来命令的按钮上再单击一次即可取消。

　　3）在直线的一端单击右键，在弹出的选项中单击左键选择"编辑位置"，如图 10-11 所示。

　　4）在弹出的输入栏中输入"X = 0，Y = 376. 991/2"，单击"确定"按钮，即可完成该点的编辑，如图 10-12 所示。

　　提示：直线长度为 2R × π，即 2 × 60mm × π = 376. 991mm。输入栏中，软件会自动运算，不用输入运算后的结果。

　　5）用同样方法完成另一点位置的编辑，结果如图 10-13 所示。

　　6）用同样方法完成另一基准直线的绘制。结果如图 10-14 所示。

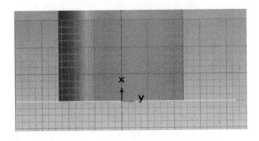

图 10-10　任意长度直线

图 10-11　编辑位置选项

图 10-12　位置坐标输入

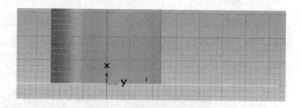

图 10-13　编辑一点位置

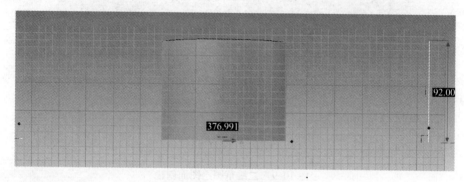

图 10-14　两基准直线

五、绘制等距线

1）单击水平直线，则其变成绿色。

2）单击"等距"按钮，在弹出的"等距"对话框中的"距离"栏里输入需要等距的距离，数据如图 10-15 所示。

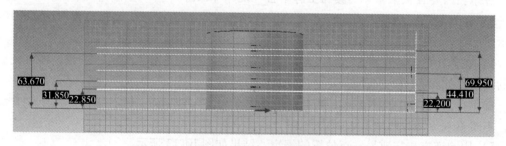

图 10-15　水平线等距

3）通过选择"□切换方向"来切换等距的方向，选择正确方向后，单击"确定"按钮，结果如图 10-15 所示。

提示：选择曲线的左右或上下偏移时，是通过"切换方向"这个选项来控制的。

4）用同样方法完成垂直线的等距，等距的距离和结果如图 10-16 所示。

六、绘制平面曲线

运用"圆弧"、"直线" 等按钮绘制如图 10-17 所示的曲线，具体的操作步骤类似于之前所讲解的内容，这里不再详述。

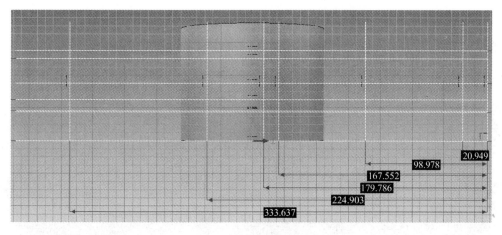

图 10-16 垂直线等距

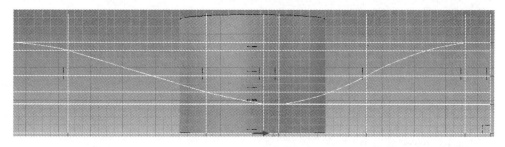

图 10-17 绘制曲线

七、裁剪和删除多余曲线

1）单击"裁剪曲线"按钮 ✖ 。

2）单击要裁剪或删除的曲线，即可裁剪或删除曲线。

提示：此命令非常智能，在有交线的情况下则自动为裁剪，无交线时则无删除，所以两种功能用一个命令即可完成。也可移动光标到要裁剪或删除的曲线，即可将其裁剪或删除，可省去多次单击鼠标的烦恼。

3）裁剪和删除完成后退出命令，结果如图 10-18 所示。

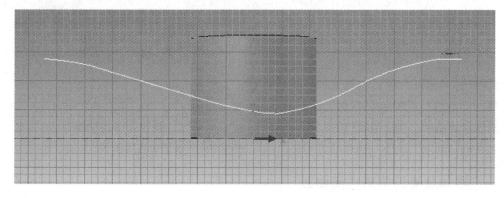

图 10-18 裁剪和删除曲线

4）单击"完成造型"按钮退出"二维草图"，结果如图 10-19 所示。

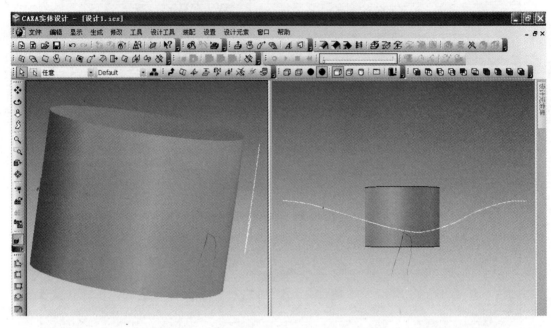

图 10-19 最终曲线

八、生成"3D 曲线"

1）在"二维草图"的曲线位置单击右键，则弹出如图 10-20 所示的菜单选项。

2）单击选中"3D 曲线"选项，即可将其生成 3D 曲线，结果如图 10-21 所示。

提示："3D 曲线"的命令不仅可以将草图中的线生成空间曲线，还可以将实体和曲面的边界线生成曲线。

九、生成包裹曲线

1）单击"包裹曲线"按钮，如图 10-22 所示。

2）在左边的设计树选项中，单击"选择要包裹的曲线"项，选择刚生成的曲线；单击"选择圆柱面来包裹"项，选择 φ120mm 的圆柱面；单击"拾取一点来定位在面上的起点"项，选择圆柱顶面边的一点，如图 10-23 所示。

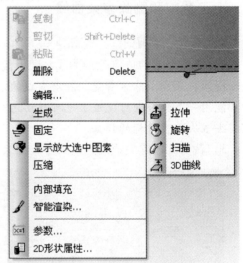

图 10-20 菜单选项

3）条件都给定完后，单击"应用并退出"按钮 ◎，结果如图 10-24 所示。

十、移动及拷贝包裹空间曲线

1）单击刚生成的包裹空间曲线。

图 10-21 最终曲线

图 10-22 包裹曲线

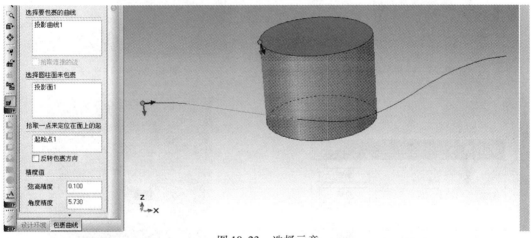

图 10-23 选择示意

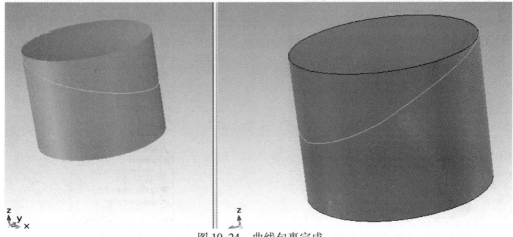

图 10-24 曲线包裹完成

2）单击"三维球"按钮 ，单击与圆柱体平行的一个外操作手柄（见图 10-25），按住右键移动鼠标，然后松开右键，则弹出一个菜单选项（见图 10-26）。单击选择"平移"，在弹出的输入栏中输入平移的距离"22.2"（见图 10-27），单击"确定"按钮后的结果如图 10-28 所示。

3）用同样方法拷贝两根一样的曲线。在图 10-26 所示的选项中选择"拷贝"，上、下各拷贝一条曲线，距离各为 10，结果如图 10-29 所示。

4）单击图 10-29 所示中间的曲线，然后单击右键，在弹出的选项中选择"压缩"（见图 10-30），即可将该曲线隐藏（方便以后的操作）。

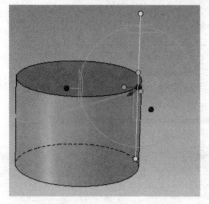

图 10-25　操作手柄选择

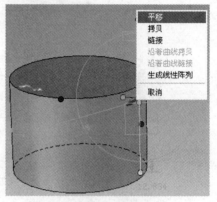

图 10-26　平移选项

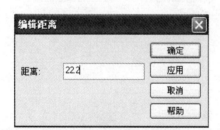

图 10-27　距离输入栏

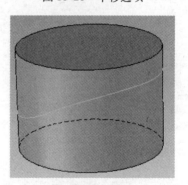

图 10-28　平移

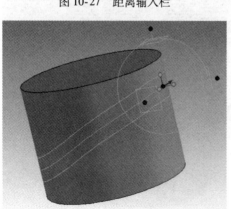

图 10-29　平移和拷贝完成

图 10-30　立即选项

十一、生成曲面

1）单击"直纹面"按钮 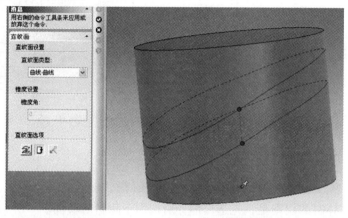，从设计树的"直纹面类型"选项中选择"曲线－曲线"。

2）在同一位置单击选择两根曲线，如图 10-31 所示。

3）单击"应用并退出"按钮 ，即可完成曲面造型，结果如图 10-32 所示。压缩直纹曲面的结果如图 10-33 所示。

图 10-31　直纹面操作

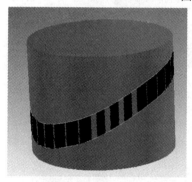

图 10-32　直纹曲面

图 10-33　压缩直纹曲面

十二、将曲面生成实体

1）单击曲面至"面状态"。

提示："面状态"是指只有一块面变为绿色时的状态。零件处于非装配时，一般只要对着一个面单击左键三下，被击中的面就处于面状态。

2）单击右键，在弹出的菜单选项中选择"曲面加厚"，如图 10-34 所示。

3）在弹出的"厚度"栏中输入"－15"（见图 10-35），结果如图 10-36 所示。

图 10-34　曲面加厚选项

提示： 当输入栏中输入的数为正数时，加厚的材料则往外。

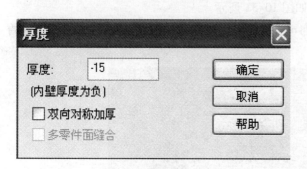

图 10-35　厚度输入栏

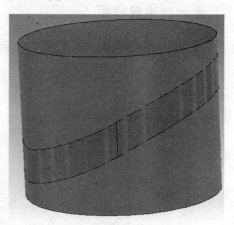

图 10-36　生成加厚实体

十三、布尔运算除料

1）在设计树中，先单击选择大圆柱体，按住 ctrl 键，然后单击选择加厚的实体。
说明：选择实体时的规则是，先选母体，后选用于除料的实体。

2）单击"布尔减"按钮 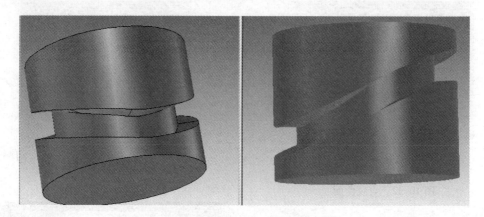，即可完成布尔运算除料操作，结果如图 10-37 所示。

图 10-37　布尔运算除料

项目二　数据交流

项目描述

将 CAXA 制造工程师的"零件设计"模块的数据转换到 CAXA 制造工程师中。
此数据转换有两种方法可以完成：

1）使用 CAXA 软件内部的交流接口。

2）使用通用的接口进行转换。

操作步骤

一、方法1

1）单击主菜单的"工具"，选择"加载应用程序"。在弹出的"加载应用程序"对话框中将"ExportSldToME"选项打勾（见图10-38），单击"确定"按钮退出。

2）在工具条设置上右键单击，在弹出的选项中选择"ExportSldToME TB 1"（见图10-39）。

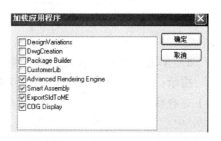

图10-38 "加载应用程序"对话框

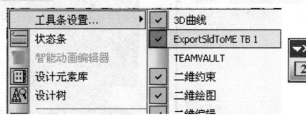

图10-39 工具条

3）单击圆柱实体。此时圆柱体处于零件状态。

4）然后单击"ExportSldToME"工具条上的"2"按钮。

5）当"2"按钮弹起来后，零件已输出保存到 CAXA 制造工程师的"零件设计"模块与 CAXA 制造工程师的数据交流的公共位置上。

6）打开 CAXA 制造工程师软件。

7）单击主菜单中的"文件"，选择"CAXA 实体设计数据"。稍等片刻，实体则读到 CAXA 制造工程师的绘图界面中。

二、方法2

1）单击圆柱实体。此时圆柱体处于零件状态。

2）单击主菜单的"文件"，选择"输出"，再选择"零件"。

3）"保存在"中给定文件保存的路径；"文件名"中给定保存文件的名称；"保存类型"中选择"Parasolid 11.0（*.x_t）"，见图10-40。

提示："保存类型"中如果选择的"Parasolid"版本太高，到了制造工程师中可能读不出来，所以推荐使用 11.0 的版本。

4）单击"保存"按钮，即可保存文件。

5）打开 CAXA 制造工程师软件。

6）单击主菜单中的"文件"，选择"打

图10-40 "输出文件"对话框

开",弹出"打开文件"对话框。

7）在"查找范围"中找到刚才保存的路径（如桌面）；"文件类型"中选择"Parasolid x_t 文件（*.x_t)";在"文件名"选项的上方单击选中刚才输出的文件,如图 10-41 所示。

8）单击"打开"按钮,即可将文件读入绘图区,如图 10-42 所示。

提示：上述两种方法中,方法 1 较为简单和快捷,数据转换最为齐全,建议读者使用方法 1 进行转换。

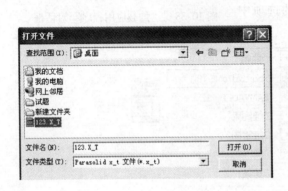

图 10-41　"打开文件"对话框

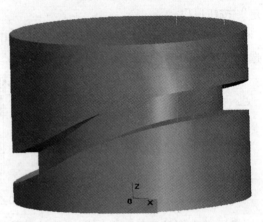

图 10-42　数据读入

项目三　四轴加工部分

项目描述

1）加工圆柱体表面。

2）加工空间凸轮槽。

操作步骤

一、加工圆柱体表面,运用"四轴平切面加工"方法加工

1. 加工前的准备

1）单击"相关线"按钮 ，单击圆柱体的上、下两个实体边,将其投影出来,结果如图 10-43 所示。

2）单击"直纹面"按钮 ，依次拾取刚投影出来的两条圆曲线,即可生成直纹曲面,结果如图 10-44 所示。

2. 轨迹生成

1）单击主菜单"加工",单击"多轴加工",单击打开"四轴平切面加工",参数设置如图 10-45 所示。

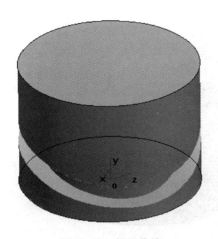

图 10-43　投影曲线

图 10-44　生成曲面

提示：此方法和模块九中的"四轴平切面加工"方法类似，只是模块九中的旋转轴为 X 轴，而本模块中为 Y 轴。其他参数可参照模块九及之前三轴加工方法中的参数进行设置。

2）其中"进退刀方式"和"切削用量"栏中，请参照以前所讲的设置方法。这里不再详述。

3）"刀具参数"栏中选择 R5 的球刀，参数设置如图 10-46 所示。

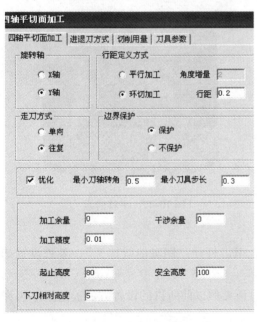

图 10-45　加工参数

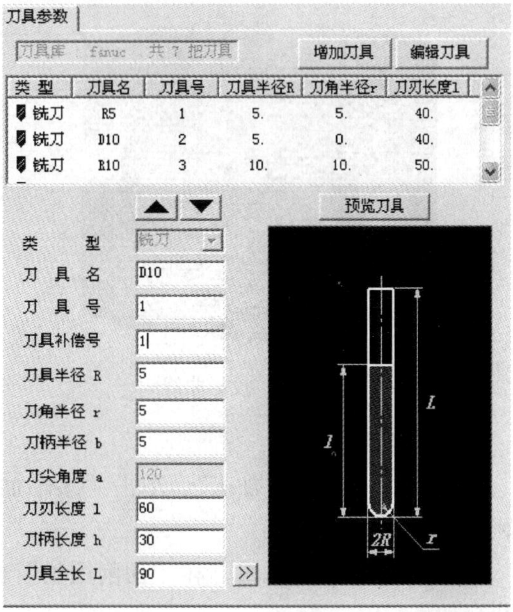

图 10-46　刀具参数

4）参数都设置好后，单击"确定"按钮。

5）当系统提示"拾取加工对象…"时，依次单击拾取刚生成的直纹曲面，单击右键。

6）当系统提示"拾取进刀点"时，单击圆柱最右端的一点。

7）当系统提示"选择加工侧"时，再选择向上的箭头。

8）当系统提示"选择走刀方向"时，单击往里的箭头。

9）当系统提示"选择需要改变加工侧的曲面"时，把每个方向往里的箭头都单击一下，使其往外，单击右键，即可完成轨迹的生成，结果如图 10-47 所示。

10）完成后将轨迹隐藏，以便后面轨迹的生成。

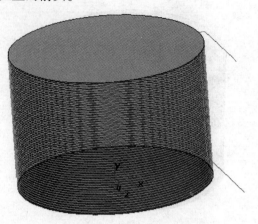

图 10-47　四轴平切面加工

二、加工空间凸轮槽，运用"四轴曲线加工"的方法

1. 加工前的准备

1）单击"相关线"按钮 ，单击空间凸轮槽的上边线投影出来，结果如图 10-48 所示。

2）单击"平移"按钮 ，将刚生成出来的曲线平移至空间凸轮槽的中间（即往下 10mm），结果如图 10-49 所示。

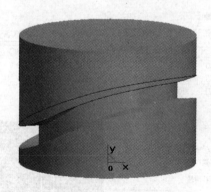

图 10-48　投影曲线

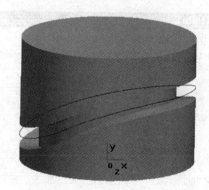

图 10-49　平移曲线

2. 轨迹生成

1）单击主菜单"加工"，单击"多轴加工"，单击打开"四轴曲线加工"，参数设置如图 10-50 所示。

2）其中"接近返回"和"切削用量"栏中，请参照以前所讲的设置方法。这里不再详述。

3）"刀具参数"栏中选择 φ16mm 平刀，参数设置如图 10-51 所示。

4）参数都设置好后，单击"确定"按钮。

5）当系统提示"拾取曲线"时，单击平移后的曲线。

6）当系统提示"确定链搜索方向"时，单击其中的一个方向。

7）当系统再次提示"拾取曲线"时，单击右键跳过。

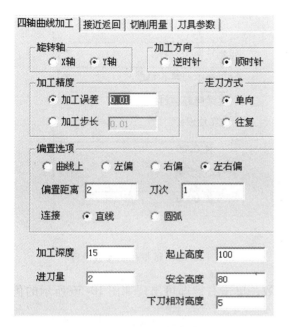

图 10-50　加工参数

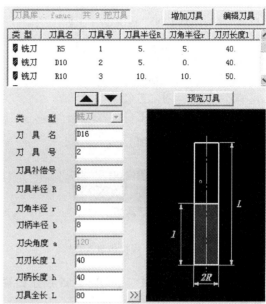

图 10-51　刀具参数

8）当系统提示"选取加工侧边"时，单击向外的箭头（见图 10-52）。

9）单击右键，即可完成此空间凸轮槽的加工，结果如图 10-53 所示。

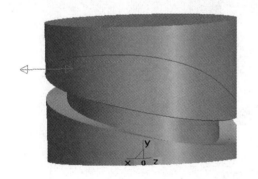

图 10-52　加工方向选择

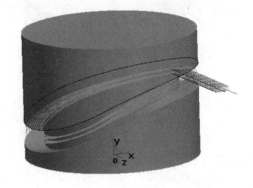

图 10-53　空间凸轮槽轨迹

项目四　四轴加工后置处理

一、加工轨迹的仿真

1）单击主菜单"加工"，单击"线框仿真"（见图 10-54）。

2）当系统提示"拾取刀具轨迹"时，在绘图区中依次单击需仿真的刀具轨迹。

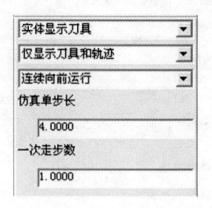

图 10-54　线框仿真菜单　　　　　　　　　图 10-55　线框仿真参数设置

3）在立即菜单中，按图 10-55 所示设置参数，单击右键即可出现如图 10-56 所示的仿真界面。

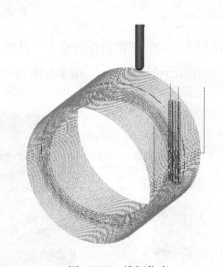

图 10-56　线框仿真

二、后置代码生成

1）单击主菜单"加工"，单击"后置处理 2"（见图 10-57）。

2）在弹出的"生成后置代码"栏中选择数控系统（本例为 fanuc _ 4axis _ B）。

3）给定生成代码的保存路径（见图 10-58）。

4）单击"确定"按钮。

5）当系统提示"**拾取刀具轨迹**"时，在绘图区中依次单击需仿真的刀具轨迹（本例拾取所有之前生成的轨迹）。

6）选完轨迹后单击右键，过后即可生成后置代码（见图 10-59）。

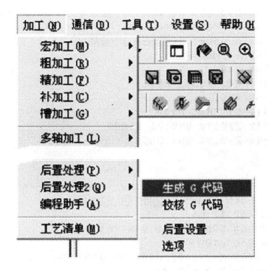

图 10-57　代码生成

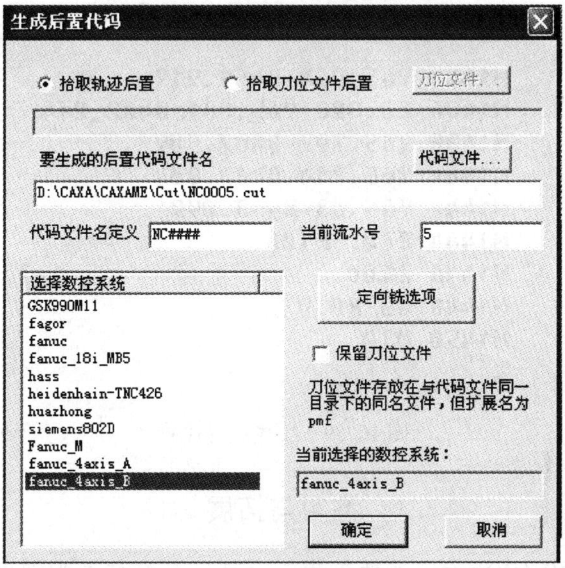

图 10-58　生成后置代码

```
%
N100 G90 G55 G0 X85. Y112. B0. S3000 M03
(======Path Index: 1 ===============)
( path name: 1-四轴平切面加工   )
N102 T1 M6
N104 Z80.
N106 X0. Z165. B90.
N108 Z85.
N110 G1 Z80. F100
N112 Z79.99 B89.76 F1000
N114 Z79.94 B88.345

      … …

(======Path Index: 2 ===============)
( path name: 2-四轴曲线加工   )
N5862 T2 M6
N5864 G90 G0 X80.938 Y61.716
N5866 Z100.
N5868 X-22.402 Z196.28 B103.099
N5870 X-0.429 Z83.
N5872 G1 Z78. F100
N5874 Y61.54 Z77.999 B103.675 F1000
N5876 Y61.363 Z78. B104.252
N5878 Y61.186 B104.829
N5880 Y61.009 B105.406

      … …

N1434 Y65.964 B461.919
N1436 X0.398 Y65.881 B462.214
N1438 Y65.797 B462.509
N1440 Y65.714 B462.804
N1442 Y65.63 B463.099
N1444 Z70. F100
N1446 Z100.
N1448 G0 B0.0
N1450 M30
%
```

图 10-59   生成后置代码

练习与拓展

1. 建立并加工图 10-60 所示的零件模型，也可以直接打开光盘中的"多轴.mxe"，利用四轴加工功能加工该模型。

2. 打开光盘中的"叶轮.mxe"，利用五轴加工功能加工图 10-61 所示的模型。提示：目前 CAXA 制造工程师 2008 只能加工底面为旋转面、叶片左右面为直纹面的叶轮。

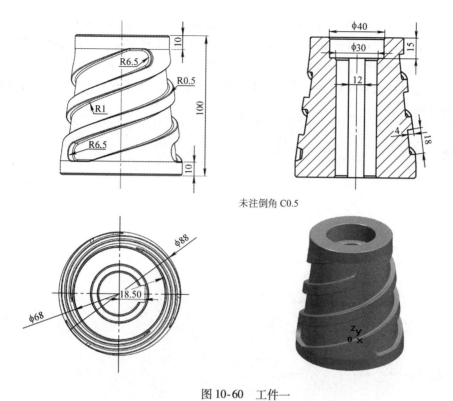

未注倒角 C0.5

图 10-60 工件一

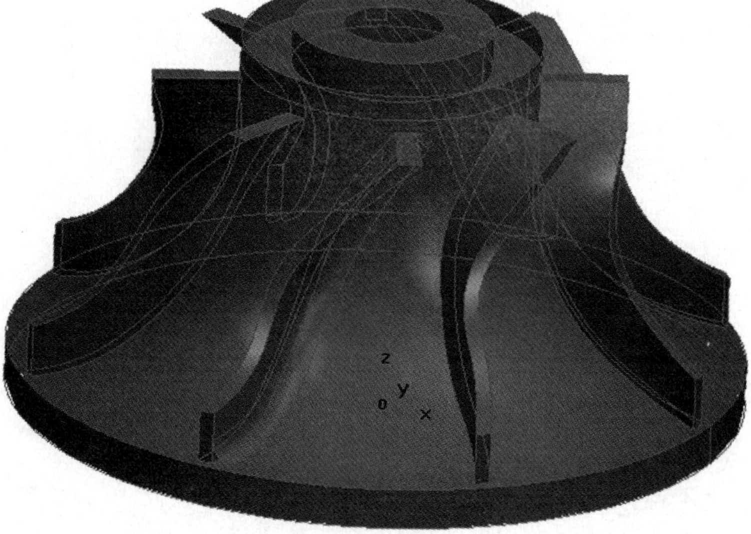

图 10-61 工件二

模 块 总 结

　　本模块以第四轴为 B 轴的空间凸轮的设计和加工为例，介绍 CAXA 制造工程师 2008 在空间凸轮设计和加工过程中所需要注意的事项，以及轨迹生成的方法、步骤及注意事项、后置处理的要求等。详细介绍了 CAXA 制造工程师 2008 "零件设计" 模块在空间凸轮设计中的操作过程。通过模块九和模块十的学习，应掌握用 CAXA 制造工程师 2008 进行四轴零件设计和加工的方法。

模块十一　后置处理与工艺清单

通过前面的学习和课后习题的练习，大家对 CAXA 制造工程师 2008 的产品设计和加工已经有了深刻的理解。如何将系统生成的刀具轨迹转化成机床能够识别的 G 代码，使生成的 G 指令可以直接输入数控机床用于加工，同时能让操作人员看懂自己的程序单呢？此时刀具路径的后置处理和加工所需的工艺清单显得尤为重要。本模块将结合实际生产中不同系统的数控机床，介绍如何创建刀具路径的后置处理，并利用系统提供的工艺清单模板生成相应的工艺清单。此外，软件本身提供了通信功能，在此一并介绍。

◎ 技能目标

- 掌握创建后置处理必备的知识。
- 编写对应系统的程序格式。
- 了解创建 G 代码的过程。
- 能够利用系统内置的后置处理 2 生成 G 代码。
- 掌握创建工艺清单的方法。
- 掌握通信功能的使用方法。

项目一　后置处理 1

项目描述

后置处理就是结合特定的机床把系统生成的刀具轨迹转化成机床能够识别的 G 代码，生成的 G 指令可以直接输入数控机床用于加工。考虑到生成程序的通用性，CAXA 制造工程师软件针对不同的机床，可以设置不同的机床参数和特定的数控代码程序格式，同时还可以对生成的机床代码的正确性进行校验。后置处理分成三部分，分别是后置设置、生成 G 代码和校核 G 代码。

操作步骤

一、机床信息

机床信息提供了不同机床的参数设置和速度设置，针对不同的机床、不同的数控系统，设置特定的数控代码、数控程序格式及参数，并生成配置文件。生成数控程序时，系统根据该配置文件的定义生成用户所需要的特定代码格式的加工指令。机床配置给用户提供了一种灵活、方便的设置系统配置的方法。对不同的机床进行适当的配置，具有重要的实际意义，通过设置系统配置参数，后置处理所生成的数控程序可以直接输入数控机床或加工中心进行加工，而无需进行修改。"机床信息"选项卡共分为四个部分，分别是机床选定、机床参数设置、程序格式设置和机床速度设置，如图 11-1 所示。

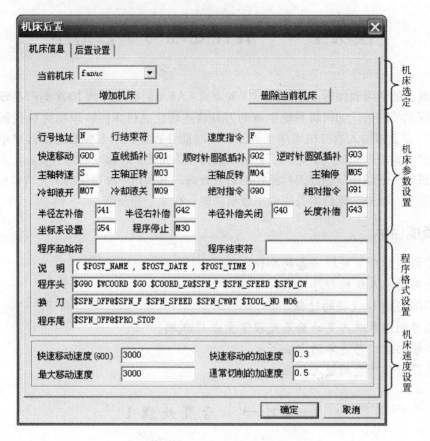

图 11-1　机床信息

二、机床选定

选择合适的机床，并且对当前机床进行操作。

（1）当前机床　系统提供五种机床以供选择，分别是 802S、FANUC、DECKEL、SIMENS 和 test。

（2）增加机床　针对不同的机床和不同的数控系统，设置特定的数控代码、数控程序格式及参数，并生成配置文件。生成数控程序时，系统根据该配置文件的定义生成用户所需要的特定代码格式的加工指令。单击"增加机床"，可以输入新的机床名称，进行信息配置。

（3）删除当前机床　删除当前设置机床。

三、机床参数设置

在"机床名"一栏输入新的机床名或选择一个已存在的机床进行修改，从而对机床的各种指令进行设置。

1. 行号地址 < Nxxxx >

一个完整的数控程序由许多的程序段组成，每一个程序段前有一个程序段号，即行号地址。系统可以根据行号识别程序段。如果程序过长，还可以通过调用行号很方便地把光标移到所需的程序段。行号可以从 1 开始，连续递增，如 N0001、N0002、N0003 等；也可以间隔递增，如 N0001、N0005、N0010 等。建议采用后一种方式。因为间隔行号比较灵活方便，可以随时插入程序段，对原程序进行修改，而无需改变后续行号。如果采用前一种连续递增的方式，每修改一次程序，插入一个程序段，都必须对后续的所有程序段的行号进行修改，很不方便。

2. 行结束符 < ; >

在数控程序中，一行数控代码就是一个程序段，数控程序一般以特定的符号，而不是以回车键作为程序段结束的标志，它是一个程序段不可缺少的组成部分。FANUC 系统以分号";"作为程序段结束符。一般数控系统不同，程序段结束符也不同，如有的系统结束符是"＊"，有的是"#"等。一个完整的程序段应包括行号、数控代码和程序段结束符，如：

$$N10 \quad G90 \quad G54 \quad G00 \quad Z30;$$

3. 速度指令 < Fxxx >

F 指令表示进给速度。如 F100 表示进给速度为 100mm/min。在数控程序中，数值一般都直接放在控制代码后，数控系统根据控制代码就能识别其后的数值意义，而不是像数学中以等号（＝）的方式给控制代码赋值。控制代码之间可以用空格符把代码隔开，也可以不用。

4. 快速移动 < G00 >

在数控中，G00 是快速移动指令，快速移动的速度由系统控制参数控制。用户不能通过给指令赋值改变移动速度，但可以用控制面板上的倍速/衰减控制开关控制快速移动速度，也可以直接修改系统参数。

5. 插补方式控制

一般地，插补就是把空间曲线分解为 X、Y、Z 方向的很小的曲线段，然后以微元化的直线段去逼近空间曲线。数控系统都提供直线插补和圆弧插补，其中圆弧插补又可分为顺圆插补和逆圆插补。

插补指令都是模代码。所谓模代码就是只要指定一次功能代码格式，以后就不用指定，系统会以前面最近的功能模式确认本程序段的功能。除非重新指定同类型功能代码，否则以后的程序段仍然可以默认该功能代码。

1）直线插补 < G01 >：以直线段的方式逼近该点，只需给出终点坐标即可，如 G01 X100 Y100 表示刀具将以直线的方式从当前点到达点（100，100）。

2）顺圆插补 < G02 >：以半径一定的圆弧的方式按顺时针方向逼近该点。要求给出终点坐标、圆弧半径以及圆心坐标。

3）逆圆插补 < G03 >：以半径一定的圆弧的方式按逆时针方向逼近该点。要求给出终点坐标、圆弧半径以及圆心坐标。

6. 主轴控制指令

主轴控制包括主轴的起停、主轴转向、主轴转速。

1）主轴转速 < S >：采用伺服系统无级控制的方式控制机床主轴转速，是数控系统优越于普通机床的优点之一。S 指令表示主轴转速，如 S800 表示主轴的转速为 800r/min。

2）主轴正转 < M03 >：主轴以顺时针方向起动。

3）主轴反转＜M04＞：主轴以逆时针方向起动。

4）主轴停＜M05＞：系统接收到 M05 指令后立即以最快的速度停止主轴转动。

7. 冷却液[○]开关控制指令

1）冷却液开＜M07＞：打开冷却液阀门开关，开始开放冷却液。

2）冷却液关＜G09＞：关掉冷却液阀门开关，停止开放冷却液。

8. 坐标设定

用户可以根据需要设置坐标系，系统根据用户设置的参照系确定坐标值是绝对的还是相对的。

1）坐标系设置＜G54＞：G54 是程序坐标系设置指令。一般地，以零件原点作为程序的坐标原点。程序零点坐标存储在机床的控制参数区，程序中不设置此坐标系，而是通过 G54 指令调用。

2）绝对指令＜G90＞：把系统设置为绝对编程模式。以绝对模式编程的指令，坐标值都以 G54 所确定的工件零点为参考点。绝对指令 G90 也是模代码，除非被同类型代码 G91 所代替，否则系统一直默认。

3）相对指令＜G91＞：把系统设置为相对编程模式。以相对模式编程的指令，坐标值都以该点的前一点为参考点，指令值以相对递增的方式编程。同样 G91 也是模代码指令。

9. 刀具补偿

刀具补偿包括刀具半径补偿和刀具长度补偿，其中半径补偿又分为左补偿和右补偿及补偿关闭。有了刀具半径补偿后，编程时可以不考虑刀具的半径，直接根据曲线轮廓编程。如果没有刀具半径补偿，编程时必须沿曲线轮廓让出一个刀具半径的刀位偏移量。

1）半径左补偿＜G41＞：指刀具轨迹以刀具进给的方向为正方向，沿轮廓线左边让出一个刀具半径的偏移量。

2）半径右补偿＜G42＞：指刀具轨迹以刀具进给的方向为正方向，沿轮廓线右边让出一个刀具半径的偏移量。

3）半径补偿关闭＜G40＞：刀具半径补偿的关闭是通过代码 G40 来实现的。左右补偿指令代码都是模代码，所以也可以通过开启一个补偿指令代码来关闭另一个补偿指令代码。

4）长度补偿＜G43＞：一般地，主轴方向的机床原点在主轴头底端，而加工中主轴方向的零点在刀尖处，所以必须在主轴方向上给机床一个刀具长度的补偿。

10. 程序停止＜M30＞

M30 用于结束整个程序的运行，所有的 G 代码和与程序有关的一些机床运行开关，如冷却液开关、主轴开关、机械手开关等都将关闭，处于原始禁止状态。机床处于当前位置，如果要使机床停在机床零点位置，则必须用机床回零指令 G28 使之回零。

四、程序格式设置

程序格式设置就是对 G 代码各程序段格式进行设置。可以对以下程序段进行格式设置：程序起始符号、程序结束符号、说明、程序头、换刀、程序尾。

CAXA 制造工程师是通过宏指令的方式进行设置的。

○ 软件中为冷却液，即切削液。

1. 设置方式

设置方式为字符串或宏指令@字符串或宏指令，其中宏指令为 $ + 宏指令串，系统提供的宏指令串见表 11-1。

@ 为换行标志，若是字符串则输出它本身。$ 表示输出空格。

表 11-1 宏指令串

当前后置文件名 POST_NAME	XZ 平面定义 G18
当前日期 POST_DATE	YZ 平面定义 G19
当前时间 POST_TIME	绝对指令 G90
系统规定的刀具号 TOOL_NO	相对指令 G91
主轴速度 SPN_SPEED	刀具半径补偿取消 DCMP_OFF（G40）
当前 X 坐标值 COORD_X	刀具半径左补偿 DCMP_LFT（G41）
当前 Y 坐标值 COORD_Y	刀具半径右补偿 DCMP_RGH（G42）
当前 Z 坐标值 COORD_Z	刀具长度正补偿 LCMP_LEN（G43）
当前程序号 POST_CODE	刀具长度负补偿 LCMP_SHT（G44）
当前刀具信息 TOOL_MSG	刀具长度补偿取消 LCMP_OFF（G49）
当前加工参数信息 PARA_MSG	坐标设置 WCOORD（G92、G54—G59）
行号指令 LINE_NO_ADD	主轴正转 SPN_CW（M03）
行结束符 BLOCK_END	主轴反转 SPN_CCW（M04）
速度指令 FEED	主轴停 SPN_OFF（M05）
快速移动 G00	主轴转速 SPN_F（S）
直线插补 G01	冷却液开 COOL_ON（M07、M08）
顺圆插补 G02	冷却液关 COOL_OFF（M09）
逆圆插补 G03	程序停止 PRO_STOP（M30）
XY 平面定义 G17	

2. 说明

说明部分是对程序的名称、与此程序对应的零件名称编号、编制日期和时间等有关信息的记录。说明部分是为了管理需要而设置的。有了这个功能项目，用户可以很方便地进行管理。比如，要加工某个零件时，只需要从管理程序中找到对应的程序编号即可，而不需要从复杂的程序中去一个一个地寻找需要的程序。

（N126—60231，$POST__NAME，$POST__DATE，$POST__TIME），在生成的后置程序中的说明部分输出如下内容：

（N126—60231，O1261，2009，9，2，15：30：30.52）

3. 程序头

针对特定的数控机床来说，其数控程序的开头部分都是相对固定的，包括一些机床信息，如机床回零、工件零点设置、主轴起动以及冷却液开启等。

例如，由于快速移动指令内容为 G00，那么 $G 的输出结果为 G00。同样，$COOL__ON 的输出结果为 M07，$PROSTOP 的输出结果为 M30，依此类推。

又如，$G90$WCOORD$G0$COOD__Z@G43H01@$SP__F$SPN__SPEED$SPN__CW 在后置文件中的输出内容为

G90G54G00Z30

G43H0

S500M03

4. 换刀

换刀指令提示系统换刀，换刀指令可以由用户根据机床设定，换刀后系统要提取一些有关刀具的信息，以便在必要时进行刀具补偿。

按照 FANUC 系统程序格式进行设置，后置处理所生成的数控程序如下：

% 程序起始符号

（1. CUT2009.6.26，9：15：36.15）说明

N10G90G54G00Z30.000；　　　程序头

N11 T01；

N12G43H0；

N14M03S100；

N16X－42.6Y－1.100；　　　程序

N18Z20.00；

N20G0Z－2.00F10；

N22X－20.400Y 14.500F10；

N24Z20.000F10；

N26G00Z30.000；

N28M05；

N30T02；　　　　　　　　　　换刀

N3G43H0；

N32M03S100；

N33G00X－6.129Y－3.27；程序

N44G49M05 ；　　　程序尾

N46G28Z0.0；　　　机床回零

N4 8X0.0Y0.0；

N46M30

%　　　　　　程序结束符

五、后置设置

后置设置就是针对特定的机床，结合已经设置好的机床配置，对后置输出的数控程序的格式，如程序段行号、程序大小、数据格式、编程方式、圆弧控制方式等进行设置。后置设置参数如图 11-2 所示。

（1）机床名　数控程序必须针对特定的数控机床、特定的配置才具有加工的实际意义，所以后置设置必须先调用机床配置。

（2）文件长度控制　输出文件长度可以对数控程序的大小进行控制，文件大小控制以 KB 为单位。当输出的代码文件长度大于规定长度时系统自动分割文件。例如，当输出 G 代码文件的长度超过规定的长度时，就会自动分割为 post0001.t、post0002.t、post0003.t 等。这主要是考虑到有些数控机床的内存容量较小而设置的。

提示：现在的加工中心大多数是 DNC 模式，建议将该值设置得大一点，最好能输出完整的加工文件，无需分割。

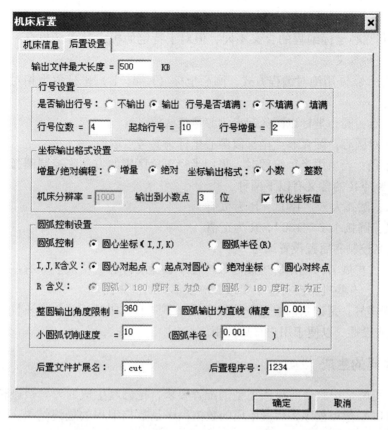

图 11-2　后置设置

（3）行号设置　程序段行号设置包括行号的位数、行号是否输出、行号是否填满、起始行号以及行号递增数值等。

1）行号位数：指输出行号时按几位数输出。

2）是否输出行号：选中行号输出则在数控程序中的每一个程序段前面输出行号，反之则不输出。

3）行号是否填满：指行号不能满足规定的行号位数时是否用"0"填充。行号填满就是在不能满足所要求的行号位数的前面补"0"，如 N0028；反之则是 N28。

4）行号递增数值：程序段行号之间的间隔。如 N0020 与 N0025 之间的间隔为 5，建议选取比较适中的递增数值，这样有利于程序的管理。

（4）编程方式设置　编程方式有绝对编程 G90 和相对编程 G91 两种方式。

（5）坐标输出格式设置

1）坐标输出：决定数控程序中数值的格式是小数还是整数。

2）机床分辨率：是机床的加工精度，如果机床精度为 0.001mm，则分辨率应设置为1000，以此类推。

3）输出小数位数：同样可以控制加工精度，但不能超过机床精度，否则是没有实际意义的。

（6）圆弧控制设置　主要设置控制圆弧的编程方式，即是采用圆心编程方式还是采用半径编程方式。

1）圆心坐标：按圆心坐标编程时，圆心坐标的各种含义是针对不同的数控机床而言。不同机床之间其圆心坐标编程的含义不同，但对于特定的机床其含义只有一种。圆心坐标（I，J，K）有三种含义。

2）绝对坐标：采用绝对编程方式，圆心坐标（I，J，K）坐标值为相对于工件零点的绝对值。

3）相对起点：圆心坐标以圆弧起点为参考点取值。

4）起点相对圆心：圆弧起点坐标以圆心坐标为参考点取值。

5）圆弧半径：当采用半径编程时，采用半径正负区别的方法来控制圆弧是劣圆弧还是优圆弧。圆弧半径 R 的含义有以下两种。

① 优圆弧：圆弧大于"180"，R 为负值。

② 劣圆弧：圆弧小于"180"，R 为正值。

（7）扩展名控制和后置设置编号

1）后置文件扩展名：控制所生成的数控程序磁盘文件名的扩展名。有些机床对数控程序要求有扩展名，有些机床没有这个要求，应视不同的机床而定。

2）后置程序号：是记录后置设置的程序号，不同的机床其后置设置不同，所以采用程序号来记录这些设置，以便于用户日后使用。

六、G 代码的生成

生成 G 代码就是按照当前机床类型的配置要求，把已经生成的刀具轨迹转化成 G 代码数据文件，即 CNC 数控程序，后置生成的数控程序是数控编程的最终结果，有了数控程序就可以直接输入机床进行数加工。

在对机床进行了配置，并对后置格式进行了设置后，就很容易生成加工轨迹的后置 G 代码。操作步骤如下：

1）选择"加工/后置处理/生成 G 代码"，弹出对话框如图 11-3 所示。

2）选择要生成 G 代码的刀具轨迹，可以连续选择多条刀具轨迹，单击"确定"按钮。

3）系统给出 *.cut 格式的 G 代码文本文档，文件保存成功。

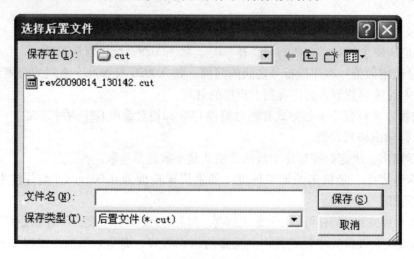

图 11-3　保存代码

项目二 后置处理 2

项目描述

后置处理 2 就是结合目前常见的数控系统，内置了相应的后置处理文件，操作者可以直接使用该文件，把系统生成的刀具轨迹转化成机床能够识别的 G 代码，直接输入数控机床用于加工。当然也可以依据数控系统的特定要求，修改部分后置处理参数。

一、生成 G 代码

生成 G 代码就是按照当前机床类型的配置要求，把已经生成的刀具轨迹转化生成 G 代码数据文件，即 CNC 数控程序，后置生成的数控程序是三维造型的最终结果，有了数控程序就可以直接输入机床进行数控加工。

生成了 G 代码，可以利用校核 G 代码功能来检验生成的 G 代码是否正确。

1）进入该功能，设置好相应的参数，如要生成的数控代码名称、生成的代码类型，单击"确定"按钮。

2）提示拾取轨迹，拾取完要后置的轨迹后，单击右键结束拾取过程，就会自动生成后置代码。生成的后置代码会自动打开，默认是使用记事本打开。

3）也可以先拾取轨迹，再进入该命令，然后还可以继续拾取轨迹。

打开"生成后置代码"对话框如图 11-4 所示，具体设置如下：

① 拾取轨迹后置：拾取 CAM 中的轨迹直接生成机床代码。

② 拾取刀位文件后置：从以前保存的刀位文件后置生成机床代码。

③ 要生成的后置代码文件名：用户要生成的代码保存文件夹及名字。

④ 代码文件名定义：可以定义代码文件名的组成方式，其中符号#表示占位符，为一个数字，其他按原输入字符生成。

⑤ 当前流水号：指构成代码文件名的数字序号，会自动增加。

⑥ 选择数控系统：指当前系统包含的数控系统类型的列表，可以生成这些种类的机床代码。

⑦ 保留刀位文件：选择该选项，在生成代码后，会在代码所在的目录生成一个名称相同但扩展名为 pmf 的文件，即刀位文件。此文件还可以再次生成其他类型的数控代码。

⑧ 当前选择的数控系统：表示当前要生成机床代码的数控类型，要改变当前的数控系统类型，需要在左边的列表中选择。

二、校核 G 代码

校核 G 代码就是把生成的 G 代码文件反读进来，生成刀具轨迹，以检查生成的 G 代码的正确性。如果反读的刀位文件中包含圆弧插补，需用户指定相应的圆弧插补格式，否则可能得到错误的结果。若后置文件中的坐标输出格式为整数，且机床分辨率不为 1 时，反读的结果是不对的，即系统不能读取坐标格式为整数且分辨率不为 1 的情况。

校核 G 代码对话框如图 11-5 所示。

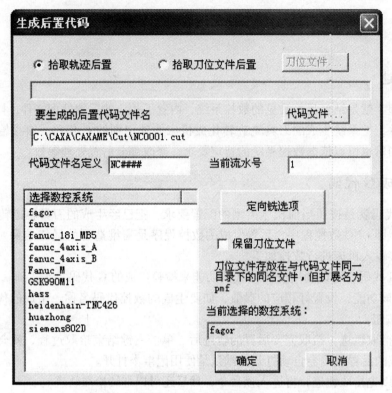

图 11-4　生成后置代码

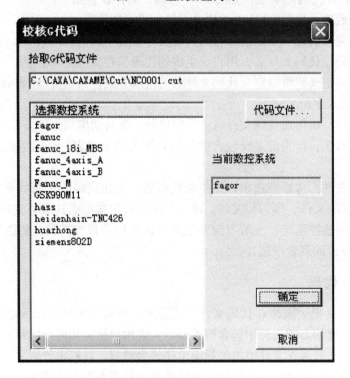

图 11-5　校核 G 代码

1）拾取 G 代码文件：指的是要校核的 G 代码的文件名及路径。

2）选择数控系统：此列表列出了系统支持的数控系统类型，选择要反读的代码的数控类型，在右侧"当前数控系统"上会显示出来。

刀位校核只用来对 G 代码的正确性进行检验，由于精度等方面的原因，用户应避免将反读出的刀位重新输出，因为系统无法保证其精度。

校对刀具轨迹时，如果存在圆弧插补，则系统要求选择圆心的坐标编程方式，其含义前面已经讲过。这个选项针对采用圆心（I，J，K）编程方式。用户应正确选择对应的形式，否则会导致错误。

三、后置设置

后置设置列出了当前系统中所有数控系统的类型，如图 11-6 所示。

图 11-6　后置文件选择

可以选中其中一个类型或双击任意一个，来打开"编辑"对话框，对该类型进行编辑，以生成适合自己机床类型的后置配置文件，如图 11-7 所示。关于"编辑"对话框的详细说明，请参考专门的说明文档。

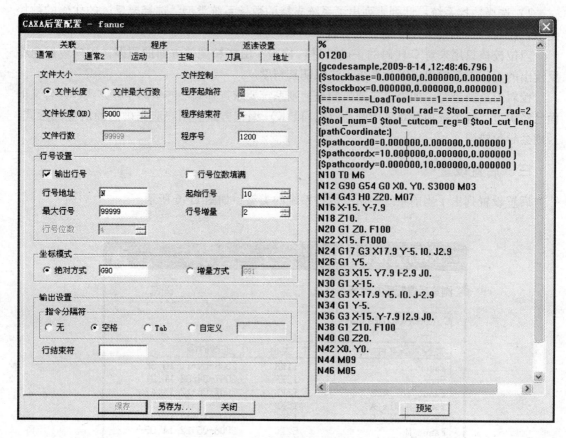

图 11-7　后置配置文件

四、选项

"选项"对话框中设置了用来打开生成的后置代码的程序及一些优化选项，如图 11-8 所示。

1）选择自动打开 G 代码文件的程序：此选项指的是当后置完成，生成了机床代码后，使用什么程序打开代码。默认的是 Windows 系统记事本程序。用户可以更改成自己喜欢的程序。

2）优化轨迹处理：优化轨迹处理是一个开关选项。当选择此选项后，会在进行后置处理时，把轨迹中的小直线段或小段的圆弧优化成长的直线段或圆弧段。通过后面设置的优化精度等选项可控制误差。

3）优化精度：判断优化拟合成直线或圆弧的误差数值。

4）最小直线精度：指的是最短直线段长度，小于此值的直线段就被优化掉了。

5）最大圆弧半径：所支持的最大圆弧半径，超过此值的都直接用直线代替。

6）最小圆弧半径：所支持的最小圆弧半径，小于此值的圆弧会被优化掉。

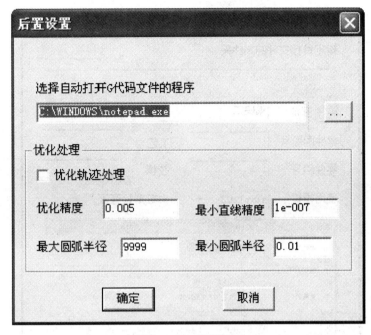

图 11-8　后置设置

项目三　工 艺 清 单

项目描述

工艺清单就是把系统生成的刀具轨迹转化成机床能够识别的 G 代码后，用于指导操作者操作数控机床进行加工的工艺性指导文件。清单将描述零件的常见信息、加工参数、所需刀具规格、加工轨迹等内容，使操作者一目了然。

操作步骤

根据制定好的模板，可以输出多种风格的工艺清单，模板可以自行设计制定。系统提供了 8 个模板供用户选择。工艺清单对话框如图 11-9 所示。

sample01：关键字表格，提供了几乎所有生成加工轨迹相关参数的关键字，包括明细表参数、模型、机床、刀具起始点、毛坯、加工策略参数、刀具、加工轨迹、NC 数据等。

sample02：NC 数据检查表，与关键字表格相似，只是少了关键字说明。

sample03 ~ sample08：系统缺省的用户模板区，用户可以自行制定自己的模板。

（1）生成清单　注意导航区中有选中的轨迹（√），如图 11-10 所示，单击生成清单按钮后，系统会自动计算，生成工艺清单。

（2）拾取轨迹　单击拾取轨迹按钮后可以从工作区或导航区选取相关的若干条加工轨迹，拾取后单击右键确认会重新弹出工艺清单的主对话框。

提示：此处单击"确定"按钮，将自动退出，系统记录此次操作。要想生成清单需单击生成清单，如果勾选 ☑ 生成清单后用浏览器显示 ，系统会弹出图 11-11 所示的结果。

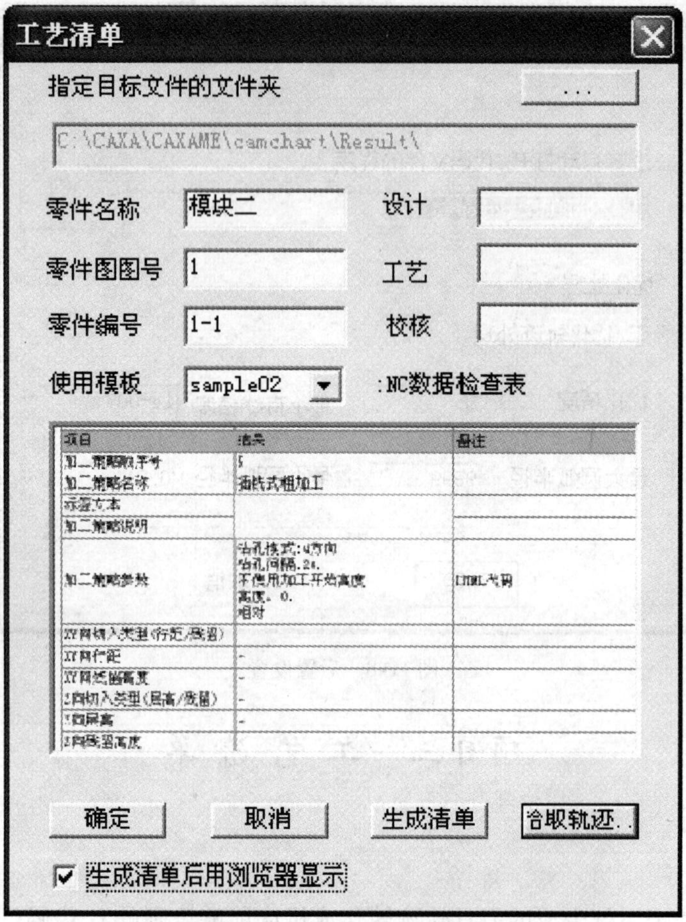

图 11-9 "工艺清单"对话框

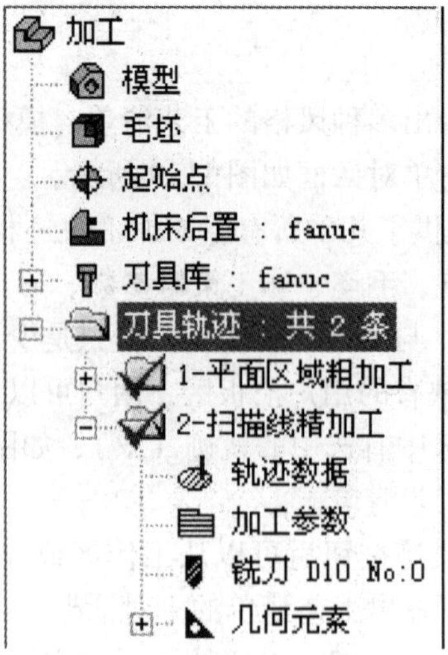

工艺清单

指定目标文件的文件夹

C:\CAXA\CAXAME\camchart\Result\

零件名称 模块二   设计

零件图图号 1   工艺

零件编号 1-1   校核

使用模板 sample02   :NC数据检查表

项目	结果	备注
加工策略程序号	5	
加工策略名称	扫描式粗加工	
示意文本		
加工策略说明		
加工策略参数	钻孔模式:U方向 钻孔间隔:2u 不使用加工开始高度 高度: 0. 相对	DRL代码
XY向插入类型(行距/残量)		
XY向行距	-	
XY向残留高度	-	
Z向切入类型(层高/残量)	-	
Z向层高	-	
Z向残留高度	-	

确定 取消 生成清单 拾取轨迹...

☑ 生成清单后用浏览器显示

图 11-10 拾取轨迹

加工
 模型
 毛坯
 起始点
 机床后置:fanuc
 刀具库:fanuc
 刀具轨迹:共 2 条
  1-平面区域粗加工
  2-扫描线精加工
   轨迹数据
   加工参数
   铣刀 D10 No:0
   几何元素

工艺清单输出结果

- general.html
- function.html
- tool.html
- path.html
- ncdata.html

图 11-11　工艺清单输出

分别单击相关连接结果，如图 11-12、图 11-13、图 11-14、图 11-15、图 11-16 所示。

NC 数据检查表（模型、毛坯、机床、其他）

general.html

项目	结果		备注
零件名称	模块二		
零件图图号	1-1		
零件编号	1		
生成日期	2009.8.14		
设计人员	-		
工艺人员	-		
校核人员	-		
机床名称	fanuc		
全局刀具起始点X	0.		
全局刀具起始点Y	0.		
全局刀具起始点Z	60.		
全局刀具			

图 11-12　常规信息

NC 数据检查表 – 功能参数

function.html ▾

项目	结果	备注
加工策略顺序号	1	
加工策略名称	平面轮廓精加工	
标签文本		
加工策略说明		
加工策略参数	拐角过渡方式:尖角 层间走刀:单向 层间抬刀:是 **拔模基准**:底层为基准 轮廓补偿:TO 加工参数刀次=:3 加工余量1:0.000000 加工余量2:0.000000 加工余量3:0.000000 行距定义方式：行距方式 行距:0.2 加工参数:顶层高度:30. 走刀方式:单向 加工参数:拔模斜度:0. 加工参数:每层下降高	HTML代码

图 11-13 功能参数

NC 数据检查表 – 刀具

tool.html ▾

项目	结果	备注
刀具顺序号	1	
刀具名	D12	
刀具类型	铣刀	
刀具号	1	
刀具补偿号	1	
刀具直径	12.	
刀角半径	0.	
刀尖角度	120.	
刀刃长度	60.	
刀柄长度	20.	
刀柄直径	6.	
刀具全长	90.	
刀具示意图	**Flat** 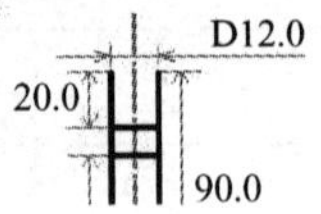 D12.0 20.0 90.0	HTML代码

图 11-14 刀具参数

NC 数据检查表 - 刀具轨迹

path.html

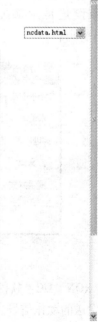

项目	结果	备注
轨迹顺序编号	1	
轨迹名称	平面轮廓精加工	
轨迹示意图	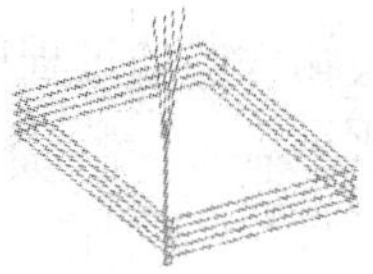	HTML代码
轨迹总加工时间(分)	7.451	
轨迹总加工长度(mm)	7860	
轨迹切削时间(分)	7.209	
轨迹切削距离(mm)	7132	
轨迹快速移动时间(分)	0.2428	
轨迹快速移动长度	728.3	

图 11-15 刀具轨迹

NC 数据检查表 - NC 数据

ncdata.html

项目	结果	备注
NC顺序编号	-	
日期	2009.8.14	
NC图片	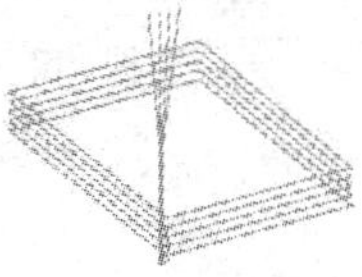	
NC总时间(分)	7.451	
NC总长度(mm)	7860	
NC切削时间(分)	7.209	
NC切削长度(mm)	7132	
NC快速移动时间(分)	0.2428	
NC快速移动长度(mm)	728.3	
X最大	72.4	html

图 11-16 NC 数据

项目四 通 信

通信可以使 CAXA 制造工程师与机床连接起来，把生成的数控代码传输到机床上，也可以从机床上下载代码到本地硬盘上。通信功能选项如图 11-17 所示。

1. 发送

进入此命令后，会弹出一个选择代码的对话框。选择一个要向机床传输的 G 代码文件，根据参数设置的不同，决定是否需要握手等待等不同的方式，才开始传输代码。在传输代码的过程中，屏幕前方会出现一个传输进度条，如图 11-18 所示。

在传输过程中也可以暂停或终止当前传输过程。

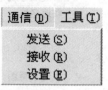

图 11-17 通信功能

2. 接收

选择接收命令后，系统会弹出一个当前的进度条，如图 11-19 所示。

图 11-18 发送过程

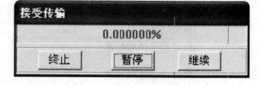

图 11-19 接收过程

传输过来的代码文件被自动保存到 CAXA 制造工程师安装目录下与 bin 同级的 cut 目录下面，文件名是按流水号自动生成的。

3. 参数设置

参数设置是用来配置当前通信的行为，确定如何与机床端通信的，如图 11-20、图 11-21 所示。

图 11-20 发送参数设置

1）XON_DC：软件握手方式下，接收的一方在代码传输的过程中，用该字符控制发送方开始发送的动作信号。

2）XOFF_DC：软件握手方式下，接收的一方在代码传输的过程中，用该字符控制发送方暂时停止发送的动作信号。

图 11-21　接收参数设置

3）接收前发送 XON 信号：系统在从发送状态转换到接收状态之后发送的 DC 码信号。

4）发送前等待 XON 信号：软件握手方式下，接收方在代码传输起始时，控制发送方开始发送的动作信号。勾选后，计算机发送数据时，先将数据发送到智能终端，等机床给出 XON 信号后，智能终端才开始向机床发送数据。

5）波特率：数据传送速率，表示每秒钟传送二进制代码的位数。

6）数据位：串口通信中单位时间内的电平高低代表一位，多个位代表一个字符，这个位数的约定即数据位长度。一般位长度的约定根据系统的不同有：5 位、6 位、7 位、8 位几种。

7）数据口：智能终端当前正常工作的端口，默认为 1。

8）奇偶校验：是指在代码传送过程中用来检验是否出现错误的一种方法。

9）停止位数：传输过程中每个字符数据传输结束的标识。

10）握手方式：接收和发送双方用来建立握手的传输协议。

模 块 总 结

本模块以后置处理 1、系统内置后置处理 2、工艺清单和通信为例，介绍 CAXA 制造工程师 2008 在系统生成的刀具轨迹转化成机床能够识别的 G 代码，并直接输入数控机床用于加工所涉及的工艺过程。读者可以将前期学习和练习的内容，输送到数控机床上加工出工件。